LA HIJA
ESPAÑOLA

La hija española

Título original: *The Spanish Daughter*

© 2022 by Lorena Hughes
   First published by Kensington Publishing Corp.
   Translation rights arranged by Sandra Bruna Agencia Literaria.
   All rights reserved

© de la traducción: Ana Andreu Baquero

© de esta edición: Libros de Seda, S.L.
   Estación de Chamartín s/n, 1ª planta
   28036 Madrid
   www.librosdeseda.com
   www.facebook.com/librosdesedaeditorial
   @librosdeseda
   info@librosdeseda.com

Diseño de cubierta: Kensington Publishing Corp.
Ajustes de cubierta: Rasgo Audaz
Maquetación: Nèlia Creixell

Imagen de cubierta: Kensington Publishing Corp.

Primera edición: enero de 2023

Depósito legal: M-29430-2022
ISBN: 978-84-17626-91-4

Impreso en España – Printed in Spain

LORENA HUGHES

LA HIJA ESPAÑOLA

Libros de seda

A Danny, Andy y Natalie,
mis Pepas de Oro

ECUADOR

COLOMBIA

Océano
Pacífico

Río Daule

Río Vinces

Quito

Cordillera de
los Andes

Vinces
(París Chiquito)

Río Babahoyo

Guayaquil

Río Guayas

PERÚ

CAPÍTULO 🌿 1

Puri

Guayaquil, Ecuador
Abril, 1920

Estaba segura de que cualquiera podía notar que se trataba de un disfraz.

Una gota de sudor me resbaló por la frente. Mi ropa no era ni mucho menos la más apropiada para aquel clima, que me recordaba a esos baños turcos que hay para caballeros. El corsé que me oprimía los pequeños senos no ayudaba a mejorar la situación, como tampoco lo hacían el chaleco, la americana y la pajarita de mi esposo. En cuanto a la barba postiza, me provocaba un picor insoportable. Con mucho gusto me hubiera rascado, pero cualquier movimiento podía provocar que se desprendiera. Y para colmo, las gafas se me estaban empañando, haciendo que lo viera todo borroso.

¿En qué momento se me había ocurrido que aquello podía funcionar?

Cuando llegué al final del muelle un estremecimiento me recorrió de la cabeza a los pies. «Tranquilízate. Puedes hacerlo». Inspiré hondo, pero tuve la sensación de que no me llegaba el aire suficiente a los pulmones. Eso sí, se me llenó la boca del hedor a humo y pescado que provenía del barco.

Aquello era una locura.

Una multitud esperaba a que descendiéramos la pasarela de madera. Algunos iban provistos de carteles. Otros saludaban con la mano desde la distancia a mis compañeros de viaje. Me imaginé a uno de ellos señalándome con cara de mofa.

«Aún estoy a tiempo de dar media vuelta».

Giré sobre los talones y me golpeé contra el hombro de alguien detrás de mí. Entre los gritos, la gente arrastrando los pies y el vaivén de las maletas no había visto al joven que se abría paso a empujones hacia donde me encontraba. Me hice a un lado y me adelantó a toda prisa para acabar embistiendo a una anciana que caminaba despreocupada delante de nosotros. Cayó al suelo con un chillido.

—¡Bruto! —vociferó.

Me precipité hacia ella y la ayudé a levantarse. Sus brazos, huesudos y frágiles, me recordaron a un par de mondadientes.

—¿Se encuentra bien? —le pregunté con voz queda.

—Sí, creo que sí. —Agarró el sombrero, que estaba tirado en el suelo—. Ese hombre es un animal. En cualquier caso, gracias, caballero. Al menos todavía quedan hombres dignos de llamarse así.

La ironía de su comentario me hizo esbozar una sonrisa, pero, sobre todo, logró infundirme un poco de confianza en que mi disfraz estaba surtiendo el efecto deseado. Estaba a punto de preguntarle si quería que llamara a un médico cuando una mujer, más vieja que Matusalén, se nos acercó, ayudándose de un bastón de bambú que le servía para mantenerse erguida. Jamás había visto tantas manchas y arrugas en un mismo rostro.

—¡Hija! —exclamó, dirigiéndose a la mujer a la que acababa de ayudar.

—¡Mamá! —respondió la anciana al tiempo que se arrojaba a los brazos de su madre. Las dos tenían muchas cosas que decirse, y se marcharon sin dignarse siquiera a mirarme.

¡Ojalá mi madre hubiera estado allí para ayudarme en aquellos momentos tan complicados! Desgraciadamente, había fallecido tres años antes.

Y ahora, Cristóbal.

Sentí una fuerte opresión en la garganta.

Pero no podía derrumbarme en aquel momento. Ya estaba allí. Y tenía que seguir adelante con mis planes, pasara lo que pasase.

Una torre morisca de rayas amarillas y blancas asomaba por detrás de un mar de sombreros y palmeras. Aunque era más estrecha, me recordó a la Torre del Oro de mi Sevilla natal, y sentí como si un pedacito de mi vida anterior se presentara ante mis ojos para darme a entender que todo iba a salir bien.

Eso era lo que me decía la razón. Las piernas, por otro lado, me trasmitían algo muy diferente. Parecía que se hubieran vuelto de plomo. En cualquier momento alguien, cualquiera, podía atacarme. Pero no había forma de saber quién, ni tampoco de si sería capaz de reaccionar.

«Contrólate, Puri. Tienes que relajarte».

Paseé la mirada sobre los rostros desconocidos que me rodeaban. Sin duda, el abogado de mi padre se encontraba entre ellos, pero lo malo era que no tenía ni idea de su aspecto. Cargué la máquina de escribir de mi marido con una mano mientras arrastraba el baúl con la otra.

Por suerte, había regalado todos mis vestidos de noche, lo que significaba que, en lugar de viajar con tres baúles, solo tenía que hacerlo con uno. Conforme avanzaba por el puerto, me topé con varios de ellos en los cuerpos de otras pasajeras. El último, una prenda ajustada de tafetán rosa que mi madre había cosido para mí, se había disuelto como la espuma en un mar de ropa de cama y delicadas cortinas.

Una bandada de gaviotas nos sobrevoló entre graznidos. Pasé por delante de una hilera de canoas amarradas a lo largo del muelle y de un grupo de mujeres provistas de sombrillas para protegerse el rostro de aquel sol implacable. Detrás de ellas había un hombre vestido de negro que resaltaba entre las americanas y sombreros de color blanco, como una judía pinta en un cuenco de arroz. Sujetaba un cartel con mi nombre, escrito en letras negras y redondeadas.

María Purificación de Lafont y Toledo.

Lafont por mi padre, francés, Toledo por mi madre española. Me detuve delante de él.

—¿Puedo ayudarle en algo, señor? —me preguntó.

«Señor». Otro pequeño respiro. Era más bajo que yo, pero yo siempre había sido alta para ser mujer. Su ancho cráneo me recordó a uno de aquellos humanos primitivos de los libros de arqueología de Cristóbal. Las cejas, gruesas y toscas, casi se tocaban entre sí.

Carraspeé para que mi voz adquiriera un tono más ronco.

—Soy Cristóbal de Balboa, el marido de María Purificación.

—Si hablaba despacio, lograba un registro de voz más grave.

—Tomás Aquilino, para servirle.

Había acertado. Era el abogado que me había comunicado por carta la muerte de mi padre. Echó un vistazo a mi espalda.

—¿Dónde está su esposa, señor? Tenía entendido que quería venir.

Una fuerte punzada me atravesó el pecho, y no tenía nada que ver con el corsé. Era el dolor que sentía cada vez que pensaba en lo que le había sucedido a Cristóbal. Estudié cada una de las arrugas de la frente de Aquilino, el brillo de sus ojos, las comisuras de sus labios resecos. ¿Podía fiarme de él?

Inspiré hondo.

—Desgraciadamente, mi esposa falleció a bordo del *Andes*.

La expresión horrorizada de Aquilino me pareció sincera.

—¡Dios mío santísimo! ¿Cómo?

Vacilé.

—Se contagió de la gripe española.

—¿Y no han puesto la nave en cuarentena?

—No —respondí, soltando el baúl—. Solo la contrajo un puñado de pasajeros, así que no fue necesario.

Se quedó mirándome sin decir nada. ¿Acaso sabía que estaba mintiendo? Nunca había sido una persona deshonesta, y detestaba tener que hacer aquello.

—¡Qué calamidad! —dijo finalmente—. Aquí no nos ha llegado ninguna noticia al respecto. Mi más sentido pésame, señor.

Asentí con la cabeza.

—Ayúdeme con el baúl, ¿quiere? —dije, haciendo que sonara como una orden, y no como si le estuviera pidiendo un favor. Los hombres no solicitaban, exigían.

Aquilino asió el otro extremo del baúl y juntos lo llevamos hasta el lado opuesto de la calle. Pesaba tanto como un toro moribundo, pero no podía permitir que el abogado se diera cuenta de lo débil que era. Para cuando llegamos al automóvil, estaba jadeando y una capa de sudor me cubría el rostro y las axilas. ¡No me extrañaba que los hombres sudaran todo el tiempo!

El abogado dejó caer su lado del baúl junto a un reluciente Ford negro, modelo T. No conocía a mucha gente de mi ciudad natal que fuera propietaria de un automóvil, y mucho menos de uno importado, y jamás habría imaginado que hubiera vehículos tan modernos en aquel lugar que Cristóbal denominaba «tierra de bárbaros». El tal Aquilino debía de ganarse bien la vida como abogado, o tal vez era de los que encontraban otros medios para ganar una fortuna. Favores aquí y allá, tal vez incluso un pellizco —una especie de comisión, por así decirlo— de la herencia de otra persona... O quizás él mismo provenía de una familia de posibles.

Yo solo había viajado en automóvil en un par de ocasiones. En mi Sevilla natal iba a todas partes caminando, pero cuando viajé a Madrid para encargarme de la patente caducada del invento de mi abuela, su fabuloso tostador de semillas de cacao, había ido en un vehículo similar a aquel, con la diferencia de que estos asientos me parecieron más mullidos. Aunque quizá se debía tan solo al agotamiento.

Mientras tiraba de una palanca situada junto al volante, Aquilino me informó de que, a menos que tuviera otros planes, pasaría la noche en su casa. Por la mañana partiríamos en dirección a Vinces, para «ocuparnos del testamento de don Armand». Fue incapaz de mirarme a los ojos cuando pronunció esas palabras.

Recordé el contenido de la carta; la había leído tantas veces que casi la había memorizado. «Como uno de los beneficiarios, se le solicita que venga a Ecuador a tomar posesión de la parte correspondiente de la hacienda de su padre o, en su defecto, designe a un representante legal para que pueda vender o donar la propiedad en su nombre».

Uno de los beneficiarios.

Le había dado muchas vueltas a aquello. No tenía noticias de que mi padre hubiera tenido otros hijos, pero una nunca podía estar segura con los hombres. No me hubiera sorprendido demasiado que hubiera formado otra familia aquí. Al fin y al cabo, hacía veinticinco años que había abandonado a mi madre para perseguir su sueño de poseer una plantación de cacao en Ecuador. Era inevitable que hubiera encontrado a otra persona con quien compartir cama. Y el incidente a bordo me había dejado bien claro que había alguien que no se alegraba especialmente de mi llegada. La cuestión era averiguar quién.

Durante el trayecto, Aquilino preguntó por la muerte de María Purificación, negando con la cabeza y chasqueando la lengua con evidente decepción. Era surrealista estar hablando sobre mi propia muerte, escuchar mi nombre repetido como si no estuviera presente. Quería gritar, clamar al cielo por lo injusto que era todo aquello. Quería pedir explicaciones en nombre de Cristóbal, pero en vez de eso le seguí el juego. Necesitaba hacerle creer que era mi marido.

Miré por la ventana. Guayaquil era muy diferente a como la había imaginado, y bastante más moderna que muchas ciudades de Andalucía. Dejamos atrás el río —el Guayas, me dijo— en dirección a un pintoresco vecindario junto a una colina, plagado de casas coloniales con los balcones y entradas rebosantes de macetas con flores. Aquilino me explicó que se llamaba Las Peñas, y la colina, Santa Ana. Las sinuosas calles adoquinadas me recordaron a los pueblecitos de cerca de Sevilla y, por primera vez desde que me había marchado, fui plenamente consciente de que quizá no regresaría jamás a mi país. Aún me resultó más doloroso pensar que Cristóbal nunca exploraría aquel nuevo lugar conmigo. Me miré la mano, que estaba vacía sin el calor de la suya.

Incompleta.

Nos detuvimos en una casa de color azul celeste, con una puerta de caoba, y entramos. Todo apuntaba a que Aquilino era soltero; en su salón no se apreciaba ni el más mínimo toque femenino. Ni flores, ni objetos de porcelana, ni mantelerías bordadas. En vez de eso, las paredes estaban decoradas con paisajes sin gracia, y había una escultura de tamaño real de un gran danés que parecía mirarme fijamente.

En ese momento se abrió una puerta situada en el otro extremo del salón: una joven con rizos de color canela hizo su aparición, secándose las manos en un delantal verde lima. Estaba envuelta en un vestido demasiado holgado.

—El almuerzo está servido, patrón —anunció con voz queda.

—Gracias, Mayra.

La mesa del comedor era exageradamente grande para una sola persona. Recorrí con la mirada los coloridos platos que nos aguardaban. La joven llamada Mayra nos había preparado lubina frita, arroz con calamares y una especie de plátano verde cocinado que ambos llamaron «patacones».

A lo largo de la última semana me había saltado varias comidas —había sido incapaz de probar bocado después de la pesadilla que había vivido en él—, pero ahora me moría de hambre.

Aquilino, con un gesto de la cabeza, me invitó a tomar asiento y ocupó la cabecera de la mesa mientras Mayra nos servía. A pesar de que tenía curiosidad por saber más cosas del abogado, no le pregunté nada. Me preocupaba que, si hablaba demasiado, descubriera mi secreto, de manera que me limité a abrir la boca lo menos posible, respondiendo a la criada con monosílabos, asintiendo a menudo con la cabeza y negando cuando lo consideraba oportuno. Mi actitud no pareció incomodar en lo más mínimo a Aquilino. Al igual que mi marido, era un hombre parco en palabras. También había adquirido la costumbre de toser con frecuencia para hacer que mi voz sonara más ronca.

—¿Se encuentra bien, señor Balboa?

Estupendo. Ahora el abogado pensaría que yo también había contraído la gripe.

—Sí.

Volví a concentrarme en mi plato. Era extraño, pero hacerme pasar por un hombre me proporcionaba una libertad de la que no había gozado jamás. Como mujer y propietaria de la única chocolatería de mi ciudad, mi papel siempre había sido el de anfitriona incansable. Mi principal tarea era que los invitados se sintieran a gusto y poner paz si se producía algún desacuerdo. A menudo me anticipaba a los deseos de los demás (¿Más vino? ¿Otro trozo de chocolate?) y me ocupaba de evitar los silencios incómodos. Pero aquel día era libre de disfrutar de la comida sin tener que mirar por encima del hombro para asegurarme de que todo el mundo tuviera el plato lleno.

—Espere a probar el dulce de higos de Mayra —dijo Aquilino—. Los arranca ella misma de la higuera del patio trasero.

Mayra colocó un cuenco ante mí. La boca se me hizo agua al ver los higos en conserva nadando en almíbar. Una loncha de queso blanco reposaba en el platillo de debajo.

—¿De qué está hecho este almíbar? —pregunté mientras saboreaba el jugo especiado, con cierto deje de canela.

—De panela —respondió Mayra.

Si encontraba la manera de mezclar aquello con chocolate, el triunfo estaba asegurado.

Tras devorar el postre, Aquilino me guio de vuelta al salón, me indicó un rígido sofá de terciopelo y se sentó frente a mí. Tomó la caja de los puros y me ofreció uno. Dudé. Siempre me había despertado la curiosidad aquel misterioso hábito masculino, pero no estaba segura de poder expulsar el humo como correspondía. En ocasiones, Cristóbal formaba unos círculos azulados de los que se sentía tremendamente orgulloso.

Al verme vacilar, las tupidas cejas de Aquilino se arquearon. Fumar era el rasgo fundamental que haría de mí un verdadero hombre, y tenía que pasar la prueba. Eché un vistazo al gran danés de la entrada; también él parecía estar esperando mi reacción. Agarré un grueso habano entre los dedos e, imitando la determinación con la que Aquilino apretaba los labios a su alrededor, lo encendí.

La primera bocanada me abrasó el pecho como una llamarada. Aquilino me miró como si fuera un insecto curioso cuando empecé a toser de manera incesante, golpeándome repetidamente el pecho con la mano para intentar liberarme de aquel infierno.

—¿No fuma usted, señor Balboa?

—Solo en pipa —acerté a responder entre jadeos—. En mi país el tabaco es más puro.

No tenía ni idea de por qué había dicho eso. Había oído hablar a los hombres sobre la calidad y la pureza del tabaco, pero, para mí, todos apestaban exactamente igual.

Aquilino encendió su puro. No tuvo ningún problema en inhalar o exhalar.

—Tengo que preguntarle algo, señor —dijo, con el tono solemne con el que habría hablado un cura—. ¿Cuáles son sus planes ahora que su mujer, que en paz descanse, ya no está con nosotros?

Tenía que andarme con pies de plomo. No quería que nadie me viese como una amenaza.

—Probablemente regresaré a España. No tengo ningún interés en este país, ni en el negocio del cacao. Para serle totalmente sincero, ese era el sueño de mi esposa, no el mío. —La quemazón de la garganta había conferido a mi voz una aspereza natural que decidí utilizar en mi propio beneficio—. Necesito saber una cosa, señor Aquilino: ¿existen otros herederos?

—Solo dos. Don Armand tuvo dos hijas en Vinces: Angélica y Catalina de Lafont.

Dos hermanas.

Recibí la noticia como una bofetada. Una cosa era tener una sospecha, considerar una posibilidad; otra muy diferente era recibir la confirmación de que, efectivamente, existían auténticos parientes de sangre. Mi padre nos había traicionado a mi madre y a mí. Había criado a dos hijas, a las que probablemente había querido más que a mí, mientras yo había pasado décadas esperando que regresara a España. Pero ahora me daba cuenta de que nunca tuvo intención de volver. Había rehecho su vida sin nosotras, desechándonos como un periódico viejo. ¡Qué idiota había sido escribiéndole todas aquellas cartas, pasando tantas horas sentada junto a la ventana dibujando su retrato! En mi inocencia infantil, siempre había esperado que entrara de pronto por la puerta principal, cargado de regalos, y me llevara con él a una de sus aventuras.

—Angélica es la mayor —aclaró—. Bueno, en realidad también hay un hermano, pero renunció a la herencia.

¡También un hermano! ¿Y, además, había renunciado a la fortuna?

—Es sacerdote. —Aquilino contempló su habano con gesto de aprobación—. Hizo voto de pobreza.

Un sacerdote. Mi padre nunca había sido un hombre religioso, al menos según lo que contaba mi madre. Entonces, ¿cómo era posible que hubiera tenido un hijo sacerdote? Yo misma tenía muchas dudas al respecto, aunque eso era algo que jamás diría en voz alta. En cualquier caso, si era cierto que este hermano había renunciado al dinero de mi padre, ¿se había tratado de un voto voluntario o le habían obligado?

—¿Y qué hay de la madre? ¿Ella también es heredera?

—No, doña Gloria Álvarez falleció hace unos años, pero ya le pondré al tanto de los detalles mañana.

Mi padre nos había ocultado muchas cosas. El dolor que aquello me produjo era aún peor que el de la noticia de su muerte. Menos mal que mi madre no había vivido para enterarse de todo aquello. Otra mujer, otra familia. ¿De veras pensaba que podía remediarlo dejándome una parte de sus propiedades? ¿De qué me serviría, cuando nunca lo había tenido a él? Nunca sabría cómo sonaba su voz o qué colonia usaba; jamás sentiría el calor de sus abrazos.

Un golpetazo contra la ventana nos sobresaltó a ambos. Llegamos junto al cristal a tiempo para ver un pájaro moteado despanzurrado sobre los guijarros del exterior de la casa.

—Un gavilán —dijo Aquilino.

Me quedé en silencio, incapaz de apartar la mirada del ave moribunda.

—El pobre animal no ha debido ver el cristal —prosiguió—. No sabía dónde se metía al venir aquí.

CAPÍTULO 🌿 2

Dos semanas antes

Después de una semana a bordo del *Valbanera,* llegamos por fin a La Habana: fue mi primer contacto con el continente americano, con sus edificios coloniales, sus estrechas callejuelas y sus fascinantes playas. Pero no tuvimos tiempo de visitar la ciudad, porque casi inmediatamente después debíamos embarcar en la siguiente nave, el *Andes,* un navío británico tres veces mayor que el *Valbanera.* En cualquier caso, Cristóbal tampoco habría accedido a hacer turismo conmigo. Se había pasado toda la semana encerrado en nuestro camarote, escribiendo a máquina.

El oficinista del mostrador de admisiones estaba totalmente calvo y tenía la cabeza llena de lunares, como si fuera un mango cubierto de manchas.

—¿Su nombre, caballero? —preguntó.

—Cristóbal de Balboa. Y esta es mi esposa, María Purificación de Lafont y Toledo.

Cristóbal tamborileó repetidamente con los dedos sobre el mostrador mientras el oficinista anotaba nuestros nombres sobre el papel como si no hubiera docenas de pasajeros haciendo cola detrás de nosotros. A Cristóbal le costaba soportar la incompetencia, un rasgo de su carácter que nunca había comprendido del todo, puesto que era una persona de un temperamento tranquilo y siempre evitaba el conflicto. Solía expresar la frustración mediante toda clase de tics: daba golpecitos con el pie, se rascaba la nuca, se aflojaba la corbata, se mordía las uñas de manera obsesiva. Era como si su cuerpo expresara lo que su voz no era capaz de comunicar.

—Purificación —repitió lentamente el oficinista—. ¿Con «c» o con «s»?

—Con «c» —respondió Cristóbal bruscamente.

Mi esposo no era consciente de sus numerosas manías, y tampoco del efecto que tenía en los demás, en especial en las mujeres. Nunca se había percatado de cómo nuestras clientas se quedaban mirándolo fijamente o se ahuecaban el pelo mientras les tomaba nota o les entregaba una taza de chocolate caliente. Podía entender su fascinación por él. Cristóbal tenía ya treinta y cuatro años, pero cuidaba su aspecto y su higiene personal. Siempre llevaba la barba recortada y el nudo de la corbata bien derecho. Pero, sobre todo, era atento y amable, y tenía un aire distante que hacía que las mujeres se sintieran cómodas en su presencia. No podía negar que era afortunada de que mi madre no me hubiera buscado como marido a un hombre gordo y viejo. Nuestro problema nunca había sido la atracción mutua.

Cristóbal se volvió hacia mí y dejó escapar un suspiro.

Nuestro problema era la afinidad.

Mientras mi marido deletreaba mis apellidos al oficinista, tuve la sensación de que alguien me estaba observando. Volví la cabeza, intentando ser lo más discreta posible.

Apoyado en una gruesa columna había un hombre observándome atentamente. En cuanto lo miré, apartó la vista. Había algo extraño en su rostro, pero no pude averiguar de qué se trataba.

—Aquí tienen el itinerario. —El oficinista entregó a Cristóbal un papel escrito a mano—. Su camarote es el número 130D.

Cristóbal le arrebató las llaves antes de que pudiera terminar la frase. El hombre apoyado en la columna se encendió un cigarrillo. Aquella distracción me permitió estudiarlo con detenimiento.

Tenía la mitad del rostro quemado.

Y la piel endurecida y arrugada desde la ceja y la mejilla hasta la mandíbula. El otro lado de la cara, en cambio, lo tenía intacto. Incluso se podía decir que tenía cierto atractivo.

Por un instante nuestras miradas se cruzaron. Un escalofrío me recorrió la espina dorsal, pero lo atribuí a mi fina blusa de georgette rosa. Aun así, no podía negar que había algo inquietante en él. Me agarré al brazo de Cristóbal, fingiendo contemplar la marina que colgaba de la pared, sobre la cabeza de aquel hombre.

—¿Lista, Puri? —Cristóbal agarró su máquina de escribir.

—Sí, mi alma.

El botones nos siguió con nuestros baúles.

Durante los siguientes dos días no volví a ver a aquel hombre, pero al llegar al tercero me topé con él cuando salía de mi camarote. Me saludó tocándose levemente el ala del sombrero y continuó su camino sin más contemplaciones. Su olor me resultaba familiar, pero no era capaz de identificarlo.

Pensé en comentárselo a Cristóbal, pero para cuando mi marido hubo salido del camarote y cerrado la puerta tras de sí, el hombre ya había doblado la esquina.

De camino a la cena, escuchamos el sonido melodioso de un acordeón y una pandereta que provenía de uno de los salones. A través de una ventana divisé un espectáculo de variedades.

—¡Oh! ¿Podemos entrar? —le pregunté a mi marido con voz suplicante—. ¡Puede que haya un mago!

—Puri, estoy molido. Mejor vayamos a cenar y volvamos luego a nuestro camarote.

Me agarré con fuerza a su brazo.

—¡Por favor! ¡Solo esta vez! —dije, arrastrando a Cristóbal y sus rígidas piernas al interior del salón.

La *troupe* estaba compuesta de tres hombres vestidos con brillantes trajes de color rojo. Uno de ellos estaba subido en un monociclo y lucía un sombrero de copa y un bigote imperial. Su capa negra ondeaba con la fría corriente que penetraba por la puerta abierta. Otro, vestido de arlequín, caminaba entre los espectadores, subido a unos zancos y sembrando el pánico entre los niños al fingir, más de una vez, que estaba a punto de caerse encima de ellos. El tercero, que llevaba una fina perilla, era la estrella indiscutible del espectáculo. Durante los siguientes quince minutos tragó cuchillos y bolas de fuego y se encargó de presentar a Marina La Grande, una mujer musculosa con el pelo recogido en un tirante moño que estaba a punto de caminar sobre una cuerda floja.

Cristóbal se inclinó hacia mí y me susurró:

—Oye, se me ha pasado el hambre. Vete tú a cenar y nos vemos en el camarote cuando hayas terminado.

—¡Pero esta noche hay baile!

Tras pasear la mirada por la sala, mi marido me agarró por el codo y me sacó del salón.

—Ya he perdido veinte minutos con esto.

—¿Que has perdido veinte minutos? ¿Es así como llamas a pasar tiempo conmigo?

—Fuiste tú quien me sugirió que escribiera la novela durante el viaje.

—Sí, pero ¿es lo único que piensas hacer, Cristóbal? ¿Pasarte día y noche con la novela? Apenas pruebas bocado y, cuando finalmente comes algo, lo haces con prisas. Me he pasado todo el viaje sola.

Él se encogió de hombros.

—No lo puedo evitar. Cuando me siento inspirado...

—¿Y yo no te inspiro? No me has tocado desde hace...

Una mujer con un abrigo de visón se nos quedó mirando.

Cristóbal empezó a toser y las mejillas se le tornaron de un intenso color carmesí.

—No creo que este sea precisamente el lugar más apropiado para hablar de eso.

Había dos parejas cerca. A mí no me importaba que nos oyeran. De hecho, casi lo prefería. Tal vez su presencia consiguiera animar a Cristóbal a quedarse, aunque solo fuera por evitar un escándalo. Además, estaba cansada de evitar siempre las cuestiones que le hacían sentir incómodo. Me molestaba que nunca mencionara mi último embarazo fallido —el tercero hasta entonces—, y que se comportara como si jamás hubiera sucedido. Como si nuestro bebé no hubiera existido.

—Ya estoy haciendo lo que querías, ¿no? —protestó.

En eso tenía razón. Había sido yo la que había insistido en que vendiéramos todas nuestras propiedades en España, incluida mi amada chocolatería, y que me acompañara a Ecuador a reclamar mi herencia, aun sin saber qué bienes me correspondían. Había recurrido a todas las tácticas de que disponía: los terribles efectos de la guerra que había asolado Europa, las importantes pérdidas económicas que había sufrido nuestro negocio, y mi último recurso: el hecho de que aquel viaje sería la oportunidad perfecta para que escribiera la novela con la que llevaba soñando toda su vida. Pero, en lugar de dejarlo estar, le presioné aún más.

—Sí, pero haces que parezca que esto es solo en mi propio beneficio. —Ya no era capaz de controlar el volumen de mi voz—. ¡Lo hago por nosotros!

—¿Y por qué no podías contentarte con lo que teníamos? ¿Por qué necesitabas más?

—¿Lo dices en serio? ¿Qué querías que hiciera con mi herencia? ¿Regalarla? Perdóname por preocuparme por nuestro bienestar; por querer que dejáramos aquel piso diminuto para mudarnos a una espléndida plantación en uno de los principales países exportadores del mundo.

—No empieces otra vez con eso. Lo sé todo sobre la plantación. No has hablado de otra cosa desde que recibimos la maldita carta. Eres igual que tu padre: te ciega la ambición.

—Ni siquiera conociste a mi padre. ¡Ni yo misma lo recuerdo apenas!

—Es lo que decía tu madre.

Tampoco me apetecía oír hablar de mi madre. Aquel viaje había provocado que la echara todavía más de menos. Pensaba en ella a diario.

—Mira, Puri —dijo Cristóbal, bajando la voz—, no quiero discutir contigo. No aquí. Te prometo que te haré más caso después, pero, por ahora, sé buena y deja que vuelva a trabajar en la novela.

Me dio un beso en la frente, como si fuera una niña de cuatro años que estuviera teniendo una rabieta.

Di un paso atrás.

—¡No me toques!

Había pasado una hora arreglándome el pelo, castaño, retocándome el rostro con polvos de arroz y eligiendo un vestido de lentejuelas color lavanda que dejaba al descubierto toda la espalda.

¿Y aquella era la respuesta de mi marido? ¿Un beso fraternal? Si no me miraba ahora que tenía veintiocho años, ¿qué pasaría después de los treinta?

—Hablaremos de esto más tarde —dijo Cristóbal entre dientes, al ver que más gente se volvía para mirar—. Cuando estés más calmada.

—No. Lo vamos a hablar ahora.

Dejó escapar un suspiro de exasperación.

—Estás siendo muy poco razonable, Puri.

«¡Muy poco razonable!». No me sentía capaz ni de elaborar una respuesta. Si lo intentaba, lo más probable era que acabara insultándolo. Me di la vuelta y abandoné el vestíbulo como una exhalación, lejos de aquel hombre que tenía la habilidad de sacarme de mis casillas como ninguna otra persona en el mundo.

Subí las escaleras que conducían a la cubierta y seguí hacia delante a toda prisa, sin volver la vista. No quería que Cristóbal me viera llorar. Respiraba de forma entrecortada, mientras la helada brisa me golpeaba las mejillas y la luna creciente relucía por encima de mí. Me agarré con fuerza al pasamanos de borda situado al fondo de la nave.

«Muy poco razonable», había dicho.

Las aguas oscuras golpeaban con fuerza contra el casco. El mar podía resultar muy intimidatorio. Poco a poco, conforme concentraba la mirada en el movimiento hipnótico de las olas, mi respiración se volvió más pausada.

Tal vez estaba siendo un poco tozuda. Normalmente no dependía tanto de Cristóbal. De hecho, en Sevilla contaba con muchas amigas con las que entretenerme; no necesitaba sus atenciones constantes. Pero allí no tenía a nadie. Me había pasado una semana sola, y estaba nerviosa por lo que me esperaba en Ecuador. Necesitaba que me tranquilizara, que me asegurara que todo iba a salir bien. ¿Había cometido un error desprendiéndome de todo lo que tenía para perseguir un sueño? ¿El sueño de mi padre?

¡Ojalá Cristóbal y yo no fuéramos tan diferentes! Mientras él era capaz de pasar el resto de sus días felizmente inmerso en sus libros, yo no conseguía permanecer sentada más de cinco minutos.

Al principio de nuestro matrimonio, no soportaba las tardes interminables haciendo punto de cruz o zurciendo calcetines mientas escuchaba el tic-tac del reloj que marcaba las largas horas que faltaban para la cena. Las paredes de nuestro piso me asfixiaban, y el chocolate había sido mi salvación. Desde que era niña, mi abuela, de la que había heredado el nombre, me había enseñado todo lo que hacía falta saber sobre el chocolate. Desde cómo transformar las duras semillas de cacao en un líquido terso y sedoso, hasta qué ingredientes era necesario mezclar para crear una variedad de texturas y sabores que resultaran al mismo tiempo placenteros y adictivos.

Había sido idea mía transformar la vieja librería, que había pertenecido primero al abuelo y luego al padre de Cristóbal, en una chocolatería. Era algo de lo más moderno, y aportaría distinción al vecindario, le dije. Y la gente pagaría por mis bebidas chocolateadas y por las trufas. Después de todo, las chocolaterías eran la última moda en Francia, y mis conciudadanos se morían por obtener algo del prestigio y el estatus de los franceses.

Cristóbal había terminado por acceder, pero, con el tiempo, se había vuelto cada vez menos indulgente.

Una brisa cálida me acarició la nuca.

De repente, no podía respirar.

Me llevé las manos a la garganta, donde sentía una presión insoportable, y noté que me rodeaban el cuello con una gruesa cuerda. Ni siquiera tenía aire suficiente para gritar.

—Chsss, María —me susurró al oído una voz masculina—. Pronto se acabará todo.

¿Quién era ese hombre? ¿Cómo sabía mi nombre de pila? Con las manos temblorosas, palpé dos puños que sujetaban la soga. Las manos de aquel individuo eran anchas y callosas, mucho más grandes que las de Cristóbal.

«¡Cristóbal! ¡Socorro!»

De mi boca no salió ningún sonido. Ladeé la cabeza: era el hombre de la cara quemada. El dolor del cuello era atroz. No podía respirar.

—¡Eh! ¿Qué está pasando ahí?

Hubiera jurado que era la voz de Cristóbal, pero tal vez me lo estaba imaginando, deseando que lo fuera.

Mi agresor desplazó ligeramente el peso del cuerpo y logré introducir los pulgares entre la soga y mi tráquea. La presión cedió un poco, pero no lo suficiente.

Alguien se acercaba.

Con todas mis fuerzas, clavé el tacón del zapato en la espinilla de aquel tipo. La cuerda se aflojó lentamente y por fin pude recuperar un poco el aliento. Acto seguido, la soga cayó al suelo. Empecé a toser y a jadear, y vi a dos hombres peleando detrás de mí.

Alcancé a distinguir el traje marrón de mi marido. Las gafas le habían resbalado hasta la punta de la nariz, y estaban a punto de caérsele. El brazo de Cristóbal rodeaba el cuello del desconocido, pero mi agresor se retorció hasta que ambos acabaron cayendo al suelo como un fardo.

A pesar de que deseaba con todas mis fuerzas ayudar a Cristóbal, no podía parar de toser.

El hombre de la cara quemada fue el primero en ponerse en pie; se sacó un cuchillo de la bota. Cristóbal se levantó, flexionando el cuerpo hacia delante. Nunca lo había visto así; no lo creía capaz de pelearse con nadie. Era el tipo de persona que no pensaba que estuviera en su mano decidir si un insecto debía seguir o no con vida, y mucho menos un ser humano.

El hombre arremetió contra él, cuchillo en mano, y le desgarró la americana. Cristóbal se llevó la mano a la herida del brazo y la sangre comenzó a brotar por entre sus dedos. Con un alarido furioso, se abalanzó sobre mi agresor y lo tiró al suelo. El cuchillo salió despedido, pero no pude ver dónde cayó.

Con un dolor lacerante en la garganta, me puse a buscar el cuchillo como una loca, pero lo único que encontré fueron las gafas de mi marido. Al final conseguí expeler un sonido ronco.

—¡Socorro...!

El volumen de la música y de las risas del interior de la nave era tan alto que nadie pareció oír mis súplicas. Los dos volvían a revolcarse por el suelo, y el cuerpo de Cristóbal chocó con fuerza contra la barandilla.

Miré a mi alrededor, buscando algo con lo que golpear al hombre. Había un bote salvavidas suspendido con cuerdas no muy lejos de donde estábamos. Me aproximé, tambaleante, y me encaramé a la borda para agarrar la parte interna del salvavidas. Después de otro fuerte ataque de tos, agarré un remo con ambas manos y volví de un salto a la cubierta.

Cristóbal se encontraba ahora a muy poca distancia del borde de la nave. Al verlo ahí, tan cerca de acabar precipitándose en la inmensidad del océano, el estómago me dio un vuelco. De alguna manera, mi asaltante se las había arreglado para recuperar el cuchillo y estaba de pie frente a mi marido, intentando clavárselo. Lo único que se interponía entre ellos era la barandilla. Cristóbal esquivó la punta del cuchillo, agarrándose a la barandilla de metal.

Alcé el remo para golpear al hombre, pero estaba demasiado cerca de Cristóbal, y no quería hacerle daño accidentalmente. Le indiqué un hueco en la barandilla.

—¡Cristóbal! ¡Aquí!

Mi marido echó un vistazo a la abertura, pero, antes de que pudiera acercarse ni un centímetro a ella, el hombre le clavó el cuchillo en el estómago.

—¡Nooo! —grité, abatiendo el remo sobre la cabeza de aquel desgraciado.

El hombre se desplomó sobre la barandilla, inconsciente, y acabó cayendo al agua. Cristóbal se llevó las manos al mango del cuchillo, que en aquel momento estaba hundido en su abdomen. Tenía los ojos tan abiertos que apenas podía reconocer sus familiares rasgos en aquel rostro demudado por el miedo y la agonía.

—¡Cristóbal! —Corrí hacia él, alargando la mano para retenerlo, pero justo entonces una ola golpeó el casco del barco; mi esposo perdió el equilibrio y cayó al mar, justo detrás del atacante.

Grité con tal fuerza que sentí como si me hubiera rasgado las cuerdas vocales. Tardaría mucho tiempo en poder hablar de nuevo sin sentir un inmenso dolor.

CAPÍTULO 3

Río Guayas
Abril, 1920

De camino a Vinces me llamaron la atención dos cosas: la primera, el bullicio de los pájaros sobrevolando nuestras cabezas, como si hubiéramos irrumpido sin permiso en una tierra gobernada por animales y quisieran mostrar su desacuerdo con nuestra presencia allí; la segunda, lo endeble que era la canoa que nos llevaba río arriba por las aguas del Guayas.

Ni el abogado de mi padre ni el joven que controlaba los remos hicieron amago de ayudarme a subir a la barca. Durante años había dado por sentada la galantería masculina. Nunca me había dado cuenta de lo mucho que dependía de los hombres, de cómo Cristóbal se apresuraba a abrir cada puerta con la que me topaba, de cómo descorchaba las botellas de vino, me abría los botes de conservas o acarreaba la leña para nuestra chimenea.

Pensar en Cristóbal hizo que se me formara un enorme nudo en la garganta. ¿Cómo iba a salir adelante si todo, absolutamente todo, me recordaba a él?

Bajé la cabeza para ocultar las lágrimas.

Echaba de menos su compañía, su afán por complacerme, lo comprensivo que se mostraba cuando le contaba mis problemas (en las ocasiones en que me prestaba atención). Me resultaba curioso que los hombres fueran tan autosuficientes. Era a la vez una ventaja y un inconveniente. En mi caso, sin duda, resultaba un inconveniente, pues aquellos dos hombres me habían mirado como si fuera poco menos que inútil cuando tuve serias dificultades para mantener el equilibrio al subir a la canoa cargada con mi equipaje.

Aquilino apoyó la frente sobre el dorso de la mano y se quedó mirando la bandada de gaviotas que pasó volando cerca de nosotros. Estaba sentado frente a mí, con las piernas cruzadas de un modo extraño, y cada pocos minutos sacudía afanosamente su largo y huesudo brazo para aplastar algún mosquito.

El joven que nos llevaba a Vinces no debía de tener más de diecisiete años. Mientras empujaba mi baúl al fondo de la canoa había dicho que se llamaba Paco. Supuse que debía sentirme agradecida por aquel gesto, aunque me dio la impresión de que había tenido más que ver con su comodidad que con la mía. Llevaba una camisa blanca empapada de sudor, y me pregunté qué sentido tenía llevarla si la tela se había vuelto casi trasparente. Conforme remaba vigorosamente, dos círculos húmedos, redondos y negros como dos sartenes, crecían bajo sus axilas. La piel de su rostro era de un amarillo pálido, como si tuviera hepatitis, y el cabello corto y rizado le cubría la cabeza como si fuera musgo.

—Iremos río arriba —dijo Aquilino, señalando hacia el norte—. Allí es donde se encuentran las plantaciones de cacao. Llamamos a nuestro cacao «Arriba» porque es el lugar en que se encuentra con respecto al río.

Mi padre le había comentado aquel hecho a mi madre en las cartas que había escrito al poco de llegar, cuando ella todavía las leía. Después, pasados unos años, había dejado de abrirlas y se había limitado a meterlas en un cesto de mimbre, hasta que amarilleaban. Yo no las leí hasta después de su muerte, aunque me moría de ganas desde que llegaron.

—Nuestro cacao es uno de los mejores del mundo —sentenció el abogado.

—Sí, eso tengo entendido. —Cada vez me resultaba más fácil hablar en un tono grave. Mi voz nunca había sido tan aguda como la de otras mujeres; mi ayudante en la chocolatería, la Cordobesa, con su manía de hablar siempre con chillidos, nunca habría sido capaz de algo así.

Paco no me dirigió la mirada ni una sola vez, lo que me hizo pensar que mi disfraz había conseguido engañarle; lo confirmé cuando se rascó la entrepierna con entusiasmo.

Según lo que ambos me habían explicado, teníamos que navegar de río a río hasta llegar al Vinces. De los dos, el más largo era el Guayas, dijeron. Extenso y marrón, estaba rodeado de abundante vegetación. En ese momento pensé en las llanuras doradas y los olivos de mi amada Andalucía. ¡Qué diferentes eran los dos paisajes! Aquí, los árboles que flanqueaban el río se elevaban desde la tierra como si estuvieran desperezándose, cargados de exuberantes hojas que se expandían de forma indiscriminada.

—En cuanto lleguemos a Vinces —dijo Aquilino—, iremos a ver al administrador de don Armand. Él nos llevará a la plantación.

Paco señaló un árbol cargado de frutos ovalados de color amarillo que colgaban alrededor del grueso tronco.

—¡Ahí la tienen! —exclamó—. Nuestra «Pepa de Oro».

Nunca había visto una vaina de cacao como aquella. Costaba creer que el oscuro y sabroso chocolate que preparaba todos los días saliese de aquel fruto de aspecto extraño, al que denominaban pepita de oro, tal y como la había llamado Paco. Este sonreía con orgullo. Hasta aquel momento no me había dado cuenta de lo importante que era el cacao para los ecuatorianos. No podía creer que estuviera allí. ¡Había soñado con ello durante tanto tiempo! Ojalá hubiera sido mi padre el que me hubiera llevado hasta allí, y no hubiera llegado en unas circunstancias tan surrealistas.

Apenas dijimos nada más mientras navegábamos de un río al otro. El calor nos hizo enmudecer. Era tan sofocante que me pregunté hasta qué punto había sido sensato vestirme como un hombre. Ni siquiera podía seguir el ejemplo de Aquilino y quitarme la americana, y mucho menos desabrocharme la camisa, como había hecho Paco. Lo único que podía hacer era secarme el sudor que se me acumulaba en la frente y el cuello con un pañuelo con las iniciales de Cristóbal.

* * *

No había nadie esperándonos en el puerto. Aquilino sugirió que camináramos hasta la plaza para ver si encontrábamos al administrador. Le ofrecí a Paco un puñado de monedas para que me vigilara el equipaje en el muelle; no podía ir arrastrando el baúl por toda la ciudad como si fuera un bolso de mano.

Había oído que a la ciudad de Vinces la llamaban «el París chiquito», pero no tenía ni idea de hasta qué punto era un nombre apropiado. La arquitectura recordaba a la de cualquier ciudad europea, con edificios de estilo barroco en colores pastel. Incluso contaban con una versión en miniatura de la torre Eiffel y un palacio de color turquesa con elaboradas molduras blancas enmarcando las ventanas y los balcones. A nuestro alrededor había numerosas tiendas con nombres en francés: Le Chic Parisien, Bazaar Verdú... y los viandantes iban vestidos a la última moda, con modelos que solo había visto en Madrid. Mi padre debía de haberse sentido como en casa en aquel lugar.

—¡Ahí está! —Aquilino señaló un punto en la lejanía.

Apenas podía ver a través del vaho que cubría las gafas de Cristóbal, pero distinguí un automóvil que se nos acercaba. Me quité las gafas y las limpié con el borde de mi chaleco.

Un hombre de unos treinta años se apeó.

—¡Don Martín! —Aquilino alzó el brazo derecho a modo de saludo.

Rápidamente me coloqué de nuevo las gafas, antes de que el hombre pudiera verme la cara de cerca. Me había imaginado al administrador de la plantación de mi padre como alguien mucho mayor, pero parecía tener mi edad, o quizás algún año más. No era guapo, al menos no en la manera tradicional: tenía un párpado un poco caído y la piel rugosa y con imperfecciones, como si la constante exposición al sol hubiera ido formando capas y capas de bronceado que competían por imponerse sobre su rostro. No obstante, había algo en aquellos ojos de halcón, una especie de brillo, que interpreté como una muestra indiscutible de aplomo.

Aquilino se pasó un pañuelo por la nuca.

—Señor Balboa, este es el administrador de don Armand, Martín Sabater.

Martín pareció buscar algo, o, mejor dicho, a alguien, detrás de mí. Yo le tendí la mano.

—Don Martín, le presento a don Cristóbal de Balboa, el marido de doña Purificación —dijo Aquilino.

Martín cuadró los anchos hombros y respondió a mi saludo al tiempo que me miraba fijamente a los ojos. Nadie me había estrechado nunca la mano con tanta fuerza, ni me había mirado con tanta intensidad. Como mujer, estaba acostumbrada a que me besaran la mano con delicadeza, o me la sacudieran suavemente. Ningún hombre le sostenía la mirada a una mujer durante mucho tiempo a menos que tuviera una relación estrecha con ella o la estuviera cortejando abiertamente. Me esforcé todo lo que pude por devolverle el apretón de manos con la misma intensidad. Al contacto con la mía, su palma me pareció dura como una roca. Tal vez las manos de los hombres de campo eran todas así. En comparación, se podía decir que Cristóbal tenía manos de pianista, con los dedos largos y finos y tan suaves como un par de guantes de terciopelo.

Notaba que me ardían las mejillas. No me sentía segura de mi disfraz, pero le mantuve la mirada. No iba a ser yo la primera en apartar la vista. Algo me decía que obtener la aprobación de aquel hombre era fundamental. Sin embargo, después de un rápido examen de mi rostro, Martín finalmente me soltó la mano, como si careciera de interés.

—¿Doña Purificación se ha quedado en el puerto? —preguntó.

—No. —Aquilino hizo un gesto, señalando el vehículo—. Se lo explicaré de camino.

Los tres subimos a un automóvil similar al de Aquilino, con la diferencia de que se trataba de un turismo, con dos filas de asientos de cuero reluciente en vez de una, y que proporcionaron un cierto alivio a mi dolorido trasero después del incómodo viaje en canoa.

Nos detuvimos junto a la cubierta, donde Martín y Paco cargaron nuestros equipajes. De camino a la hacienda, Aquilino informó a Martín de que doña Purificación había fallecido durante la travesía en barco. Intenté descifrar algo en la expresión solemne en el rostro Martín, pero fue imposible. Se volvió hacia mí y me expresó sus condolencias sin preguntarme por los detalles de la defunción de «mi mujer». No fui capaz de dilucidar si era una muestra de discreción o de indiferencia.

Intenté mostrarme lo más comedida que pude. No quería que ninguno de ellos examinara mis rasgos desde cerca o que me hicieran preguntas. Como si fuera muda, escuché sus comentarios esporádicos, que competían con el fuerte ruido del motor. Mencionaron a gente que no conocía, aunque supuse que lo haría pronto. No obstante, la mayor parte de la conversación se centró en el tiempo que había hecho en los dos últimos días y en el progreso de los cultivos. Martín se volvió hacia mí y me explicó que ya habían comenzado a recolectar las vainas. Yo asentí levemente, como si no me interesara demasiado el asunto, aunque en realidad, estaba ansiosa por aprender todo lo que hubiera que saber sobre el negocio.

Al final de la carretera colgaba un cartel escrito a mano sobre una robusta valla. Martín detuvo el vehículo para abrir la cancela. No pude evitar fijarme en su manera de caminar; aquel hombre irradiaba confianza. Agaché la cabeza para leer el cartel a través del parabrisas. Sorprendida, tuve que leer el nombre dos veces.

LA PURI.

Mi padre le había puesto mi nombre a su hacienda.

* * *

La mansión de mi padre, pues aquella era la única forma de describir el lujoso edificio, era el lugar más bonito que había visto jamás. Se trataba de una casa señorial de dos pisos, con postigos y balcones por todas partes, una sólida estructura pintada con preciosos detalles de color granate, rosa y crema. A lo largo del porche un buen número de columnas dóricas servían de soporte a la segunda planta. De los balcones colgaban macetas de barro con helechos y orquídeas de color azul. El suelo del porche estaba formado por un precioso mosaico de coral que combinaba a la perfección con las paredes. Había una dama sentada a la sombra, con una taza de porcelana y un libro en las manos.

Martín estacionó delante de la casa; tanto él como el abogado se apearon. Segundos después se dieron la vuelta y me miraron. Como una idiota, me había quedado esperando a que me abrieran la puerta, más por costumbre que por otra cosa. De forma aturullada, abrí la puerta yo misma y bajé.

La mujer del porche llevaba un sombrero de color marfil que le ocultaba la mitad del rostro. Su vestido en tonos perla era largo y holgado, muy parecido a los elegantes modelos que había visto lucir en tantas ocasiones a las clientas más habituales de la chocolatería. Posada sobre su hombro había una cacatúa blanca con una larga cola, como si no quisiera que quedara la más mínima duda de que su atuendo monocromático era deliberado.

Cuando me aproximé a los escalones, reconocí los ojos de mi padre en el rostro de aquella mujer. Conforme me hacía mayor, había memorizado todos los rasgos físicos de mi padre valiéndome de un retrato que había en la repisa de nuestra chimenea.

Tenía que ser una de mis hermanas.

Apenas nos vio, se puso en pie para saludarnos. La cacatúa permaneció completamente inmóvil, excepto por una gran pluma amarilla que surgió como un resorte de su cabeza.

—Doña Angélica —Aquilino se acercó a la joven y le besó la mano.

Debía de tener un par de años menos que yo. Era esbelta y tenía un cuello largo como el de un cisne. Cada uno de sus movimientos irradiaba elegancia, desde la manera en que volvió la cabeza para examinarnos, sobre todo a mí, hasta el modo en que extendió los dedos para que le besara la mano una vez que Aquilino hizo las presentaciones correspondientes. No conseguía entender cómo alguien con una apariencia tan frágil podía vivir en un ambiente rural como aquel. Era el tipo de persona que encajaría perfectamente en Madrid o en París, no en el campo.

Cuando le besé la mano sentí que se me encendían las mejillas. ¡Me resultó tan antinatural! La única mano que había besado hasta aquel momento era la del párroco, y solo porque mi madre me había empujado a hacerlo. Angélica alzó ligeramente una ceja y me examinó con mayor detenimiento. Yo me bajé el sombrero canotier para taparme lo más posible.

Cuando Aquilino mencionó el trágico fallecimiento de María Purificación durante la travesía, Angélica frunció el ceño.

—¡Qué pena! —dijo, negando con la cabeza—. Estaba deseando conocerla.

No habría sabido decir si estaba siendo sincera o solo educada. Su expresión no revelaba más que disgusto, y teniendo en cuenta el calor asfixiante, bien podía ser una reacción al clima, y no a las malas noticias.

—Entren, por favor.

Agarró un abanico blanco de la mesa y lo abrió con un rápido movimiento, como una bailaora de flamenco. No pude evitar imaginar a mi madre cuando bailaba con su falda de lunares: su expresión seria, su actitud orgullosa, la precisión de sus pasos y la elegancia con que movía las manos. El flamenco había sido su gran pasión, pero solo bailaba en privado en nuestro salón; siempre se había cuidado mucho de esconder su sangre gitana.

Conforme entrábamos, la cacatúa movió ligeramente las patas grises para acomodarse en el hombro de mi hermana.

Era innegable que aquella hermana mía era un dechado de gracia y feminidad. El vaivén de sus caderas mientras entraba a la hacienda había captado totalmente la atención tanto de Aquilino como de Martín. ¡Si hasta yo me había quedado mirando, y era una mujer!

Una vez dentro, se quitó el sombrero y dejó a la cacatúa en lo alto de una jaula. Llevaba el pelo recogido en un moño muy elegante. Cuando vi el enorme retrato de mi difunto padre en el vestíbulo, me di cuenta de lo mucho que se parecían la tez y el tono de piel de Angélica a los suyos.

El mosaico del suelo se prolongaba hasta la entrada, pero las paredes del interior eran de color azul celeste. Detrás de otra columna había una escalera de caracol, y una araña de cristal pendía sobre nuestras cabezas.

En ese momento, un hombre alto descendió por los escalones.

—Justo a tiempo, *cher* —dijo Angélica—. Ven. Quiero presentarte al marido de María Purificación, don Cristóbal de Balboa.

Cuando dijo mi nombre, sonó casi como si me conociera muy bien, como si hubiéramos crecido juntas y la familia hablara de mí a menudo. No se percibía ni la más mínima incomodidad en su tono. En cierto modo, me resultó incluso conmovedor. Pero no podía bajar la guardia: por lo que sabía, alguno de los habitantes de aquella casa quería verme muerta.

—Don Cristóbal, este es mi esposo, Laurent Dupret.

Un francés. Sabía de antemano que muchos europeos habían ido a buscarse la vida a aquel lugar recóndito, pero aun así me sorprendió encontrarme a uno de ellos justo allí, con aquel aspecto tan pulcro y radiante.

Llevaba un traje gris a rayas, una corbata a cuadros y un pañuelo cuidadosamente doblado que asomaba estratégicamente del bolsillo delantero de la americana. Parecía como si acabara de afeitarse, a pesar de que ya era media tarde.

—Encantado —dijo Laurent tendiéndome la mano.

Tenía los brazos largos y sus dedos, más que de carne y hueso, parecían de goma. La manera en que me estrechó la mano fue mucho más suave que la de Martín, pero Laurent era sin lugar a dudas un hombre varonil y seductor, y de no haber sido por mi disfraz, por la forma en que me escrutó, habría jurado que intentaba coquetear conmigo. Había algo perturbador en él, y aquello aumentó más todavía el miedo que sentía a que alguno de ellos acabara descubriendo quién se escondía realmente detrás de aquellas gafas. Pero no se dio cuenta de nada, o al menos eso me pareció.

Desvié la mirada y seguí a mi hermana hasta una elegante sala de estar que olía a pino y a cera para abrillantar muebles. En una esquina había un arpa.

—¿Le apetece un *whisky*, don Cristóbal? —me ofreció entonces Angélica.

Yo estaba acostumbrada a bebidas alcohólicas de poca graduación, como el vino, la sangría o incluso, en alguna que otra ocasión, el champán, pero nunca tomaba destilados.

Todas las miradas se posaron en mí, excepto la de Martín. Después de nuestro primer encuentro, lo cierto era que apenas me había prestado atención.

—Sí, gracias —respondí lentamente.

—¡Julia! —profirió Angélica, alzando la voz—. Trae la botella de *whisky*, por favor.

Mientras nos situábamos en torno a una mesa con tablero de mármol, una doncella vestida de uniforme blanco y negro, con el pelo recogido en una trenza que le daba la vuelta a la cabeza, entró en la sala con paso sigiloso. Llevaba una bandeja llena de vasos de cristal y una botella dorada.

—Llama a Catalina —le ordenó Angélica mientras tomaba la botella.

Catalina, mi otra hermana.

Cualquiera hubiera pensado que, teniendo en cuenta lo sola que me encontraba, ardería en deseos de conocer a mi familia. Y probablemente, en otras circunstancias, habría sido así, pero después de lo que había sucedido en el barco, desconfiaba de todo y de todos. Y, sin embargo, una parte de mí tenía curiosidad por saber más cosas sobre ellos. Intenté, sin éxito, controlar el temblor de las manos mientras alargaba el brazo para tomar el vaso que me ofrecía Angélica. Tan pronto como mi mirada se cruzó con la suya, esbozó de nuevo una sonrisa.

—Tome asiento, por favor —me dijo.

Me senté en una silla con el asiento tapizado en color escarlata.

Una mujer vestida de negro de pies a cabeza entró en la habitación. Era demasiado joven para ir vestida con semejante rigor. La falda de encaje le llegaba por debajo de los tobillos y las largas mangas de su blusa le cubrían los brazos por completo, aunque, por mucho que intentara ocultarse bajo la ropa, la tela se ceñía con tal precisión a su cintura y a sus caderas que realzaba cada una de las curvas de su cuerpo. En cuanto a los ojos y las cejas, cuidadosamente perfilados, eran tan impresionantes que resultaba imposible apartar la mirada de ellos.

Se pasó la mano por el apretado moño y se me quedó mirando. Era el único desconocido para ella en la sala.

—Este es el marido de María Purificación —anunció Angélica—. Nos ha traído una triste noticia: nuestra hermana falleció a bordo del *Andes*.

Fue casi imperceptible, pero Catalina abrió ligeramente los ojos, como si se hubiera sorprendido, al tiempo que lanzaba una rápida mirada a su hermana. No fui capaz de dilucidar si el gesto era una reacción al fallecimiento de su hermana y a lo que significaba para ellas, o si de algún modo había descubierto la verdad sobre mí.

—Don Cristóbal, esta es mi hermana Catalina.

La joven me miró y masculló algo que sonó a condolencias.

—Que Dios la tenga en su gloria.

Me quedé mirando la cruz gigantesca que colgaba de su cuello e incliné la cabeza mientras me aferraba al frío vaso de cristal. No me vi con fuerzas para besarle la mano.

—Es un placer conocerla —dije mecánicamente.

Por una vez en mi vida, me alegré de tener alcohol al alcance de la mano. Lo necesitaba. Bebí un trago que, conforme bajaba, me abrasó la garganta y paseé la mirada por los rostros de todos los presentes, conteniendo el impulso de empezar a soltar acusaciones. Uno de ellos era el responsable de la muerte de mi Cristóbal y, a pesar de ello, se comportaban como familiares considerados y altruistas, como si les afectara lo que me había sucedido. Probablemente, lo único que lamentaran fuera que no hubiéramos muerto los dos.

—¿Le apetece comer algo, don Cristóbal? —me preguntó entonces Angélica.

—No, estoy bien.

Me había sonrojado, lo notaba. Me incliné hacia delante y apoyé los antebrazos en las rodillas. El silencio se hizo insoportable. Hubiera podido arrancarme las gafas y la barba, proclamar a los cuatro vientos quién era y exigir que me dijeran quién había matado a mi marido.

Pero las cosas no eran tan sencillas.

Mientras Laurent y mis hermanas seguían sentados frente a mí con aire de suficiencia, Martín se acercó al armario y alargó el brazo para hacerse con otra botella. Al hacerlo, se le abrió la americana, dejando al descubierto la amenazante empuñadura de un revólver.

¿Quién me aseguraba que no me pegaría un tiro si me convertía en un estorbo? Les habría venido de maravilla a todos los descendientes de mi padre. En aquel lugar nadie sabía quién era ni sentía ningún afecto por mí. Siempre podían pagarle al abogado para que guardara silencio. Al fin y al cabo, no me debía nada. De hecho, conocía desde el principio todos los detalles sobre nuestro viaje; Cristóbal se los había proporcionado mediante sendos telegramas desde España y Cuba. Cualquiera de los presentes podía haberle sobornado para que enviara a un sicario que se ocupase de aquella hermana española, aquel engorro que había decidido presentarse para reclamar parte de la hacienda de los Lafont.

Solía pensar que la gente era buena por naturaleza. La Puri que había crecido en Sevilla, que se llevaba bien con todo el barrio, jamás habría pensado ni por un instante que aquel grupo de personas de aspecto respetable era capaz de hacerle daño. Pero aquella Puri ya no existía: se había quedado en las aguas del Caribe.

El intenso sabor del alcohol inundó mi boca.

Aquilino sacó un sobre de papel manila de su cartera, se secó la frente y el cuello por si acaso, y extrajo un montón de papeles.

—Bien —dijo—, hablemos de la cuestión que nos ocupa: la herencia de don Armand.

CAPÍTULO 🌿 4

Una semana antes

Mi madre siempre decía que los hombres solo resultaban útiles cuando ya no estaban. Después de que Cristóbal desapareciera en las aguas del Caribe, la nostalgia de nuestra vida juntos me envolvió como un manto. No había hora del día, no había minuto en que no pensara en él.

Pasaba el tiempo reviviendo una y otra vez aquellos últimos instantes en la cubierta, como si pensar en ello hubiera podido cambiar algo. Debería haber golpeado al hombre antes de que acuchillara a Cristóbal. Debería haber saltado al agua detrás de mi marido para evitar que se ahogara. Debería, debería... Y entonces, una vez terminaba de torturarme con todo lo que no había hecho, intentaba convencerme de que había actuado correctamente. Había pedido ayuda inmediatamente después de que una ola se tragase la cabeza de Cristóbal. Había presionado al capitán para que detuviera la nave. Me había ofrecido voluntaria para ir con el grupo de búsqueda en uno de los botes salvavidas. (El capitán, sin embargo, había rechazado mi petición. Según él, era demasiado peligroso para una mujer). Había permanecido en cubierta hasta el amanecer, con la mirada fija en las aguas implacables, esperando vislumbrar algún atisbo de mi marido.

Se pasaron horas buscándolo, iluminando la superficie del agua con potentes luces, gritando su nombre. Pero no lograron encontrarlo, ni tampoco al malvado hombre que lo había asesinado. El capitán intentó consolarme asegurándome que se había tratado de una muerte rápida. «Teniendo en cuenta la herida de la que habla», dijo, «lo más probable es que no sufriera. Casi con toda seguridad perdió el conocimiento debido a la hemorragia».

Sí, ese era mi único consuelo, que probablemente no había sufrido.

El problema era que, si yo no lo hubiera arrastrado a aquel condenado barco, nunca habría muerto. Si no hubiera discutido con él, habría pasado la noche durmiendo sobre las teclas metálicas de su máquina de escribir en lugar de en el fondo del océano.

Si no hubiera, si no hubiera...

La había emprendido a gritos contra el capitán cuando abandonaron la búsqueda. Le había exigido que siguieran buscando. Le había dicho que éramos personas muy influyentes en España. Asquerosamente ricos. Grandes terratenientes. Que, si encontraba a Cristóbal, le pagaríamos en oro y en tierras. Pero cuando vi que los gritos, las promesas o las amenazas no funcionaban, pasé a las súplicas. El hombre, con su rostro bronceado y un bigote que le cubría todo el labio superior, esbozó una sonrisa de conmiseración y posó una mano sobre mi hombro.

—Lo siento, señora. No podemos hacer nada más. Su marido está con Dios, nuestro Señor.

—¿Y usted cómo lo sabe? —respondí con aspereza. Él abrió ligeramente los ojos. Apuesto a que nunca había oído una blasfemia de aquel calibre de boca de una mujer española.

Sin embargo, en lugar de lanzarme una mirada de reprobación o despedirse sin más miramientos, me apretó el hombro ligeramente y asintió con la cabeza.

Lo cierto es que no quería pensar en dónde se encontraba Cristóbal en aquel momento. Ninguna de las posibilidades me satisfacía. De hecho, no podían ser más espantosas. Descomponiéndose en el fondo del océano. Devorado por los tiburones. Tumefacto. Amoratado. Cerré los ojos. Prefería imaginarlo regresando a mi lado, emergiendo del agua y escalando de alguna manera los diez o quince metros que lo separaban de la cubierta.

¡Cómo anhelaba escuchar de nuevo su golpeteo al escribir! Pero la preciada máquina de Cristóbal permanecía intacta desde su desaparición, desde hacía seis amargos días. ¿Habría pensado en su novela en aquellos últimos instantes? ¿En el hecho de que jamás la acabaría?

Hubiera dado cualquier cosa por volver a tropezarme con sus botas en la oscuridad.

Sí, mi madre tenía razón sobre los hombres. Solo apreciabas sus virtudes cuando ya no estaban.

Erguí la espalda y llamé con los nudillos a la puerta del capitán. Nunca había conocido a un británico con un bronceado tan intenso como el del capitán Blake.

—Señora Lafont, pase usted, por favor.

Por aquel entonces ya teníamos bastante confianza, pero todavía se mostraba reticente a mirarme directamente a los ojos. Era el tipo de hombre que se sentía a sus anchas entre otros hombres, pero que se mostraba terriblemente tímido con las mujeres.

—¿Cómo procede la investigación, capitán?

—Me alegro de que haya venido, señora Lafont. Precisamente quería hablar de eso con usted. Pero, por favor, tome asiento.

Me indicó un sofá de piel ocre situado frente a su mesa. Un inconfundible olor a tabaco impregnaba la habitación.

Obedecí.

—¿Ha averiguado la identidad del atacante?

—Me temo que no, señora. —Se acomodó detrás del abarrotado escritorio; su rostro quedó parcialmente oculto tras un globo terráqueo—. No hemos encontrado a nadie en nuestros registros que coincida con la descripción que nos dio. —Las orejas se le pusieron ligeramente encarnadas—. He decidido cerrar la investigación y dictaminar que la muerte de su esposo fue un accidente.

—¿Un accidente? ¿Qué quiere decir con eso? —Me agarré con fuerza al brazo de la silla—. ¡Le dije que aquel hombre me atacó! ¡Cristóbal solo pretendía defenderme!

—Y la creo, señora. No hace falta que levante la voz. Pero me temo que, sin pruebas, no puedo hacer gran cosa. Esta investigación ya me ha robado mucho tiempo; tengo un barco que capitanear y cientos de pasajeros a los que atender.

—¡Esto es ridículo! ¿Está dispuesto a mentir, por escrito, porque es más sencillo y le resulta más conveniente?

—No estoy mintiendo. Por desgracia, no hay ninguna prueba que demuestre que estoy equivocado.

—¿No hay nadie más que pueda hacerse cargo de esta investigación? ¿Las autoridades ecuatorianas, por ejemplo?

—No, señora. Este es un barco británico, bajo jurisdicción británica, de manera que la investigación deberían llevarla a cabo las autoridades del Reino Unido. Si el... incidente hubiera sucedido después de que arribar a Ecuador, sí que hubieran podido hacerse cargo.

—¿Me está diciendo que la única manera de averiguar quién mató a mi marido sería regresar a Europa? ¡Eso es absurdo!

—Si lo desea, puede usted presentar una queja en el consulado británico de Guayaquil y contratar a un abogado que represente sus intereses en Gran Bretaña.

«¿En Gran Bretaña?». ¿Cómo iban a encontrar al asesino de Cristóbal desde allí?

—No me inventé la existencia de ese hombre, capitán. Era real. Conocía mi nombre de pila.

—Señora Lafont, sé que esto no es lo que deseaba oír. Sé que querría que se hiciera justicia con su marido, pero tengo las manos atadas. Me temo que no puedo hacer nada más.

Me puse en pie, pero lo hice demasiado rápido. Algo mareada, me llevé la mano a la frente.

—¿Se encuentra bien? Puedo llamar al doctor Costa, si lo desea.

—No —respondí—. No será necesario.

Había conocido al doctor Costa la noche del «accidente». Era compatriota mío, un catalán que viajaba a Colombia para ayudar con la epidemia de gripe española, que tantas vidas había segado en los últimos dos años. Después de que abandonaran la búsqueda, me había administrado un sedante que me había ayudado a no volverme loca pensando en que Cristóbal se encontraba en algún lugar de aquel aterrador océano.

El capitán se puso en pie.

—Si decide regresar a España, señora, puedo ocuparme de que embarque en otra nave tan pronto como lleguemos a Guayaquil.

—No, gracias. Tengo previsto continuar con mi viaje.

—Perdone que insista, pero, por lo que sé, se dirigía usted a una pequeña ciudad en la costa de Ecuador; si es así, me atrevería a decir que un viaje de esas características podría ser muy peligroso para una mujer sola.

Con todo lo sucedido, no me había parado a pensar en el resto del viaje, aunque me aterraba la idea de trabajar en una plantación sin la ayuda de mi marido.

—Las Américas son muy diferentes de lo que usted conoce, especialmente las zonas rurales. No es mi intención asustarla, pero he oído algunas historias sobre misioneros, hombres y mujeres, que han sido atacados en la costa y en la jungla. No entraré en detalles, pero digamos que las mujeres, especialmente, se enfrentaron a experiencias muy traumáticas.

Notaba la boca seca. Pasados unos instantes, recuperé el habla:

—El abogado de mi padre estará en el puerto, esperándome para llevarme a Vinces. —¿«Experiencias muy traumáticas»? ¿Como cuáles?—. Le agradezco su interés, capitán, pero no tiene de qué preocuparse.

Soné mucho más convencida de lo que lo estaba en realidad. La verdad era que no conocía de nada al abogado, ni tenía referencias sobre él. Para ser sinceros, no las tenía sobre nadie. Me quedé pensando en aquellas mujeres, las misioneras a las que había aludido el capitán. ¿Habían sido violadas? ¿Eran esas las terribles experiencias a las que se refería? El capitán había conseguido ponerme nerviosa, pero era demasiado orgullosa para dejar que se me notara. Había llegado demasiado lejos como para volverme a Sevilla con las manos vacías. Me despedí con una leve inclinación de cabeza y abandoné el despacho.

* * *

Me estaba volviendo un poco obsesiva con la máquina de escribir de Cristóbal. Me pasé los veinte minutos siguientes limpiando cada una de las teclas con un paño húmedo, como si pudiera hacerlas relucir. Como si mi marido fuera a regresar para acabar su amada novela. Como si con aquello pudiera lograr que me perdonase. Una vez hube terminado con la fila inferior, empecé de nuevo desde la esquina superior izquierda. Las letras y los números se empañaron. Una lágrima cayó sobre una de las teclas.

Alguien llamó a la puerta, sobresaltándome.

«¿Habrán encontrado a Cristóbal?».

Corrí a abrir, secándome las lágrimas con el dorso de la mano y arrebujándome en la americana del esmoquin de mi marido.

La mujer del otro lado de la puerta debió leer la decepción en mi cara. Cristóbal estaba muerto. ¿Cuándo iba a aceptarlo?

—Buenos días —dijo—. Me parece que nos conocimos la otra noche, cuando mi marido la estaba atendiendo.

Recordaba vagamente aquellos rizos sueltos que enmarcaban su pálida tez. Cuando sonrió, unos colmillos afilados trastocaron la armonía de su alineada dentadura. Excepto por ese detalle, era una mujer hermosa, con una nariz escultural y unos labios carnosos.

—¿Su marido? —pregunté.

—El doctor Costa.

—Ah, sí, el catalán.

—Exacto. Perdone que la moleste, pero... —En ese momento echó un vistazo al pasillo—. ¿Le importa que entre?

—No, por supuesto que no.

Abrí la puerta del todo para dejarla pasar.

—Es comprensible que no me recuerde, con todo lo que ha sucedido. —Se sentó sobre la cama de Cristóbal, que seguía tan pulcra como él la había dejado—. Lo siento. ¡Seré maleducada! Ni siquiera me he presentado. —Me tendió la mano—. Me llamo Montserrat.

—Yo Purificación, pero todo el mundo me llama Puri.

—A mí puedes llamarme Montse.

Me cayó bien desde el primer momento. Tenía uno de esos rostros que prometían largas veladas, algo de vino y una agradable conversación. En circunstancias diferentes, Montse y yo podríamos habernos convertido en buenas amigas.

Sacó un paquete de cigarrillos y unas cerillas de su bolso de mano dorado y me ofreció uno. Yo negué con la cabeza. El tabaco nunca me había gustado.

—Escucha, no quiero que pienses que soy una metomentodo —dijo—, pero somos compatriotas y debemos apoyarnos entre nosotras, ¿sabes? —En ese momento se encendió un cigarrillo—. Acaba de llegar a mis oídos algo que podría interesarte. Mi marido y yo estábamos hablando con el capitán Blake (¿verdad que es muy atractivo?) acerca de la investigación sobre tu esposo. El capitán dijo que no habían avanzado nada, que iba a cerrar el caso y todo eso, cuando uno de sus hombres apareció con una maleta de mano. —Dejó escapar una bocanada de humo entre los labios—. Al parecer, la habían encontrado en uno de los trasteros que hay junto a la cocina, donde guardan productos de limpieza, mopas y escobas. El caso es que creen que pertenecía al hombre que os atacó a ti y a tu marido, y sospechan que se escondía allí desde el principio, porque había una manta en el suelo.

¡Así que no estaba loca! Había pruebas de que el hombre había estado allí.

Me puse en pie.

—¡Espera! ¿Adónde vas?

—A hablar con el capitán. ¿Adónde si no?

—Eso no te será de ninguna ayuda —dijo, descruzando las piernas—. El capitán Blake nos ha pedido a mi marido y a mí que no te comentemos nada. Creo que quiere pasar página y olvidarlo todo, como si nunca hubiera sucedido.

—Pues no pienso permitirlo.

Ella esbozó una sonrisa.

—¿Sabes dónde está la maleta? —pregunté. Necesitaba verla antes de que se deshicieran de ella.

—Vi como el capitán la dejaba junto a su mesa. Deberíamos ir ahora, mientras desayunan.

* * *

Montse se quedó fuera del despacho del capitán mientras yo me introducía en él con el mayor sigilo. Junto al escritorio había una maleta desgastada, justo donde Montse había dicho que estaría. La coloqué encima del sofá, abrí los cierres metálicos y alcé la tapa.

Debajo de dos camisas había un par de pantalones, calzoncillos, un juego de afeitado y una jabonera. Me puse a buscar desesperadamente una cartera o algo donde apareciera un nombre, pero lo único que encontré fue un libro: una Biblia. Tuve que contener la risa por lo irónico de la situación.

La hojeé en busca de un nombre. En el interior descubrí un sobre. Eché un vistazo a la puerta, levanté la solapa y extraje dos trozos de papel: uno era un cheque, posdatado, de un banco en Vinces. El lugar donde debía aparecer el nombre del beneficiario estaba en blanco, y la firma era ilegible.

En el otro trozo de papel solo aparecía un nombre: el mío.

Mis sospechas eran fundadas. Alguien había enviado a aquel hombre para que me matara. Aquello era prueba suficiente para continuar con las pesquisas, pero no confiaba en que el capitán cumpliera con su obligación. Ya había demostrado que no estaba interesado en seguir adelante con el caso ocultando la existencia de la maleta y dictaminando que el asesinato había sido un accidente. No era un detective ni un investigador privado. Simplemente se limitaría a enviar la documentación a otra persona, documentación que acabaría acumulando polvo en el camarote de alguien. No, no quería que las autoridades británicas se ocuparan del caso. ¿Quién sabía cuántos meses, o incluso años, llevaría?

Deslicé el sobre bajo la manga de mi vestido.

Tendría que encontrar yo misma al asesino de Cristóbal.

* * *

No le hablé a Montse de los papeles. Era una mujer afable, pero me acababa de demostrar que no sabía guardar un secreto. Lo primero que había hecho después de que el capitán le pidiera discreción había sido venir a contarme lo de la maleta. No es que no le estuviera agradecida por la información; gracias a ella había encontrado la primera pista que necesitaba para descubrir quién estaba detrás de todo aquello, pero apenas la conocía y no podía fiarme de nadie.

Aquella noche no pude pegar ojo, y cuando finalmente conseguí dormir un poco tuve terribles pesadillas en las que, o bien me atacaba un grupo de hombres en mitad de la jungla, o me encontraba en camisón, vagando sin rumbo por una plantación de cacao, completamente perdida. Además, cuando me daba media vuelta en la cama para intentar encontrar la posición más cómoda, las palabras del capitán resonaban en mi mente: «Un viaje de esas características podría ser muy peligroso para una mujer sola».

Me estremecía solo de pensar lo que podía haberles sucedido a aquellas misioneras a las que había hecho alusión el capitán. Si mi destino final hubiera sido Guayaquil, podría habérmelas arreglado, pero no conocía nada de Vinces ni de la geografía de Ecuador. Por lo que sabía, a aquel asesino —porque ahora estaba segura de que la agresión no había sido algo fortuito— bien podía haberlo contratado el abogado de mi padre. Era el único que sabía de mi llegada y que conocía la fecha en que se produciría. Cristóbal había mencionado el *Valbanera* en el telegrama, y también el *Andes,* una vez llegamos a Cuba. Por un momento contemplé la propuesta del capitán de regresar a Sevilla.

Pero ¿qué me quedaba allí? No tenía ni familia, ni casa, ni siquiera mi chocolatería. Lo había vendido todo. Todas mis pertenencias cabían en tres baúles. Me senté y encendí la lámpara de la mesita de noche.

Los baúles estaban apilados contra la pared. Hasta aquel momento no había pensado ni un segundo en lo que iba a hacer con las posesiones terrenales de Cristóbal. Habría resultado agotador cargar con su equipaje a través de una tierra desconocida sin ningún propósito, solo por razones sentimentales. Tendría que regalar sus ropas a los pasajeros de tercera clase.

A Cristóbal le habría parecido bien. Era un hombre caritativo. Una vez le había sorprendido dándole de comer a tres mendigos en la parte trasera de la chocolatería. Sus americanas desaparecían de forma inexplicable, especialmente durante la época de lluvias, y unos días después acababa descubriéndolas sobre los hombros de algún vagabundo sentado en los escalones de la iglesia. Siempre decía que no necesitaba mucho para sentirse satisfecho. No era lo material lo que le hacía feliz, sino las experiencias.

Abrí su baúl. Tanto los pantalones, como los chalecos y la ropa interior estaban cuidadosamente doblados, tal y como él los había dejado, y había varias pajaritas de diferentes tamaños y colores que le había comprado yo. Era así como le gustaban las cosas: ordenadas, predecibles. Intenté imaginar qué habría hecho en mi lugar, si hubiera sido yo la que hubiera perecido en aquel barco. ¿Habría regresado a España? ¿O se habría aventurado en un país extranjero para cumplir los deseos de su difunta esposa? Independientemente de la decisión que hubiera tomado, las cosas habrían sido mucho más sencillas para él. Era un hombre y, por esa razón, corría menos riesgos. Los demás hombres se lo pensarían dos veces antes de intentar agredirle. Además, hubiera podido defenderse mejor que yo. Incluso alguien tan pacífico e intelectual como Cristóbal le había plantado cara a un criminal. Había demostrado ser mucho más fuerte de lo que jamás me hubiera imaginado. Pensé en sus hombros, mucho más anchos que los míos, y en sus zancadas decididas, tan diferentes de los pasitos que se suponía que debían dar las mujeres.

En aquel instante se me ocurrió una idea. Saqué los pantalones de mi esposo del baúl. Eran anchos, pero con algunos pequeños arreglos podían quedarme bien. Siempre había sido de complexión delgada y tan alta que, cuando era adolescente, solía encoger los hombros y doblar ligeramente las rodillas cuando un joven de baja estatura me invitaba a bailar. Aquello siempre había sido motivo de discusión con mi madre.

—Ponte derecha —me decía, echándome los hombros hacia atrás—. Muéstrate orgullosa. A los hombres les gustan las mujeres seguras de sí mismas.

—Soy demasiado desgarbada, nadie va a quererme así —respondía yo—. ¡Mira qué brazos! ¡No se acaban nunca!

—¡Tonterías! Con ese cuerpo podrías dedicarte al baile.

Pero a mí nunca me interesó el flamenco. Lo que en realidad me gustaba era la cocina.

De jovencita, mi principal preocupación era que me obligaran a casarme con un hombre más bajo que yo. Por eso sentí un gran alivio cuando mi madre me presentó a Cristóbal y resultó ser unos centímetros más alto.

Me miré al espejo. Tenía las cejas gruesas y, si dejaba de depilármelas unos días, podían llegar a tener un aspecto más masculino. La nariz era pequeña y respingona, pero podía usar las gafas de Cristóbal para taparla. Después de todo, mi padre la tenía igual. Entonces me froté la suave piel de la barbilla. Necesitaba algo para ocultar el hecho de carecer de vello facial. Las barbas siempre lograban que los hombres parecieran mayores. Pensé en los miembros del espectáculo de variedades, con aquellos bigotes y perillas. Sabía que eran falsos porque los había visto sin ellos unos días antes, cuando habían salido de sus camerinos para ir a comer. Quizá pudiera colarme en sus aposentos y hacerme con ellos. Tal vez dejase algo de dinero, por las molestias.

En cuanto a mi larga cabellera, que tanto adoraba Cristóbal, no había más remedio que deshacerme de ella. Pero ¿y la voz?

La ventaja era que no tenía una voz demasiado aguda. De hecho, uno de los motivos de queja de la Cordobesa cuando yo intentaba cantar era que me esforzaba por interpretar las canciones como una soprano cuando mi voz era de natural grave. En una ocasión, Cristóbal me había dicho que aquella voz profunda le parecía muy sensual. Era irónico que los rasgos físicos que en el pasado habían sido un motivo de vergüenza (las muñecas gruesas, el pecho casi plano y las caderas angulosas) pudieran serme tan útiles en aquellas circunstancias.

CAPÍTULO 🌿 5

Abril, 1920

Mientras se ponía las gafas, Aquilino me informó de que se había llevado a cabo una lectura previa del testamento ante aquel grupo de personas tres meses antes, pero que se veía obligado a leerlo de nuevo «para evitar malentendidos».

En aquel momento, todos los cuchicheos cesaron de golpe y se impuso un tenso silencio.

Aquilino procedió a leer un largo y tedioso documento que estipulaba que todas las posesiones materiales de mi padre debían dividirse en cuatro partes: una para cada uno de sus hijos. Pero había una salvedad: un pequeño detalle que no me esperaba.

Mi padre, el hombre al que nunca había llegado a conocer realmente y que, según el testamento, se encontraba «en pleno uso de sus facultades mentales», me había dejado a cargo de su posesión más preciada: la plantación de cacao. Tal y como estaban las cosas, yo heredaba el 43 por ciento de sus bienes, mientras que el 57 por ciento restante se dividiría entre mis tres hermanos, de manera que les correspondía un 19 por ciento a cada uno. Dado que Alberto había renunciado a su parte, esta debía dividirse entre las tres hermanas restantes, así que finalmente me quedaría con cerca del 50 por ciento de la hacienda de mi padre.

Era la principal heredera, y quien se ocuparía de gestionar la plantación.

Notaba tal tensión en los hombros que tuve que hacer un esfuerzo deliberado para relajarlos. ¿Por qué me había dejado mi padre a cargo de todo, si no me había visto desde que tenía dos años? ¿Por qué no se lo había legado a Angélica, la mayor de sus hijas ecuatorianas, o a Alberto, el único varón de la familia?

Conforme Aquilino continuaba leyendo, en ese tono monótono que utilizaba cada vez que abría la boca, Angélica se abanicaba cada vez más rápido. Resistí la tentación de mirar en su dirección. No era difícil imaginar el resentimiento que debía sentir de una mujer como ella ante el hecho de no ser la principal beneficiaria de la herencia paterna.

—Don Cristóbal —dijo Aquilino, levantando la vista de los papeles—, la ley ecuatoriana es muy clara en lo que a herencias se refiere. Con el fallecimiento de doña Purificación, su partición deberá dividirse entre sus hermanos. —Nos miró a cada uno de nosotros por encima de sus gafas—. A los herederos solo se les permite dejar un veinticinco por ciento de sus bienes a quien ellos decidan, pero el resto, me temo, debe quedar en la familia.

Sentí como todas las miradas se posaban en mí. La noticia, indudablemente, había sido muy bien acogida por cada uno de ellos. Con Puri muerta, todos salían beneficiados.

Mi mente trabajaba a toda velocidad. Ninguno de los presentes parecía exultante por la idea de que Puri hubiera heredado la mitad de la hacienda Lafont. Rápidamente dirigí la mirada al bulto del cinturón de Martín. Si desvelaba quién era realmente, me encontraría en peligro de forma inmediata. Lo más probable era que quienquiera que hubiera conspirado para matarme a bordo del *Andes* lo volviera a intentar. En cambio, si seguía haciéndome pasar por mi marido, estaría a salvo. Podría indagar libremente y averiguar quién de ellos había tramado mi asesinato. Aquella cláusula sobre los descendientes podría resultar muy ventajosa. Podía proporcionarme tiempo para encontrar las pruebas que necesitaba; después podría revelar mi verdadera identidad y reclamar mi herencia.

De pronto, un pensamiento hizo que me detuviera: si a mi marido no le correspondía nada de la herencia, ¿con qué excusa iba a quedarse?

Dejé mi vaso sobre la mesita del café.

—Don Aquilino, ha dicho usted que Puri podía dejar el veinticinco por ciento de su herencia a quien ella quisiera, ¿cierto?

—Así es. —Aquilino estaba ya recogiendo sus papeles y volviendo a guardar el sobre en la cartera—. Pero, para que sean legalmente válidos, sus deseos deben estar recogidos por escrito.

Eché los hombros hacia atrás.

—Puri dejó por escrito sus últimas voluntades. En ellas manifestaba su deseo de legarme todo lo que heredara.

Mis hermanas intercambiaron miradas en silencio. Martín seguía mirando por la ventana —no se había sentado en ningún momento, y tampoco había abierto la botella de jerez— y Laurent se aflojó el nudo de la corbata. La cacatúa voló hasta Angélica y se posó en su hombro. La presencia del ave no pareció perturbarla.

—Pero eso solo da derecho a don Cristóbal al veinticinco por ciento. ¿Cierto, don Aquilino? —dijo Angélica.

—Correcto. El setenta y cinco por ciento de la parte de doña Purificación tiene que dividirse entre usted y doña Catalina, dado que don Alberto renunció a la herencia. —El abogado dejó la maleta en el suelo y se volvió hacia mí—. Don Cristóbal, necesitaría ver ese papel que firmó su esposa y, evidentemente, comparar la firma con la de su pasaporte. Además, me hará falta su certificado de matrimonio y el certificado de defunción de doña Purificación.

Me sequé el sudor de la frente.

—En este momento no tengo en mi poder el certificado de defunción de mi esposa. El capitán del barco me prometió que me lo enviaría desde Panamá cuando hubieran terminado el papeleo. Debería llevar una semana, más o menos. —Me sorprendió mi propia habilidad para mentir. Supuse que era puro instinto de supervivencia—. Por supuesto, no tengo ningún interés en quedarme. No sé nada del negocio. De hecho, estaría encantado de poder vender mi veinticinco por ciento a quien lo quiera, y así regresar a España.

Angélica se reclinó sobre el respaldo de su asiento mientras acariciaba a su cacatúa.

—No soy un hombre ambicioso —proseguí—. Mi único sueño siempre ha sido escribir una novela. La verdad es que solo accedí a acompañar a mi esposa en esta odisea por ese motivo.

Angélica sonrió por primera vez.

—¡Eso es maravilloso! Laurent también tiene inclinaciones artísticas. Hubo un tiempo en el que, al igual que usted, ambicionó dedicarse a la literatura. ¿Verdad que sí, querido?

—*Oui, chérie* —respondió Laurent.

Martín cruzó los brazos a la altura del pecho, como si aquel asunto fuera el más tedioso del mundo.

Aunque había mentido al decirles que estaba dispuesto a vender mi parte de la hacienda, por un momento consideré la posibilidad de hacerlo. ¿De verdad quería pasarme el resto de mi vida rodeada de aquellos buitres? ¿No sería mejor regresar a mi país, donde todavía tenía amigos que me querían y donde podía empezar un nuevo negocio con el dinero de mi padre? Pero si volvía a España, lo haría sin mi marido, y alguno de los presentes en la habitación tenía la culpa de aquello.

Era una cuestión de justicia, no de ambición. Mis hermanas habían tenido a mi padre para ellas solas a lo largo de toda su vida, y era evidente que no querían acogerme como parte de la familia, sino más bien al contrario, deseaban borrarme de la faz de la tierra.

Tomás Aquilino se puso en pie.

—En ese caso, don Cristóbal, ha llegado el momento de regresar a la ciudad y buscarle alojamiento.

—¡Tonterías! —Catalina habló con voz firme—. Don Cristóbal es el esposo de nuestra difunta hermana, y lo correcto sería que se quedara aquí, con la familia. ¿No crees, Angélica?

Angélica pareció sorprendida, pero no dijo nada.

Me sentía entre la espada y la pared. La única manera de averiguar más cosas sobre aquella gente y descubrir cuál de ellos era capaz de cometer un asesinato era quedarme, pero, al mismo tiempo, detestaba admitir —incluso ante mí misma— que me ponía nerviosa la idea de estar tan cerca de mi potencial asesino, o que descubrieran que era una impostora.

—Por supuesto, no pretendemos imponerle nada, don Cristóbal. —A Angélica le tembló un poco la voz—. Pero nos encantaría que se quedara con nosotros.

Me miró fijamente. Los ojos le brillaban.

—En ese caso, si todo el mundo está de acuerdo, yo me marcho. Me gustaría partir antes de que anochezca —dijo Aquilino—. Don Cristóbal, en cuanto llegue el certificado de defunción de doña Purificación, recogeré toda la documentación y podremos seguir adelante con los trámites del testamento. Eso también proporcionará algo de tiempo a la familia para decidir si quieren adquirir su parte.

—Excelente —respondí.

Todo el mundo se puso en pie para dar las gracias al abogado, excepto yo. El *whisky* me proporcionó el coraje, aunque breve, para quedarme en un segundo plano mientras Aquilino se despedía. Había albergado la esperanza de no tener que seguir fingiendo ser un hombre. Detestaba hacerme pasar por lo que no era, pero no veía otra opción. A lo largo de la semana, probablemente averiguaría quién quería verme muerta y podría reclamar mi herencia con mi verdadero nombre. Siempre y cuando no se las arreglaran para matarme antes.

CAPÍTULO 🌿 6

Angélica

Tres meses antes

Laurent me apretó la mano con fuerza en el momento en que Aquilino leyó un nombre que hacía años que nadie pronunciaba en voz alta en nuestra casa: María Purificación de Lafont y Toledo.

La hija española de mi padre.

La hija legítima.

De no ser por ella, yo habría sido la favorita de mi padre. Puede que suene mezquino, pero no me importa. Cualquiera que tenga que vivir a la sombra de un fantasma —un fantasma perfecto, en este caso— sabe lo que significa no ser nunca lo suficientemente buena, recibir solo unas migajas de atención, una sonrisa de vez en cuando, un leve pellizco en la mejilla como recompensa por practicar con el arpa tres horas al día y tocar como los ángeles. Toda mi buena disposición pasaba desapercibida, como también lo hicieron mis esfuerzos por llevar la casa con una precisión matemática después del fallecimiento de mi madre.

Erguí la espalda mientras escuchaba la larga lista de bienes que mi padre le había legado. Era la confirmación de lo que había sospechado durante toda mi vida.

Mi padre no era una persona cruel, más bien al contrario; siempre me había colmado de regalos. Pero eso era todo lo que recibía: cosas. El problema estaba en que yo no era ella, su primogénita; nacida en Europa, de madre española. Yo no sentía ningún apego por la tierra, por aquellas malditas semillas de cacao, ni tampoco por el chocolate, a diferencia de ella, que lo hacía incluso desde la distancia. No, yo había nacido en el Nuevo Mundo, y era hija de una mestiza, su segunda y no muy legal esposa; y ciertamente mi sangre, al menos en parte, no era la de una dama española de alta cuna. No importaba que fuera vestida a la última moda, o que tuviera el pelo claro (lo lavaba con infusión de manzanilla cada dos días para que los mechones se mantuvieran rubios). No cambiaba nada el que me hubiera casado con un francés únicamente para complacer a mi padre, o que hubiera memorizado el nombre de todas y cada una de las esposas importantes en el París Chiquito. Daba igual la meticulosidad con que llevara la cocina, esforzándome por incluir las recetas favoritas de mi padre todas las semanas: *chateaubriand*, *quiche florentine*, *cordon bleu*, suflé y, por supuesto, el pescado de los viernes, como la buena familia católica que éramos. Tampoco faltaba nunca el arroz; un día sin arroz en nuestro país era lo mismo que no haber comido como Dios manda.

Pero nada de eso importaba.

Mi padre no tenía tiempo para mí. Algunos días, cuando lo veía hablando con Martín, me preguntaba si me había vuelto invisible. Me ponía a toser solo para llamar su atención, pero la mayor parte de las veces era Martín el que acababa dándome unas palmaditas en la espalda, sin perderse ni una palabra de la conversación.

Mientras Aquilino proseguía con la lectura de las últimas voluntades de mi padre con aquel monótono sonsonete tan suyo, no pude evitar mirar de reojo a Martín. Estábamos todos reunidos en el salón, rodeando al abogado de mi padre, con los codos apoyados sobre la mesa y los labios fruncidos. Martín tenía las manos entrelazadas y las apretaba con tal fuerza que los nudillos se le habían vuelto blancos. Al parecer, el testamento estaba teniendo en él un efecto similar al que había provocado en mí.

Mi padre nunca había intentado esconder el hecho de que Martín era para él el hijo que Alberto nunca fue. Martín era decidido, severo con los trabajadores y, por encima de todo, compartía con mi padre su pasión por el negocio. Alberto, en cambio, apenas se había hecho notar hasta que entró en el seminario. Hablaba con monosílabos y pasaba día y noche encerrado en su habitación, enfrascado en sus libros de arquitectura, teología y filosofía. En las raras ocasiones en que lo veíamos, durante las comidas, parecía vivir en otro mundo, y si tomaba la palabra, era para tratar cuestiones sobre las que ninguno habíamos pensado nunca, o que no tenían nada que ver con la conversación que estábamos teniendo. («¿Creéis que la bondad es algo innato o aprendido?»).

No así mi padre. Ni tampoco Martín. Para ellos los días y las noches se regían por el ciclo vital de los árboles. Aquellas delicadas plantas eran nuestra fortuna y nuestra condena. Si un determinado año la cosecha era buena, mi padre hacía resonar su risa estruendosa por todos los rincones de la casa, y nos colmaba a mi madre, a Catalina y a mí de regalos.

Pero que Dios nos amparara si la cosecha era mala.

En los años malos, mi padre se encerraba en su despacho durante horas que parecían no tener fin, en un estado permanente de ayuno, y a la única persona a la que se le permitía entrar era a Martín (con una botella de vino tinto o de jerez como billete de entrada). Se dedicaba a escribir cartas interminables que nunca llegaba a enviar, y que terminaban acumulando polvo en un cajón mientras la Marsellesa sonaba en su gramófono a todo volumen, una y otra vez, hasta ponernos la cabeza como un bombo. Cada vez que se abría la puerta, la mayor parte de las veces para que Martín entrara o saliera, le oía maldecir («*Ce pays de merde!*»).

Pero, al parecer, no le había dejado nada a Martín, algo extraño considerando lo unidos que estaban y lo paciente que había sido este cuando mi padre tenía una mala racha. Ni siquiera mi madre, la mujer más santa de este mundo, soportaba su mal carácter. En esos casos invitaba a las damas de la Cofradía a una tarde de plegaria. «La Virgen es la única que puede ayudar a tu padre en este momento», explicaba. Pero mi padre las detestaba, y ni la presencia ni los rezos de aquellas beatas consiguieron jamás que mejorara su temperamento. Más bien al contrario.

Alberto se tapó la boca y tosió, pero recuperó su cara de serenidad de inmediato. O bien no había entendido del todo lo que Aquilino estaba diciendo, o no le importaba.

Una vez hubo terminado de leer el documento, Aquilino alzó la cabeza y nos miró fijamente a cada uno de nosotros.

Las piernas me temblaban bajo la mesa. Me resultaba casi imposible digerir que el respetable Armand Lafont hubiera dejado la mayor parte de sus bienes a aquella hija lejana, alguien que para mí no era más que un nombre grabado en un cartel de madera que pendía a la entrada de la plantación, un nombre que me había atormentado toda la vida, pero que, de algún modo, no parecía real. Y ahora el nombre estaba a punto de convertirse en alguien de carne y hueso, e iba a presentarse en mi hacienda para reclamar todo lo que yo había conseguido acumular y mantener en perfecto orden. Pero ¿dónde estaba aquella amada hija mientras yo hacía de enfermera de mi padre durante los últimos seis meses de su vida? Aquel había supuesto el último golpe maestro.

—Pues nada —dijo Catalina, levantándose de su asiento—. Al fin y al cabo, ¿de qué sirven las posesiones materiales? No puedes llevártelas a la tumba, ¿no?

Era propio de ella decir algo así. Desde niña, Catalina había dado poco valor a los regalos de nuestro padre. No era infrecuente ver a las hijas de los campesinos llevando los vestidos de mi hermana o jugando con sus juguetes.

—Oh, cállate, Catalina —exclamé—. ¡No quiero oír ni una palabra al respecto!

Me las arreglé para ponerme de pie. Laurent se apresuró a socorrerme. Se había puesto pálido. Sin duda, aquello no era ni mucho menos lo que había previsto cuando accedió a casarse con la hija de un terrateniente francés. Aunque se las había apañado para engañar a toda la ciudad y hacerles pensar que poseía una fortuna personal, conmigo no lo había logrado. Sabía de antemano que la familia de Laurent no tenía nada, excepto un prestigioso apellido y mucha arrogancia.

Martín esquivó mi mirada, como siempre hacía, y sacó un cigarrillo liado a mano de su bolsillo delantero. Sus grandes manos temblaban ligeramente mientras se lo encendía, pero una vez dio la primera calada, el temblor disminuyó. No obstante, el ceño fruncido siguió ahí.

—Huelga decir, don Tomás, que mis hermanas pueden disponer libremente de mi parte de la herencia —anunció mi hermano Alberto, frotándose la barbilla.

Todavía no me había acostumbrado a ver a mi hermano pequeño vestido con un atuendo tan solemne. La sotana blanca le hacía parecer mayor, pero sus ojos todavía brillaban con aquel destello travieso y la curiosidad que tenía cuando era niño.

—En ese caso, padre Alberto, la ley exige que su parte se divida entre sus tres hermanas.

—¡Pero si Alberto ni siquiera conoce a Purificación! —intervine—. ¡Eso no sería justo! ¿Acaso no tiene ya bastante? —La voz se me quebró.

—Simplemente me limito a constatar lo que establece la ley, señora. Evidentemente, tiene usted todo el derecho a impugnar el testamento. —Aquilino cerró el maletín—. Mientras tanto, enviaré una carta a su hermana, en España, para notificarle el fallecimiento de su padre y sus últimas voluntades.

Laurent me agarró del brazo y negó ligeramente con la cabeza. Luego se inclinó hacia mí; su aliento cálido, con olor a vino, me hizo cosquillas en el oído.

—No te preocupes, *ma chère* —susurró—. Nos ocuparemos de esto.

CAPÍTULO 7

Puri

Abril, 1920

—¿Montura inglesa u occidental? —me preguntó Martín.

A petición de Angélica, el hombre que había sido la mano derecha de mi padre me iba a llevar a dar una vuelta por la plantación mientras la criada, Julia, me preparaba la habitación. No habría aceptado si hubiera sabido que tenía que montar a caballo.

¿Se suponía que todos los hombres sabían montar? Estaba totalmente segura de que Cristóbal jamás se había subido a uno de aquellos gigantes de cuatro patas. Era un hombre de ciudad hasta la médula. Pero no quería quedar como un gallina delante de Martín. Algo en él me decía que no sentía ningún respeto por los débiles.

—Inglesa —dije, lo que, por lo visto, resultó ser la decisión equivocada, pues la silla era mucho más pequeña y carecía de un cuerno al que agarrarse.

Martín sonrió por primera vez desde que lo había conocido, pero no me pareció un gesto simpático, sino más bien una señal de triunfo. Colocó una minúscula silla negra sobre el lomo del caballo y tiró de la cincha de cuero para tensarla alrededor de su tórax. Había elegido para mí una yegua blanca llamada *Pacha,* como la reina inca, según me había explicado.

Me quedé mirando sus largas patas. ¿Cómo diantres iba a encaramarme a aquel animal sin rasgarme los pantalones por la mitad?

Martín ajustó su propia silla, que era significativamente más grande que la mía y de una piel más gruesa, grabada con complejos motivos de hojas. También tenía un gran cuerno que sobresalía en la parte superior. ¿Sería demasiado tarde para cambiar de opinión?

El orgullo no me lo permitió. Me subiría a aquel caballo y lo montaría, aunque me fuera la vida en ello.

Con un rápido movimiento, Martín montó en el suyo. La silla parecía hecha a la medida de su cuerpo. Emitió unos curiosos chasquidos con la lengua para comunicarse con el animal. No tenía ni idea de cuál era el mensaje, pero el castrado debió de entenderlo, porque sacudió ligeramente las orejas y dio la vuelta hacia el sendero.

Imitando a Martín, apoyé ambas manos sobre el lomo de *Pacha* e introduje el pie izquierdo en el estribo. Luego me impulsé hacia arriba, pero la yegua no dejaba de apartarse. Notaba la mirada de Martín clavada en mí. Las mejillas me ardían. Agarré un puñado de crines de *Pacha* con la mano izquierda para impedir que se moviera y coloqué la derecha en la montura. Entonces me elevé de nuevo y pasé la pierna por encima de la grupa.

¡Por fin!

Sin soltar las crines de *Pacha,* alargué el otro brazo para hacerme con las riendas, pero, antes de que pudiera siquiera rozarlas, la yegua se encabritó. Como una canica, me deslicé hasta el suelo, donde aterricé junto a un montón de estiércol.

Me dolía más el orgullo que la espalda y el trasero, lo cual era decir mucho, pues no disponía de un gran colchón para amortiguar la caída y el dolor era tan intenso que me subía desde la rabadilla hasta la nuca.

—¿Se encuentra bien? —me preguntó Martín. Sonaba como si estuviera conteniendo la risa. Aquello solo consiguió que me enfadara aún más.

«Sí, ríete cuanto quieras, Sabater, pero lo primero que pienso hacer cuando sea la legítima propietaria de esta hacienda será ponerte de patitas en la calle».

Supuse que no valía la pena esperar que me ayudara a levantarme. Ser un hombre era realmente espantoso.

Me puse en pie, intentando sacudirme la suciedad del trasero, pero estaba lleno de barro. *Pacha* me lanzó una mirada desafiante. ¡Se iba a enterar de quién mandaba allí! Aferrándome con fuerza a la silla, me volví a impulsar hacia arriba, esta vez con más energía.

—Podemos intercambiarnos los caballos, si lo desea —dijo Martín—. Hay quien encuentra más sencillo cabalgar con este tipo de montura.

—No, no se preocupe.

—A don Armand le gustaban las monturas inglesas. Aseguraba que eran las únicas que debía usar un caballero. Solía decir que las occidentales eran para las clases inferiores.

A juzgar por el tono de su voz, me pareció que albergaba cierto resentimiento hacia mi padre; yo, sin embargo, me sentí reconfortada al descubrir que había elegido la misma silla que él. ¡Como me llamaba Puri que aprendería a montar igual de bien que Martín!

Intenté encontrar el equilibrio sobre el lomo de la yegua, pero mi arrojo inicial disminuyó tan pronto como el animal se puso en marcha. «¡Madre mía!». El suelo parecía estar tremendamente lejos, y no quería volver a caerme. No habría soportado una nueva humillación. Me agarré fuertemente a las crines y presioné los muslos contra los costados.

Cuando levanté la vista, Martín me estaba observando.

La expresión burlona de antes había desaparecido. Ahora su rostro no podía estar más serio. Había algo extraño en la forma en que me miraba.

—¿Qué? —pregunté.

Tardó unos segundos en contestar. Después, sin quitarme la vista de encima, me espetó:

—Utilice las riendas para guiarla. La derecha cuando quiera girar a la derecha, y la izquierda cuando quiera ir a la izquierda.

Me dije a mí misma que debía calmarme. Probablemente solo estaba sorprendido por el hecho de que un hombre no supiera montar.

—Lo sé —respondí—. No es la primera vez que monto. Es solo que he perdido la práctica, y el animal no me conoce.

Erguí la espalda y tiré de la rienda derecha. Para mi sorpresa, *Pacha* giró hacia la derecha, siguiendo al caballo de Martín.

Mientras la yegua proseguía por un sendero de tierra flanqueado por árboles de hojas enormes, sentí todos los músculos del dorso del caballo bajo los muslos. Así con mayor firmeza las riendas, intentando concentrarme en las vistas en lugar de en mi medio de transporte.

Después de un largo silencio, Martín se decidió a hablar.

—Tiene suerte de haber venido en esta época del año —dijo mientras guiaba a su caballo fuera del sendero para adentrarse en un laberinto de espesa vegetación—. Acabamos de empezar a recolectar las vainas, así que podrá ver todo el proceso.

Los cascos de los caballos aplastaban las hojas secas y grises que recubrían el terreno. Los colibrís piaban desde lo alto de las imponentes ramas, y en algún lugar cercano se oyó cantar a un gallo. Conforme nos introducíamos en las entrañas de la plantación, el borboteo de una corriente de agua fue aumentando de volumen, y un suave aroma a plátano lo invadió todo.

—Plantamos bananeros para favorecer el crecimiento de los árboles del cacao —dijo Martín, indicando un arbusto con hojas de un color verde más intenso—. Les proporcionan sombra, protegiéndolos de la luz directa del sol, y también los resguardan de los fuertes vientos, al igual que estos cedros.

Alcé la vista y me quedé mirando las copiosas ramas y abundantes hojas de unos cuantos árboles de enorme tamaño que cubrían la zona como gigantescos parasoles.

A mi alrededor, vainas de color amarillo, naranja y verde pendían de ramas en forma de uve como si fueran los adornos de un árbol de Navidad. Por la forma y el color parecían papayas, pero eran más pequeñas y su textura era más rugosa, como si la fruta estuviera sufriendo un brote de acné.

Me sentía como si hubiera penetrado en un bosque encantado. A Cristóbal le habría fascinado. No podía evitar preguntarme cómo habría sido vivir allí con él, criar a nuestros hijos rodeados de cedros, guayabas y, por supuesto, de vainas de cacao.

Los hijos que nunca tendríamos.

A pesar de que nunca había estado en aquel lugar, me sentía como en casa, como si por fin hubiera encontrado mi hogar. Me estaba engañando a mí misma cuando contemplé la idea de vender mi parte de la hacienda y marcharme.

Ocultos entre las hojas y las ramas, distinguí brazos, manos y cuchillos que separaban las vainas de sus tallos. Cuando llegamos a donde se encontraban los agricultores, estos se quitaron los sombreros y saludaron a Martín con una especie de murmullo. Había cerca de una docena de hombres, y todos iban ataviados con camisas blancas llenas de manchas y grandes sombreros de paja.

Unos pasos más allá vimos a un hombre con el pelo entrecano y una barriga prominente y redondeada, que sujetaba una vaina en una mano y un machete en la otra. Con un movimiento rápido y preciso, la partió en dos mitades. Su interior me recordó a los sesos de un animal, y el olor me hizo pensar en algo parecido a un jugo fermentado. Una membrana blanca similar al moco cubría una tira de pepitas de cacao. El hombre se la entregó a otro individuo con el pelo largo y una barba considerable que se encontraba en cuclillas junto a un cubo de metal. Con todo aquel pelo parecía que hubiera estado viviendo durante meses en una isla desierta. Este extrajo toda la membrana que pudo y volcó las pepitas dentro del cubo. Una vez estuvo lleno, lo agarró y se lo llevó por un sendero.

—¿Adónde va? —pregunté.

—Al almacén, para la fermentación. Ahora iremos para allá.

Intenté seguir a Martín por aquel camino, pero, por lo visto, *Pacha* tenía otros planes. Salió disparada a través de la espesura, esquivando las ramas y los troncos de los árboles, y fue tomando velocidad mientras a mí se me escapaban las riendas de las manos.

La agarré de las crines al tiempo que golpeaba una y otra vez con los talones en los costados para obligarla a detenerse, pero era inmune a cualquier intento de dominarla. Una rama me azotó la cara y las gafas de Cristóbal salieron disparadas hasta el suelo. Me llevé la mano a la barba para protegerla.

—¡*Pacha*! ¡Para! —El grito me salió estridente y chillón. Por suerte, Martín no estaba cerca.

Tomé las riendas con una mano, sin dejar de hacer presión en los costados. A lo lejos, se oyeron los cascos de otro caballo.

¡Martín!

¿Se daría cuenta de que era una mujer al verme sin las gafas? ¿Y cuándo pensaba parar aquel condenado caballo? Empecé a notar el sabor a sangre que me brotaba de un corte en el labio inferior.

Cuando llegamos a un riachuelo, *Pacha* aminoró la marcha. Se aproximó a la orilla y agachó la cabeza hasta que esta desapareció de mi vista. Parecía haber olvidado que me encontraba sobre su lomo. ¡Jesús, María y José! Simplemente estaba bebiendo, pero yo lo único que quería era bajarme de allí.

Me las arreglé para apearme de un salto. La tierra estaba húmeda y los zapatos se me llenaron de barro. Me froté los muslos doloridos y volví sobre los pasos que había dado *Pacha,* intentando localizar mis gafas.

Debían de estar por allí. Di varias zancadas sin apartar la vista de las hojas que crujían bajo mis pies. Por el rabillo del ojo percibí algo que me llamó la atención, algo brillante. Levanté la cabeza. A través de los arbustos vislumbré una estructura sólida, parte de un muro. Aparté las ramas a un lado para acercarme.

Se trataba de una casa, y había sido destruida por el fuego. Tiempo atrás debió de haber constado de dos pisos, pero el segundo había sido devorado por las llamas casi en su totalidad. Solo una parte de las paredes ennegrecidas permanecía en pie, y la mayoría de las ventanas del primer piso estaban rotas. Había manchas de hollín por todas partes.

—¡Don Cristóbal!

Los gritos que daba Martín provenían de algún lugar entre los arbustos.

No respondí. Tenía miedo de cómo podía sonar mi voz si vociferaba. Pero sus pasos se fueron acercando de todos modos. Finalmente apareció a pie, tirando de las riendas de su caballo.

—¿Qué le ha pasado?

—*Pacha* decidió que necesitaba un trago —dije, señalando hacia un lugar impreciso en dirección adonde se encontraba el riachuelo.

—Pues ya no está ahí —respondió, negando con la cabeza—. Las yeguas son complicadas. Igual que las mujeres —añadió con una carcajada.

Sonreí de mala gana; me pareció la reacción más apropiada.

—Puede tomar a *Román* para volver a la hacienda —dijo.

Le eché un vistazo al caballo tordo de Martín.

—No hace falta. Iré andando.

—No se preocupe. Yo lo guiaré.

—Le he dicho que iré andando.

Martín se encogió de hombros y entonces me mostró las gafas de mi marido.

—¿Son suyas?

—Sí —respondí, alargando el brazo—. Gracias. —Me las puse rápidamente, antes de que pudiera examinarme con mayor detenimiento—. ¿Qué ha pasado aquí? —pregunté, indicando la casa con la barbilla.

Él volvió a encogerse de hombros.

—Un incendio. Hace como un año. Era la casa del capataz y de su familia.

—¿Y se encuentran bien?

—El padre murió. La madre y el hijo sobrevivieron, pero sufrieron quemaduras de tercer grado, sobre todo el hijo.

Tragué saliva.

—¿Un niño?

—Por suerte, no. Es adulto, pero se le quemó la mitad de la cara.

CAPÍTULO 🌿 8

Un hombre con la cara quemada. Tenía que averiguar quién era y qué miembro de la familia le había encargado que me asesinara. Porque no tenía ninguna duda de que el hombre al que había hecho alusión Martín, el de las quemaduras de tercer grado, era el malnacido que había matado a Cristóbal.

Una vez a solas en mi habitación, saqué el cheque que había encontrado en la misteriosa maleta y lo examiné. La firma era ilegible y se había posdatado en mayo. En otras palabras, el hombre no podía cobrarlo hasta haber acabado conmigo. La única pista era el nombre del banco de Vinces. Cualquiera de los habitantes de aquella casa podía haberlo cumplimentado y habérselo entregado al hijo del capataz. Pero ¿quién?

Un firme golpe en la puerta me hizo dar un respingo. Tenía que tranquilizarme. Iba ataviada como un hombre, pensé. Mi disfraz me hacía menos vulnerable. La casa estaba llena de mujeres, de manera que se lo pensarían dos veces antes de atacarme. Además, en realidad yo no suponía ninguna amenaza, teniendo en cuenta lo poco que había heredado.

Metí el cheque en el cajón de la mesilla y busqué la barba y el bigote que había dejado sobre ella.

Al ver mi reflejo en un espejo ovalado situado frente a la cama, me coloqué el vello postizo lo más rápido que pude. Me picaba la barbilla. El adhesivo me estaba provocando un sarpullido.

—Siento interrumpirle la siesta, don Cristóbal —dijo Julia, la criada, desde el otro lado de la puerta—, pero la señorita Angélica me ha dicho que tuvo un incidente con un caballo y que necesitaba que lo atendiera.

Solté un gruñido. Todo el mundo en aquella casa parecía seguir las instrucciones de Angélica al pie de la letra. Al parecer, mi hermana no tenía bastante con haberme mandado a descansar, sino que, según parecía, había decidido que también necesitaba una enfermera.

La criada no esperó a que la invitara a entrar, sino que se plantó en la habitación con total desenvoltura, cargada con una cesta de mimbre. De su interior asomaba una botella de alcohol, una caja de latón y unos trapos.

—Oh, no, estoy bien —le aseguré, a pesar de que tenía un importante arañazo en el brazo y un enorme moratón en la parte externa del muslo—. No tiene por qué molestarse.

—No es molestia. Servirle forma parte de mi trabajo. ¿Dónde se ha hecho daño?

De ninguna manera podía quitarme los pantalones delante de aquella mujer, pero la determinación en los ojos de Julia me dejó bien claro que no me libraría de ella a menos que le permitiera curarme como mínimo una herida. Me subí la manga hasta la altura del codo y dejé al descubierto el arañazo. La sangre ya estaba seca, pero todavía estaba tierno y muy rojo. Por primera vez en mi vida, agradecí el hecho de tener vello en los brazos.

—No es nada —dije.

Julia no respondió. Estaba demasiado atareada colocando la cesta en la mesita de noche, sacando una bola de algodón de la caja de latón y empapándola de alcohol.

Si uno miraba detenidamente todos y cada uno de los rasgos de aquella mujer, no encontraba nada en ellos que llamara especialmente la atención: tenía los ojos muy separados, la nariz no era nada fuera de lo común y las cejas eran demasiado delgadas, pero todos ellos, vistos en conjunto, formaban un rostro armonioso y decididamente agradable a la vista. Tal vez lo único realmente bello era su boca de piñón. Por lo demás era delgada, con poco pecho, y la única pieza de joyería que lucía eran unos pendientes diminutos.

—Le va a escocer —dijo antes de presionar el algodón húmedo contra mi codo. La quemazón hizo que me estremeciera, y me mordí el labio.

Julia me vendó la herida y, sin avisar, me presionó en la frente con otra bola de algodón. Me quedé paralizada. ¿Y si se me caían la barba y el bigote?

Mientras me curaba la herida de la cara, las manos empezaron a sudarme. El aire caliente de su respiración me hacía cosquillas en la nariz. Su pelo despedía un olor a cebolla salteada y a lavanda. Cuando separó los labios, noté que tenía los dientes torcidos, un poco de conejo. Nunca había estado tan cerca de una mujer, excepto de mi madre, y su proximidad hacía que me sintiera incómoda.

¿Cómo reaccionaría un hombre al tener a una mujer tan cerca? Cristóbal probablemente me habría mirado el escote, pero yo no tenía el valor suficiente para hacer algo así. Sentía la necesidad de apartarla de mí de un empujón, pero aquello habría levantado sospechas.

Después de unos segundos espantosos, durante los cuales terminó de vendarme la cabeza, se echó atrás.

—Ya está.

Me puse en pie.

—Gracias.

—La cena estará servida dentro de unos veinte minutos. Cuando llegue el momento, vendré a por usted.

—No se moleste. Puedo ir por mi propio pie —dije. No estaba acostumbrada a tener criados siempre a mi disposición. Cristóbal y yo habíamos vivido en un piso minúsculo en Sevilla, con apenas espacio suficiente para nosotros dos y nuestras plantas. Yo misma me encargaba de cocinar, y doña Candelaria, nuestra casera, nos mandaba a su doncella una vez a la semana para que nos hiciera la colada y se ocupara de la limpieza.

La criada hizo un gesto de asentimiento con la cabeza, y seguidamente recogió las bolas de algodón usadas y las introdujo en la cesta.

—Julia...

La mujer levantó la vista, mirándome a los ojos.

—¿Lleva mucho tiempo trabajando aquí?

—Haré cuatro años en diciembre —respondió.

O sea, que había conocido a mi padre. Y probablemente al hombre de las quemaduras.

—Don Martín me ha enseñado hoy una casa destruida por un incendio. ¿Sabe quién vivía allí?

—El capataz y su familia, pero casi no me acuerdo de ellos. Siempre estoy dentro de la casa.

—¿Y conoce sus nombres?

—¿Por qué?

—No sé. Me ha impresionado mucho lo que les sucedió. Tal vez pueda hacer algo por esa pobre gente.

—Se marcharon después del incendio.

Recogió sus cosas. Necesitaba conseguir más información antes de que se fuera, como, por ejemplo, quién más vivía en la casa principal.

—Una cosa más, Julia. ¿Está casada doña Catalina?

—No.

—Pero es muy guapa. Debe de tener muchos admiradores.

—Si los tiene, nunca los he conocido. —Me estudió en silencio, como si estuviera evaluando si podía fiarse de mí o no—. Será mejor que no se acerque ella. Aquí, a la señorita Catalina la consideran una santa.

Sonreí, pero el ceño fruncido de Julia dejaba bien claro que no estaba bromeando. No sabía si me divertía más el hecho de que pensara que estaba interesado en mi hermana en un sentido romántico o el comentario sobre su santidad.

—¿Una santa? ¿Por qué?

—Cuando era pequeña, vio a la Virgen.

En su voz había un deje que no pude distinguir muy bien si era de desprecio o de admiración.

—¿Y dónde la vio? —pregunté, tragándome la palabra «presuntamente».

—Se le apareció en su habitación. Les envió un mensaje a todos los habitantes de la ciudad a través de ella.

—¿Qué mensaje?

Julia acabó de recoger sus cosas.

—Tendrá que preguntárselo usted personalmente.

Sin añadir nada más, abandonó la habitación. Yo solo había oído hablar de apariciones de la Virgen en libros y leyendas, nunca en la vida real. Me pregunté qué pensaría mi padre de la santidad de aquella hija suya. ¿Creería, como Julia, que la aparición había sucedido realmente? ¿O, como yo, se mostraría escéptico?

CAPÍTULO 🌿 9

Catalina

Tres meses antes

Angélica llevaba dos días sin dirigirme la palabra. Aquello no tenía nada de excepcional; estaba pasando por una de esas rachas de mal humor que le daban de vez en cuando. En eso era igual que nuestro padre, aunque, por supuesto, jamás lo reconocería. Sin embargo, esta vez no la culpaba por su cólera. Debía de haber supuesto un golpe tremebundo para su ego que nuestro padre le hubiera dejado la mayor parte de sus bienes a una hermana a la que no habíamos visto jamás.

Lo que desde luego no me esperaba era verla asomar la cabeza por la puerta de mi habitación con una de sus sonrisas encantadoras. Angélica no había vuelto a entrar en mi habitación desde que éramos niñas. Incluso entonces, siempre era yo quien la seguía por toda la casa.

—¿Qué quieres? —le pregunté, aparcando mis buenos modales.

Abrió la puerta del todo y entró, con *Ramona* sobre el hombro. Me sorprendió no ver a Laurent pegado a ella como una sombra. Al parecer, había venido a este mundo solo y exclusivamente para satisfacer todos los caprichos de mi hermana.

—¿Cómo que qué quiero? ¿Es que no puedo pasar un momento a saludarte? —Se acercó de forma sibilina a mi cama y se sentó a mi lado—. ¿Qué estás leyendo?

Le di la vuelta a mi ejemplar de *Fortunata y Jacinta* para que no pudiera ver la cubierta. Benito Pérez Galdós estaba en la lista de autores prohibidos por el Vaticano, pero aquella historia me tenía cautivada. Había tenido que esperar años hasta conseguir el libro. Había sido toda una odisea.

—¿Hay algo que pueda hacer por ti, hermana? —pregunté.

—La verdad es que sí.

Trazó con aquellos dedos delicados que tenía el contorno del libro, mi favorito, aunque Angélica no tenía ni idea. No sabía nada de mí, a pesar de que habíamos pasado todos los días de nuestra vida bajo el mismo techo.

—Dime, ¿qué te ha parecido lo del testamento que ha dejado nuestro padre?

Me encogí de hombros. Nunca había tenido esperanzas de heredar. Supuse que esa era la razón por la que no me habían sorprendido sus últimas voluntades.

—Sé que no eres una mujer ambiciosa y que te complacen más las... cuestiones espirituales, pero ¿no crees que se ha cometido una gran injusticia con nosotras?

—El mundo no es justo. Mira lo que le sucedió a nuestro Señor Jesucristo.

—Estoy de acuerdo. —Alargó el brazo con una elegancia felina y apoyó la mano sobre la mía—. Pero estoy preocupada por ti, Catalina. ¿Qué va a ser de ti cuando yo no esté? Como bien sabes, soy la mayor, y probablemente moriré antes que tú. ¿Qué harás sin la protección de un marido? Ambas sabemos que no puedes contar con que nuestro hermano te ayude. Nadie sabe cuánto tiempo permanecerá en esta parroquia. Podrían trasladarlo en cualquier momento.

Yo no quería ni oír hablar de maridos. Era un asunto que me hería y me avergonzaba. Era la única mujer de mi edad de todo París Chiquito que seguía soltera.

—Aunque las cosas no tienen por qué suceder de ese modo —añadió.

Estaba empezando a perder la paciencia, pero no tuve el valor de ser grosera con ella. Era un defecto que arrastraba desde la infancia, el hacer siempre todo lo posible por conseguir su aprobación. Que mi adorada hermana estuviese mi cuarto, prestándome atención, era uno de mis mayores deseos cuando era niña. Siempre había sido tan sofisticada, siempre estaba tan segura de sí misma; era la joven más popular de Vinces. Cuando tenía diecisiete años, no había día en que no recibiera a un admirador o, al menos, un regalo. Era exasperante.

—Y creo que tengo la solución —sentenció.

—¿Qué quieres decir?

—¿Es que no te das cuenta, hermana? Con la parte de la herencia de Purificación, podríamos contar con una dote considerable para ti. ¡Por fin podrías casarte!

—¿A mi edad?

«¿Quién iba a querer casarse con una solterona de veintitrés años?», pensé.

Angélica soltó una carcajada, lo que me recordó a una de las muchísimas ocasiones de nuestra infancia en las que me ganaba a las cartas.

—Catalina, querida, ¡estás en la flor de la vida! Nunca has estado tan guapa como ahora. La única razón por la que los hombres no se te declaran es porque no quieren que les condenen para toda la eternidad. Para un hombre puede ser muy intimidante estar con una mujer como tú, la mujer a la que la Virgen escogió para ser su emisaria.

¡Por amor de Dios! ¡Estaba tan harta de escuchar lo santa y pura que era!

—¿Y por qué una dote habría de cambiar el hecho de que los hombres, como tú dices, se sientan intimidados por mí?

Angélica se puso de pie.

—Pues porque les incitaría a declararse. Verían lo interesada que estás en formar una familia, un hogar propio. Ahora mismo, la gente de la ciudad piensa que estás encantada de pasarte el día rezando y comunicándote con la Virgen. No saben que una parte de ti ansía ser amada y tener hijos. —En ese momento me apretó el hombro—. No dejes que tu vida se reduzca a eso. Puedes aspirar a mucho más, Catalina. Te mereces más.

¿Cómo podría explicar el efecto que produjeron en mí las palabras de mi hermana? Sabía que era tan astuta como una gata —siempre lo había sabido—, y, aun así, no pude resistirme a ella. No era más que otro peón en la larga lista de personas incapaces de oponerse a sus deseos.

CAPÍTULO 🌿 10

Puri

Abril, 1920

Los tablones de madera de cedro crujían cada vez que bajaba un escalón. Me guie por las voces que provenían de una de las habitaciones y entré en la sala. Toda la familia estaba sentada alrededor de una mesa ovalada. Un delicado tapiz italiano cubría por completo una de las paredes. Martín también estaba allí, y además había una cara nueva, un joven sacerdote (¿mi hermano, quizá?) que se encontraba sentado en uno de los extremos. Incluso la cacatúa tenía su sitio reservado en el respaldo de la silla de Angélica.

—Don Cristóbal, me alegro de que haya podido reunirse con nosotros —dijo Angélica desde el otro lado de la habitación. Se había cambiado de ropa: llevaba un vestido negro de lentejuelas y un sombrero a juego, con una larga pluma que copaba toda la atención del ave.

—Buenas noches —dije, en un saludo general. Cada vez se me daba mejor bajar el registro de voz sin tener que aclararme la garganta continuamente.

Era una noche sofocante, con un enjambre de mosquitos a los que había que ahuyentar para que no se acercaran a una bandeja repleta de patas de cangrejo y gambas cocidas. Los abanicos de mis hermanas se movían al compás de sus incansables muñecas, y de pronto fui consciente de que, con aquel calor, no podría pegar ojo en toda la noche. El aire estaba tan cargado que casi se podía tocar, y la camisa de Cristóbal se me pegaba a la espalda. Qué suerte tenía de llevar el pelo tan corto.

—Don Cristóbal —dijo Angélica—. Este es mi hermano, el padre Alberto.

—Encantado —saludó el hombre, posando sobre la mesa un vaso de agua.

Yo le devolví el saludo con una inclinación de cabeza. Él me miró fijamente. Demasiado fijamente. Era un hombre delgado, de brazos largos, como los míos, con los ojos marrones y algo hundidos. Tenía un aura de serenidad que contrastaba con la permanente agitación de Angélica.

Me acomodé en un asiento vacío frente a Catalina y Martín. A mi izquierda estaba el marido de Angélica, Laurent, y a mi derecha, el cura. Laurent me sirvió un vaso de vino. Daba la sensación de que hubiera interrumpido una conversación, y el silencio que se había impuesto en la habitación estaba empezando a ponerme nerviosa. Me toqué el mentón con disimulo para asegurarme de que la barba seguía en su sitio.

Martín también me estaba mirando con insistencia. ¿Acaso vivía allí? Su presencia me ponía de los nervios, sobre todo porque sabía que llevaba consigo una pistola. La única persona que no me resultaba amenazante era Catalina, que me miró con una sonrisa amable mientras se limpiaba la boca a toquecitos con una servilleta.

Quizá debería haberme hospedado en Vinces. O tal vez debería haber contratado a alguien para que me protegiera, y presentarme con él en la hacienda reclamando mi herencia a voz en grito. Pero ¿dónde iba a encontrar a alguien así en aquel lugar remoto? Desde luego, no en un anuncio del periódico.

—Quiere cacao, quiere cacao —gruñó la cacatúa.

Tardé unos segundos en entender lo que decía.

—Ven aquí, *Ramona*. Pero estate calladita, cariño, que tenemos invitados. —Angélica tomó una especie de pepita de un pequeño cuenco que tenía junto a su plato y se la dio al pájaro.

—Quiere cacao, quiere cacao.

«¿Quiere cacao?». Sí, eso era lo que había dicho. Angélica le estaba dando de comer semillas de cacao. Con lo costosas y preciadas que eran en España, y aquella mujer las malgastaba con una cacatúa.

—Angélica, en serio, ¿es realmente necesario que *Ramona* esté todo el tiempo contigo, incluida la hora de la cena? —dijo Catalina.

Angélica frunció el ceño.

—Nadie ha pedido tu opinión.

—Venga, hermanas, no discutáis. Nuestro cuñado está aquí —dijo el párroco.

¿Cuñado? ¡Ah, sí! Yo.

—Don Cristóbal —dijo Alberto—, estoy deseando que me hable sobre su país. Siempre he querido viajar a España. ¡Debe de ser tan diferente!

—Lo es —dije—. El clima de Andalucía es mucho más seco.

—¿Es verdad que el país está plagado de ciudades amuralladas?

—Algunas hay.

—¿Y molinos de viento? ¿Como en *Don Quijote?* —quiso saber Alberto.

—Sí, e hileras y más hileras de olivos.

—¡Fascinante! —dijo.

—Si te gustan las aceitunas —intervino Catalina, poniendo cara de asco.

—A papá le encantaban —añadió Angélica con cara ausente—. Siempre le tomaba el pelo a Catalina diciendo que mejor que no le gustaran, porque eran muy caras y difíciles de conseguir en esta parte del mundo. Normalmente las hacía traer de Perú.

No hice ningún comentario. No es que no quisiera oír hablar de mi padre, pero enterarme de aquellos momentos de intimidad familiar entre él y mis hermanas me molestaba. Me recordaba todo lo que me había perdido.

Con los dientes, extraje un pedazo de carne de cangrejo de una de las patas. Otra ventaja de ser un hombre era que podías comer con las manos y a nadie le llamaba la atención. Mis hermanas, en cambio, tenían que usar el cuchillo y el tenedor para sacar apenas una pizca de carne de debajo de la concha.

Martín sacó el tema de las fiestas de la ciudad, que se celebrarían en breve.

—Debería quedarse, don Cristóbal —sugirió Catalina—. Se organiza una gran cantidad de actividades muy entretenidas esa semana.

—¿Y qué se celebra? —pregunté.

—La fundación de Vinces —dijo Martín.

La verdad era que no estaba de humor para celebraciones, pero seguro que mi marido habría disfrutado mucho de aquellos festejos tradicionales. Además, aquello me permitiría ganar algo de tiempo.

—Supongo que podría servirme de inspiración para mi libro —dije.

—Tampoco se espere nada del otro mundo —soltó Laurent—. En mi opinión, es todo muy arcaico.

—Arcaico o no —intervino Martín—, será una buena oportunidad para relacionarse con compradores de fuera.

—Estoy de acuerdo —dije, incapaz de reprimir mi opinión. Aquel también iba a ser mi negocio.

Martín se me quedó mirando.

—¿Sabes lo que le daría cierto caché a las fiestas? —dijo Laurent, dirigiéndose a su esposa—. Una regata.

—¿Una regata? —respondió Martín—. No veo cómo va a ayudar eso a vender semillas de cacao.

—¿No has dicho que te gustaría atraer a compradores de fuera? Las regatas son el no va más en Europa.

—¿Y quién ha dicho que queramos que sean europeos?

—Martín, por favor —dijo Angélica. Seguidamente dio un pequeño apretón a Laurent en la mano—. Creo que es una idea maravillosa, *mon amour*.

—Una regata. Me gusta cómo suena —dijo mi hermano—. Es más, creo que la iglesia debería tener su propio equipo. A algunos de sus miembros más entrados en carnes les vendría bien algo de ejercicio físico. Tal vez el padre Telmo podría ser el capitán —añadió, guiñándome un ojo y dándose unas palmaditas en la barriga.

—¡Alberto! —exclamó Catalina—. No me parece un comentario muy cristiano por tu parte.

—Tranquilízate, hermanita. A la Virgen también le gustan las bromas.

—Quiere cacao, quiere cacao.

—¡Julia! —llamó Angélica—. Más cacao para *Ramona*, por favor.

Julia entró cargada con pequeñas tazas de café para todos.

—Se ha acabado el cacao.

—¡Tonterías! —replicó Angélica, poniéndose de pie—. Vivimos en una plantación. Por supuesto que queda cacao.

Mi hermana cruzó la puerta de la cocina como una exhalación.

—Quiere cacao, quiere cacao.

Alberto se lanzó hacia la cacatúa y le tapó la cara empleando su servilleta.

—Ya está bien, *Ramona*. A dormir.

La cacatúa comenzó a agitar las patas arriba y abajo desde el respaldo de la silla, protestando.

Mientras Julia colocaba una taza ante mí, pensé en lo mucho que añoraba mi chocolate caliente. No me había tomado una taza desde que me había marchado de mi país.

—Si Angélica consigue encontrar más semillas —dije— podré preparar chocolate caliente para todos.

Los comensales se miraron unos a otros. ¿Había dicho algo inapropiado? Por supuesto. Los hombres no preparaban bebidas para los demás, a menos que fueran alcohólicas. Prácticamente eran incapaces de cortar la comida de su propio plato. ¡Qué idiota había sido! Me había puesto en evidencia con ese afán tan mío de servir a los demás.

—¿Chocolate caliente? —intervino Catalina—. ¿Qué es eso?

—Pues chocolate —le expliqué—, mezclado con leche, azúcar y canela. Se sirve caliente.

—Uno creería que, con todo este cacao a nuestro alrededor, habríamos probado todas esas exquisiteces —dijo—, pero los exportadores nunca vemos la otra parte del ciclo del cacao.

No me lo podía creer. ¡No habían probado nunca el chocolate!

—Yo sí —manifestó Laurent—. Se podría decir que mi país inventó el chocolate.

—A decir verdad —dije yo—, fuimos los españoles los que llevamos el cacao a Europa desde el continente americano, y los primeros en añadirle leche y azúcar.

—Don Cristóbal tiene razón —terció Martín, claramente por el placer de llevarle la contraria a Laurent.

Ramona emitió un chillido estridente y empezó a brincar.

—¡*Ramona!* ¿Qué te ha pasado? —Angélica había vuelto con un puñado de semillas en la mano. Retiró la tela de la cabeza de la cacatúa. *Ramona* bufó, mostrando el plumaje amarillo de debajo de sus alas, y seguidamente profirió una retahíla de insultos indescifrables—. No tiene ninguna gracia, Alberto. Sinceramente, no sé cómo la gente accede a confesarse contigo —dijo.

—Pues lo hacen. Y con mucho gusto —respondió él—. De hecho, tú también deberías.

—Gracias —Angélica se acomodó en su asiento y tranquilizó a la cacatúa con las semillas—, pero me va estupendamente con el padre Telmo.

—Eso es porque se queda dormido mientras hablas.

—¡Alberto! —exclamó Catalina—. Ya está bien de blasfemias, por Dios. ¿Qué va a pensar don Cristóbal? ¿Que nos mofamos de nuestra fe?

A decir verdad, no sabía qué pensar de ellos. Me obligué a terminarme el café, extremadamente amargo en comparación con mi chocolate.

Después de cenar, mis hermanas nos ofrecieron un pequeño concierto con sus respectivos instrumentos. Hacían un dueto estupendo, Angélica con el arpa y Catalina con el violín. Era evidente que habían recibido formación musical. Si mi padre me hubiera mandado a buscar años antes, puede que yo también hubiera tenido mi propio profesor de música y que, al igual que ellas, me hubiera convertido en una intérprete avezada. ¡Me gustaba tanto la música!

Tuve que reprimirme para no ponerme a tararear y a balancearme de un lado a otro, a pesar de lo mucho que me emocionaron los hermosos sonidos que arrancaban los hábiles dedos de mis hermanas. Deseé haberlas podido acompañar con mi voz, pero hubiera resultado un desastre. Para empezar, no estaba capacitada para cantar como un tenor o un barítono, de modo que mi canto habría puesto de manifiesto la farsa bajo la que me ocultaba, pero además me había vuelto muy insegura respecto a mi voz desde que Cristóbal y la Cordobesa habían tomado la costumbre de taparse los oídos con algodón cada vez que cantaba. ¡Menuda desfachatez!

Sabía muy bien que no era la Caramba, ni ninguna de esas cantantes de zarzuela legendarias, pero me gustaba creer que tenía cierto don para cantar, algo que hacía con frecuencia, normalmente mientras tostaba granos de cacao en la tienda. Suspiré. ¡Cuánto echaba de menos mi antigua vida! Pero la había abandonado para siempre.

—¿Don Cristóbal? —La voz de Martín me trajo de nuevo a la realidad.

Mis hermanas habían acabado de tocar y me miraban con actitud expectante.

—¿Sí? —dije.

—Le preguntaba si le gustaría venir a la ciudad a beber algo con Alberto y conmigo.

¿Beber con un sacerdote? Mi primer impulso fue declinar el ofrecimiento. No me gustaba acostarme tarde, y tampoco me agradaba especialmente la compañía de Martín, pero me contuve. Aquella podía ser una excelente oportunidad para sacarles algo de información a los dos hombres. Es más, si encontraba la manera de quedarme a pasar la noche en la ciudad, podría llevar el cheque al banco apenas me levantara y averiguar quién lo había firmado. De lo contrario, tendría que conseguir que alguien me llevara a Vinces por la mañana o subirme de nuevo a uno de aquellos caballos e ir yo misma al banco. A mi magullado trasero no le tentaba demasiado la idea.

—Por supuesto —respondí.

Mientras mi hermano se despedía de nuestras hermanas, subí a toda prisa a la habitación y me hice con el cheque.

CAPÍTULO 11

Resultaba evidente lo poco que sabía de los hombres y sus hábitos, porque jamás había oído hablar de ningún sacerdote que frecuentara las tabernas. Aunque tal vez mi hermano fuera diferente del resto de hombres de Dios. El caso era que aquella noche se me presentó una oportunidad excepcional, la de acceder a la mente masculina sin ningún tipo de restricción. Para mi sorpresa, cada vez me entusiasmaba más conocer aquel mundo suyo, tan misterioso.

Seguí a Martín y Alberto hasta una habitación que estaba en penumbra, donde el volumen de las risas y el ruido de las botellas y los vasos al entrechocar aumentó considerablemente. Pasamos por delante de una larga barra flanqueada por una hilera de taburetes, detrás de la cual había dos camareros con delantales blancos bien planchados, trajinando.

Nos sentamos en una de las mesas del fondo. Una vez hubimos dado cuenta de la primera ronda de aguardiente, estudié a mis dos acompañantes. Existía una camaradería entre ellos que no habían mostrado en la casa, y que yo nunca había experimentado con ninguna mujer. Con las féminas de mi vida —mi madre, mis amigas, mi ayudante—, siempre había tenido que elegir mis palabras cuidadosamente, para no herir sus sentimientos. Pero aquellos dos hombres se sentían muy cómodos el uno con el otro. Martín explicó que se conocían de toda la vida, aunque Alberto era tres años más joven que él.

—Intenté salvar a este de una vida de celibato, pero no me escuchó —dijo Martín, remangándose la camisa—. Si lo hubiera hecho, ahora no tendría la muñeca destrozada.

Tardé unos segundos en entender la relación de una cosa con la otra, pero, cuando lo hice, solté una risita de aprobación. No era precisamente el tipo de humor al que estaba acostumbrada, pero al parecer ellos lo encontraban gracioso.

Martín se pasó los dedos por el cabello, riendo con gusto, mientras Alberto lo miraba con una sonrisa divertida. El administrador se llenó de nuevo el vaso e intentó añadir más «puro»[1], como él lo llamaba, al mío. Lo rechacé con un gesto.

—¿Qué? ¡No me diga que le preocupa la sotana! —se mofó Martín, meneando la cabeza y mirando a Alberto—. No se lo va a tener en cuenta. No va por ahí haciendo balance de los pecados de la gente.

Si realmente quería convencer a aquellos hombres de que era uno de ellos, tenía que comportarme como tal. Si el sacerdote estaba bebiendo, más me valía hacerlo también, aunque no fuera muy aficionada al alcohol. ¡Oh, no! ¿Acabaría convertida en una borracha al final de aquella experiencia?

—De acuerdo. Solo una más —dije—. Estoy intentando beber menos.

Martín me llenó el vaso.

—¿Por qué? Ahora es usted un hombre libre.

¡Qué tipo más insensible! Alberto abrió mucho los ojos. Yo debí de hacer lo mismo, porque Martín pareció desconcertado.

—Lo siento, hermano —me dijo—. Se me ha escapado. —Seguidamente bajó la vista.

En ese momento, Alberto se inclinó hacia delante con sus huesudas manos entrelazadas sobre la mesa.

—Discúlpele, don Cristóbal. Martín no ha tenido mucha suerte con las mujeres, y cree que todos los hombres piensan como él. —A continuación, se volvió hacia Martín—: Si no tienes cuidado con lo que dices, don Cristóbal va a pensar que eres un misógino, como Aristóteles.

—¿Qué pinta Aristóteles en todo esto? —preguntó Martín.

---

1. N. de la Trad.: Nombre comercial de un aguardiente de origen ecuatoriano, fabricado a partir de la fermentación de los jugos de la caña de azúcar.

—Casualmente hoy he estado leyendo que, según él, las mujeres eran biológicamente inferiores a los hombres. Y ya sabes la manera tan negativa en que los griegos representaban a las mujeres, empezando por Pandora.

—Pues yo no soy griego ni tampoco odio a las mujeres, reverendo. Al contrario.

No estaba muy segura de creer a Martín. Se comportaba con suma frialdad con mis hermanas, y el comentario que acababa de soltar no daba a entender precisamente que respetara a las mujeres. De hecho, parecía el tipo de hombre al que no le entusiasmaría que una mujer fuera su superior.

Mientras Alberto proseguía con su disertación sobre la mitología griega y su idiosincrasia, examiné a los dos hombres, deseando poder leer lo que había tanto en sus mentes como en sus corazones. Alberto parecía incapaz de matar ni a una mosca, y mucho menos a su hermana mayor, pero había algo extraño en él. Los religiosos que había conocido en el pasado no eran simpáticos, ni de trato fácil. Eran, más bien, hombres sombríos, que parecían encontrarse en un estado permanente de melancolía. Alberto, en cambio, daba la sensación de no tomarse a sí mismo demasiado en serio. ¿Qué le habría empujado a consagrar su vida a la Iglesia? Conocía a un par de familias en España que habían obligado a sus hijos a entrar en el seminario cuando eran pequeños. Algunos padres soñaban con ver a uno de sus vástagos convertido en religioso. Tal vez hubiera sido así con mi hermano.

En cualquier caso, Alberto no tenía ningún motivo aparente para matarme. Había renunciado de manera voluntaria a su parte de la propiedad, o al menos eso había dicho Aquilino. No tenía ningún sentido que encargara a alguien que me asesinara después de haber renunciado al dinero. A menos que estuviera fingiendo ser humilde y, en realidad, tuviera un plan perverso para quedarse con su parte y con la mía.

No parecía muy probable.

Entonces desvié la atención hacia Martín Sabater, con el cabello despeinado, la corbata aflojada y aquellas ojeras que le rodeaban los ojos. Hacía un buen rato que se había quitado la americana, y parecía sentirse a sus anchas en aquel tugurio. Estaba claro que tenía un alma oscura. Bebía, blasfemaba (le había oído hacerlo varias veces desde que nos habíamos sentado), y no parecía sentir mucho respeto por las mujeres. Además, llevaba una pistola.

Pero ¿qué beneficio podía aportarle a él mi muerte? Seguiría sin heredar nada. A menos que hubiera llegado a un acuerdo con una de mis hermanas. No recordaba nada extraño en su comportamiento hacia ninguna de las dos. Ni miradas sospechosas ni susurros. Más bien al contrario; Angélica no parecía sentir mucha simpatía por él, y Catalina se había mostrado indiferente. Aun así, si había alguien en aquel lugar que diera la impresión de ser capaz de hacerle daño a otro ser humano, era él.

—¿Qué piensa usted, don Cristóbal?

Los dos hombres me miraban fijamente.

—Disculpen, ¿qué estaban diciendo?

—Aquí, nuestro amigo Alberto, quiere saber si cree usted que la bondad es algo innato o aprendido.

Reflexioné durante unos instantes. Si pensaba, por ejemplo, en Cristóbal o en mi madre, la conclusión estaba clara: eran buenos por naturaleza. En cuanto a mí, no estaba tan segura. El hecho de que hubiera convencido a mi marido para que dejara atrás toda su vida en pos de mi sueño y de que estuviera engañando a toda aquella gente —tanto a los inocentes como a los culpables—, no decía mucho de mis inherentes virtudes morales.

—Las dos cosas. —Me volví hacia Martín—. ¿Y usted?

—Yo creo que es una pregunta demasiado simplista. No te ofendas, amigo mío —le dijo a Alberto—. La bondad es, en sí misma, algo subjetivo. Lo que tú consideras bueno puede que no coincida con lo que opino yo. ¿La bondad es comportarse de acuerdo con las normas sociales o las leyes impuestas por un gobierno, o por la Iglesia? ¿Es sacrificarse por los demás? Porque puede existir un conflicto entre lo que uno quiere y lo que los demás hacen. Pero ¿qué hace que la voluntad o las necesidades de los demás sean más importantes que las de uno? ¿Qué pasa si eres bueno con los demás, pero no contigo mismo? ¿No habría que tener en cuenta también los pensamientos? ¿Qué sucede si te comportas como una buena persona, pero, en tu interior, quieres matar a toda la humanidad? ¿O si lo haces solamente para que los demás piensen que eres bueno? Es decir, la cuestión principal es: ¿qué hace que una persona sea buena? ¿Sus actos o sus pensamientos? —Martín repartió lo que quedaba en la botella entre Alberto y yo—. ¿Tú qué crees, padre?

—Los actos.

—Pero ¿no se supone que Dios sabe lo que se esconde en el corazón de cada uno de nosotros? —preguntó Martín.

—¿Y qué? —intervine—. Si tienes malos pensamientos, pero no los pones en práctica, ¿por qué deberías ser castigado?

—¿Quién ha dicho nada de castigos? Estoy hablando de teoría moral.

Alberto entrelazó las manos detrás de la nuca y nos contempló, sonriendo con los labios apretados. Aquella cara de complacencia me hizo pensar que en su momento había sido un niño revoltoso.

—Bueno —dije, después de quedarme pensando durante unos segundos—, creo que la bondad y la maldad conviven en la mente de todos nosotros. Es una lucha continua con la que todos lidiamos. Supongo que lo que nos define es cuál de las dos tendencias alimentamos. —Mantuve la mirada del administrador durante un buen rato. Me sorprendía que alguien como Martín, a quien unos segundos antes había considerado un bruto y un misógino, tuviera la inteligencia y la elocuencia para hablar de una cuestión filosófica tan compleja como aquella con tal intensidad.

—En fin —dijo Alberto, poniéndose de pie—, me temo que es hora de que vuelva a mi lucha diaria con mis propios demonios. Don Cristóbal, ha sido todo un placer conocerle. —Me tendió la mano. ¿Se suponía que tenía que besarla o estrechársela? Opté por lo último.

—Igualmente.

—Pero ¿qué diantres haces? ¿Introduces un asunto espinoso y luego te vas? —dijo Martín—. No te vayas, hermano. Todavía es pronto. Te llevaré yo dentro de quince minutos. Lo prometo.

—No te molestes, Martín. Hace una noche estupenda para dar un paseo. —Se volvió hacia mí—. La próxima vez que nos veamos, me gustaría que me hablase sobre mi hermana Purificación.

Por razones que no era capaz de explicar, aquel comentario hizo que me entraran ganas prorrumpir en llanto. Estaba muy sensible desde la muerte de Cristóbal. Tal vez fuera el aguardiente.

Me quedé mirando a mi hermano mientras este abandonaba la taberna y, cuando estaba a punto de preguntarle a Martín si vivía en la ciudad —lo que habría resuelto mi inminente problema de dónde pasaría la noche y cómo lo haría para acudir al banco a primera hora—, se nos acercaron dos mujeres. «Lo que faltaba». Estaba tan agotada que en lo único que pensaba era en irme a la cama. Pero, por lo visto, los hombres tenían más energía que nosotras. Martín extendió los brazos para recibir a una de ellas, una larguirucha con el cinturón color lavanda de su vestido colgado del brazo y el pelo encrespado de color carbón que, sin pensárselo, se dejó caer sobre el regazo de mi acompañante.

—¡Por Dios bendito! Pensaba que ese cura no iba a marcharse nunca.

Martín le susurró algo al oído. Ella me miró y, seguidamente, se volvió hacia su amiga para decirle algo.

¡Oh, no! ¿Qué me esperaba? Tragando saliva, miré a la otra mujer, que estaba a un paso de distancia. Me contemplaba con una sonrisa mientras se colocaba un mechón de pelo suelto detrás de la oreja. Era más gruesa que la otra, más bajita, y se había aplicado al menos medio kilo de colorete en las mejillas.

—¿Le apetece un poco de compañía? —preguntó.

—Estoy bien. Gracias.

Eché un vistazo a la puerta principal, anhelante. Con un poco de suerte, todavía podría alcanzar a mi hermano y buscar refugio en el monasterio, o donde quiera que viviese.

A pesar de mi respuesta, se me sentó en las rodillas. ¡Madre mía! Pesaba tanto que creí que me iba a romper las piernas.

—¡Mi amor! No hay ninguna razón para estar solo.

La mujer, que según dijo se llamaba Carmela, me tomó la cara con ambas manos.

—¡Eres adorable! ¡Mira qué barbita tan refinada!

Adorable y refinada no eran adjetivos muy masculinos, que digamos. Esperaba que Martín no lo hubiera escuchado. Me eché hacia atrás en cuanto pude, pero no tenía adónde ir.

—¿Por qué estás tan tenso? Estamos entre amigos.

A través de sus rizos pude ver que Martín estaba besando a la otra mujer. ¡Por el amor de Dios y de todos los santos! ¿Cómo se rechazaba de forma educada a una prostituta? Como mujer, jamás me había encontrado ante un dilema como aquel.

—Discúlpeme, Carmela —dije—. Es tarde y tengo que... ¡Espere! ¡¿Qué está haciendo?!

La mujer estaba besándome, sí, besándome el cuello.

—¡Qué bien hueles! —dijo—. ¡Como un hombre de verdad!

¿Un hombre de verdad? Qué bien que me lo hubiera recordado. Un hombre de verdad no apartaría a una mujer de su lado con cara de susto. Por mucho que quisiera escapar de sus amorosas garras, tenía una imagen que proteger. No podía permitirme levantar las sospechas de Martín.

Deslizó la mano por la cara interna de mi muslo hasta llegar a la entrepierna. Solté un gañido. Afortunadamente, Martín estaba tan inmerso en el ardor de la pasión que no pareció oírme.

—¿Dónde está? —susurró Carmela.

¿Cómo le iba a explicar que allí no había nada más que un calcetín, y que este se había desplazado de su sitio?

—Espera —dije—. ¿No hay algún sitio al que podamos ir donde disfrutemos de algo más de intimidad?

Ella se echó hacia atrás.

—Creí que nunca me lo ibas a preguntar.

Agarrándose la falda de su vestido color violeta, se puso en pie y me tendió la mano. En una pausa entre beso y beso, Martín me guiñó un ojo.

Me puse el bombín y seguí a Carmela fuera de la taberna. ¡Qué alivio poder respirar otra vez un poco de aire fresco! Inspeccioné todas las esquinas, intentando planear mi escapada, pero las calles estaban tan iluminadas que no parecía demasiado sencillo.

La ciudad de Vinces tenía un aspecto completamente diferente de noche. Reinaba en ella un ambiente festivo. Tal vez fuera la luz eléctrica que alumbraba las calles y los edificios, o la música de acordeón acompañada de unos tambores que provenía de algún lugar distante. O un grupo de voces que cantaban a coro. Todavía me costaba creer que aquel lugar recóndito gozara de luz eléctrica. Cristóbal y yo habíamos especulado durante días sobre lo que nos encontraríamos en aquella población rural. En nuestra lista imaginaria, encabezada por burros y campesinos descalzos, no había ni rastro de las comodidades de la vida moderna. No es que aquel París Chiquito fuera un lugar rico y sofisticado, pero se había puesto mucho esmero en su construcción. Durante nuestro recorrido en automóvil hasta el centro, Alberto y Martín me habían explicado que los carpinteros locales se habían empleado a fondo, echando mano de toda su creatividad para tallar la madera con una estética similar a la que lograban en Europa con el granito, el mármol y la piedra.

Carmela y yo doblamos una esquina y acabamos en una calle estrecha y pavimentada. Toda la magia de la plaza y su impresionante arquitectura desaparecieron de golpe. En su lugar se erigían los restos de lo que, en un pasado, debió haber sido un vecindario próspero. Carmela me apretó la mano, tiró de mí con determinación hacia el interior de un edificio decrépito y me condujo hacia el piso de arriba por una estrecha escalera.

—Escucha, Carmela —empecé a decir mientras esta introducía la llave en la cerradura de una puerta del pasillo. Pero no, no me estaba escuchando. Empujó la puerta y entramos en una habitación pequeña y abarrotada. Sin saber qué hacer, me quedé de pie junto a una mesa repleta de botellas de aceite de ricino y menta, polvos y pendientes. De un espejo ovalado colgaban plumas y collares, y la cama y el suelo estaban sembrados de vestidos.

—Disculpa el desorden —dijo Carmela, agarrando un puñado de vestidos de la cama y metiéndolos de mala manera en el armario.

Mientras recogía, me abrí paso hasta la ventana, sorteando zapatos y fulares, y corrí la cortina a un lado. Al otro lado del callejón había un edificio con la pintura desconchada y las ventanas agrietadas que me tapaban las vistas. La calle estaba vacía, excepto por un gato escuálido que caminaba con movimientos hipnóticos. Se oía música cerca, pero no era capaz de discernir si procedía de aquel edificio o de una casa de dos pisos al final de la manzana.

Cuando acabé de inspeccionar el vecindario, me di media vuelta. Carmela me estaba esperando en la cama.

Desnuda.

Dio unos golpecitos a un lado del colchón.

—Ven aquí, papi.

Al mover la mano, uno de sus pechos desnudos se desparramó sobre la sábana como si fuera una porción de masa de pan cruda. Aparté la vista y entonces comencé a pasear de un lado a otro de la habitación.

—Carmela, cariño. No he venido para eso.

—No me digas que eres uno de esos hombres que... —se incorporó—. Me lo había imaginado, pero no te preocupes; te puedo encontrar a alguien de tu gusto, aunque te costará el doble.

—¡No, no! ¡No necesito a nadie! —me senté en el borde de la cama, intentado evitar la visión de su cuerpo flácido—. ¿Hay algún hotel aquí cerca donde me pueda hospedar?

Metí la mano en el bolsillo trasero, en busca de mi cartera. Saqué unos cuantos billetes y los coloqué junto a ella.

Carmela se quedó mirando el dinero.

—¿Estás metido en algún lío? ¿Te estás escondiendo de alguien?

—No, no. La verdad es que hace poco que perdí a mi esposa, y no creo que pueda tocar a otra mujer. Nunca más.

Su sonrisa se desvaneció.

—Pero no te importará que esto quede entre tú y yo, ¿verdad? —dije—. No quiero que la gente empiece a chismorrear sobre mí. Ya sabes cómo son las cosas en las ciudades pequeñas, y quiero proteger mi reputación.

—Debiste de quererla mucho.

Asentí con la cabeza, evitando su mirada.

—Puedes quedarte esto, por las molestias —dije, poniéndole los billetes en la mano—. Y ahora dime, mi alma, ¿dónde está el hotel más cercano?

CAPÍTULO 12

El hotel más cercano resultó estar justo enfrente del burdel y, en cuanto a la calidad, no distaba mucho de la habitación de Carmela. Apenas había conseguido pegar ojo en aquella vieja cama con sábanas descoloridas y a la que le chirriaban los muelles. La única consecuencia favorable de mi insomnio fue que mis ojeras aumentaron considerablemente, lo que me hacía parecer menos femenina. Cualquier ayuda era bienvenida.

La recepcionista me indicó cómo llegar al Banco Agrícola y Ganadero; apenas salió el sol, abandoné el hotel.

—¡Don Cristóbal!

«¡Por los clavos de Cristo!»

Volví la cabeza y miré a mi espalda. Martín se acercaba a mí dando grandes zancadas al tiempo que se remetía la camisa dentro del pantalón.

—¡Aquí está! —dijo, dándome unas palmaditas en la espalda—. Me preguntaba adónde habría ido. ¿Lo pasó bien con Carmela anoche?

Me sonreía como un niño que estuviera abriendo un regalo. Pensé en decirle que estaba de luto y que no la había tocado (y que nunca jamás lo haría) pero ¿por qué tenía que darle explicaciones? Si lo hacía, podría hacerle dudar de mi masculinidad, si es que no había suscitado ya sus sospechas.

Asentí con la cabeza con aire despreocupado y seguí caminando.

Daba la impresión de que la imagen que tenía de mí había cambiado. Parecía más relajado, más simpático. Aparentemente, tras haber estado bebiendo y alternando con prostitutas sin poner reparos, había sido aceptado en el clan de los hombres. ¡Qué distinto era lo que se esperaba de ellos! Si una mujer hubiera pasado la noche fuera de su casa, en un hotel como aquel, la sociedad la habría repudiado. Los hombres, sin embargo, recibían los halagos y la aprobación de sus congéneres.

Se metió las manos en los bolsillos.

—Pues fíjese que yo había creído que usted era... ya sabe...

—Que era ¿qué?

Permaneció en silencio durante unos instantes. Pero sabía a qué se refería. Era la segunda persona que pensaba que yo era un hombre afeminado, de los que satisfacen sus deseos prohibidos con otros hombres.

Fruncí el ceño.

—No importa —dijo—. ¿Está listo para volver a la hacienda?

—Vaya usted sin mí, don Martín. Necesito pasar por el banco para cambiar algo de dinero.

No esperé a que respondiera. Crucé la calle y seguí las instrucciones de la recepcionista para llegar al banco, que se encontraba a cinco manzanas de distancia.

Era extraño pensar que, como mujer, siempre me habían considerado ligeramente masculina. Mi madre nunca entendió por qué no era como las otras mujeres de mi edad, y estuvo enfadada conmigo durante meses después de que Cristóbal y yo abriéramos la tienda de chocolate. Siempre decía que el lugar de una mujer era su casa, no el trabajo, y se preguntaba por qué yo no podía ser más femenina.

Pero ahora, disfrazada de hombre, toda aquella femineidad que en mi vida normal no se apreciaba parecía salir a la superficie.

Pedí ver al director, y un hombre parcialmente calvo, con las palmas de las manos sudorosas y unas gafas enormes, se acercó a saludarme. Cuando le mencioné que tenía un asunto delicado que tratar con él, me condujo hacia su despacho con actitud titubeante. Se notaba que era un hombre nervioso, el tipo de persona que daba la impresión de no saber qué hacer con sus manos. Pasaba de darle vueltas a una pluma estilográfica que había sobre su mesa a mover papeles de una pila a otra.

Me presenté como el yerno de don Armand Lafont. En Vinces, las noticias corrían mucho más deprisa de lo que hubiera pensado, y ya había oído hablar de mí. Balbuceando, me expresó sus condolencias por el fallecimiento de mi esposa.

—¿E-e-n qué pue-e-do ayudarle, señor Balboa?

Sus ojos parecían enormes a través de los cristales de las gafas.

—¿Puedo confiar en que esta conversación quedará entre nosotros, señor Aguirre? —pregunté. Me sorprendí a mí misma por cómo estaba aprendiendo a controlar el registro grave de mi voz.

—P-p-por supuesto.

¿Cómo diantres había conseguido aquel hombrecillo neurótico llegar hasta un puesto de tal categoría?

Me saqué el cheque del bolsillo y lo puse encima de la mesa. Por unos segundos, vacilé. ¿Y si aquel hombre era amigo de quienquiera que hubiera intentado matarme?

Contempló el cheque.

—Señor Aguirre, encontré este cheque entre las pertenencias de mi esposa. Fue posdatado en mayo y no tengo intención de cobrarlo, pero me gustaría saber a quién pertenece la firma.

Aguirre sacó una lupa del primer cajón de su mesa y examinó la caligrafía durante unos instantes.

—Señor Balboa, esta es la firm-m-ma del señor Lafont.

—¿Del señor Lafont? ¿Se refiere a Armand Lafont?

—El m-mismo.

—¿Está seguro?

—Señor, r-r-reconocería esta firma en cualquier parte. Fue uno de n-n-nuestros clientes más importantes durante más de v-v-veinte años.

Aquello no tenía ningún sentido.

—¿Hay alguien más que esté autorizado para gestionar su cuenta?

—Tengo entendido que el señor L-l-lafont le concedió a don Martín Sabater poderes notariales una vez que ya no se encontraba en condiciones de t-tomar decisiones empresariales, pero el señor Sabater p-p-puede firmar con su propio nombre.

En ese caso, no necesitaba utilizar la firma de mi padre. A no ser que no quisiera que otra persona supiera que quien firmaba era él.

Pero este hecho no le hacía más sospechoso que mis hermanas. Lo único que demostraba era que, o bien alguien había falsificado la firma, o que mi propio padre había firmado un cheque en blanco y esa persona lo había robado. En cualquier caso, había alguien más detrás de todo aquello; no tenía ningún sentido que mi padre enviara a alguien a matarme después de nombrarme su heredera.

Frustrada, le di las gracias al señor Aguirre y me marché. Así que mi asesino era o un estafador o un hábil ladrón. Aquello era lo único que había sacado en claro del encuentro. ¿Y ahora qué? ¿Iba a hacerles pruebas caligráficas a todos los sospechosos para saber quién poseía la habilidad de falsificar la firma de mi padre?

CAPÍTULO 🌿 13

Conseguí volver a la hacienda en un carro tirado por un burro. Su propietario, un humilde anciano con sombrero de paja al que le faltaban varios dientes, asintió repetidas veces con la cabeza cuando le puse un puñado de monedas en la mano, mostrándome las encías sin parecer que aquello lo cohibiera lo más mínimo.

Laurent y Angélica estaban jugando a las cartas en el salón, mientras que Catalina estaba sentada aparte, con un libro en las manos.

—¿Por qué no se une a nosotros, don Cristóbal? —preguntó Angélica—. Necesitamos un cuarto jugador para jugar a cuarenta. La pobre Catalina nunca tiene oportunidad de participar.

—Claro —respondí escuetamente—. Pero no conozco el juego.

—Oh, es muy sencillo. ¿Verdad, *cher?* Mi Laurent aprendió en cinco minutos.

El aludido hizo un gesto de asentimiento.

Los cuatro nos sentamos alrededor de la mesa y Angélica explicó las reglas. El juego de cuarenta se fundamentaba en un principio muy sencillo: la primera pareja que consiguiera cuarenta puntos ganaba, de ahí el nombre. Se jugaba rápido y se utilizaban muchos términos coloquiales. Decían que era el juego más popular de Ecuador, pero el marido de mi hermana me insistió en que los aristócratas de la región lo consideraban un entretenimiento para simplones y borrachos.

Me resultaba muy extraño jugar a las cartas en mitad de la jornada. Estaba acostumbrada a tener mil cosas que hacer por la mañana: preparar chocolate para mis clientes, asegurarme de que las mesas estaban bien puestas, pagar a los proveedores. Cristóbal solía decirme que trabajaba demasiado. «Al menos descansa los fines de semana», me recriminaba. Pero yo insistía en que esos eran los mejores días para hacer negocios. Además, no podía soportar la idea de volver a nuestro apartamento vacío, sin risas infantiles ni juguetes esparcidos por la sala de estar.

Qué diferentes eran mis hermanas en eso. Aquella vida que llevaban de lujo y tiempo libre parecía resultarles de lo más atractiva. Y lo más probable era que no estuvieran dispuestas a renunciar a ella fácilmente.

Después de una hora jugando —Angélica y Laurent fueron los ganadores indiscutibles—, Catalina se excusó y mi cuñado decidió salir a dar un paseo. Yo me quedé observando a Angélica mientras esta recogía las cartas.

¿Podría haber sido ella quien hubiera falsificado el cheque? ¿Su marido, tal vez? La única manera de saber qué se escondía en el corazón y en la mente de una persona —y de lo que era capaz—, era conocerla a fondo.

—¿Ha viajado usted alguna vez, doña Angélica?

—¿Yo? —se burló—. He estado en Guayaquil unas cuantas veces, y en una ocasión fui a Quito para una boda. Pero eso fue cuando era pequeña.

—¿Y fuera del país?

—¡Oh, no! Nunca.

Me sorprendió que una persona que parecía tan sofisticada, tan cómoda en su propia piel, se hubiera pasado la vida encerrada en aquella hacienda.

—Aunque siempre quise ir a Francia —añadió.

—Yo también.

—¿No ha estado? ¡Pero si está muy cerca de España!

Me encogí de hombros.

—¿Por qué, don Cristóbal? Le tenía por un hombre de mundo. ¿Quién sabe? Tal vez acabe yendo antes que usted —dijo, guiñándome un ojo.

—Debería —respondí—. Una mujer como usted no debería pasarse la vida atada a una ciudad como esta.

De pronto, dejó de barajar las cartas y se me quedó mirando como si le hubiera hablado en chino.

* * *

Por la tarde me acerqué a ver a Martín al almacén de fermentación. Me ponía nerviosa tener que montar otra vez a *Pacha,* pero era el único caballo disponible y tenía que superar mi miedo. Si un día terminaba dirigiendo aquella hacienda, no podía dejar que una yegua melindrosa me detuviera. El hecho de que no volviera a tirarme al suelo supuso todo un triunfo, pero la lucha de egos que nos traíamos entre las dos hizo que el trayecto se alargase mucho más de lo debido.

Al verme, Martín sonrió. Resultaba sorprendente lo mucho que podía cambiar la cara de una persona cuando sonreía, cómo se le iluminaban los ojos. Casi no lo reconocí.

—Conque al final se han hecho amigos. —Agarró las riendas de *Pacha* y la obligó a detenerse—. No me esperaba que volviera a montarla tan pronto.

—Hay muchas cosas que no sabe sobre mí, don Martín. —Mi voz sonó mucho más digna de lo que, en principio, era mi intención.

Me apeé, demasiado bruscamente para mi gusto. La hierba estaba tan alta que me llegaba a las rodillas. Y empapada. Ni siquiera me había dado cuenta de que había llovido en la hacienda la noche anterior.

—¡Llega en el mejor momento, don Cristóbal! ¡Vamos!

El almacén estaba lleno de cajones de madera dispuestos sobre unas gradas de cemento con una hilera de ventanas flanqueándolas a ambos lados. Había tres niveles de cajones. Subimos hasta el más alto y Martín me señaló el interior.

—Aquí es donde las semillas empiezan a fermentar. Antiguamente solíamos cavar un pequeño agujero y colocarlas dentro, pero a don Armand le dijeron que este método era mejor. Hace que fermenten de forma más homogénea.

Unas grandes hojas de platanero cubrían las semillas. Levantó una de ellas, dejando al descubierto las pepitas que había debajo, que seguían siendo igual de blancas que la pulpa del coco. Despedían un ligero olor a alcohol.

—Las hojas calientan las semillas, permitiendo que fermenten. Tienen que pasar aquí dos días, y después las pasamos a estos otros cajones —explicó, indicando la segunda grada.

Metí la mano en el cajón. No pude resistirme. Las semillas estaban calientes y viscosas.

—Pruébelas —dijo Martín.

Saqué una con los dedos húmedos y pegajosos. Me la llevé a la boca.

—¿Y bien? —quiso saber.

—No se parece en nada al chocolate —dije, desconcertada. Era amarga y almibarada al mismo tiempo. A lo único que me recordaba era a un limón extremadamente dulce.

—La verdad es que no sabría decirle —respondió.

Hasta aquel momento no me había dado cuenta de que las pestañas de aquel hombre, largas y curvadas, le llegaban casi hasta las cejas.

—¡Por la Virgen de los reyes, don Martín! Es una verdadera lástima que tenga acceso a todas estas semillas y que nunca haya comido chocolate. Tiene que probarlo algún día.

—Ni siquiera sabría cómo prepararlo —dijo.

En aquel preciso instante me prometí algo a mí misma: si aquel hombre no tenía nada que ver con la muerte de Cristóbal, le prepararía el mejor chocolate que probase jamás.

La segunda fila de cajones contenía más semillas. Estas se habían oscurecido, adquiriendo un tono violáceo y oscuro. Martín las removió con la mano y sacó un puñado para mostrármelo.

—¿Y qué sucede si no fermentan? —pregunté.

—Se vuelven amargas. La fermentación elimina la acidez de las semillas, proporciona al cacao su aroma característico y concentra el sabor; al menos, eso me han dicho.

Agarré un puñado a mi vez y lo olí.

—Después de dos días en estos cajones, las traspasamos —explicó, indicando la última fila—. Allí pasan un día más.

—Es decir, que la fermentación dura cinco días.

—Así es. Luego se llevan al secadero.

—¿Podemos ir a verlo?

Intenté no sonar demasiado ansiosa —después de todo, le había asegurado a la familia que no tenía ningún interés en la plantación—, pero no estaba del todo segura de poder ocultar mi entusiasmo. Martín me miró con extrañeza, pero me guio hasta una estructura sólida a unos metros de distancia.

—Vaya, vaya. Conque doña Carmela, ¿eh? —comentó entonces—. Jamás habría dicho que le gustaran mujeres tan exuberantes como esa.

Dejé escapar un suspiro. Justo cuando estaba empezando a olvidar el embarazoso incidente de la noche anterior, lo sacaba de nuevo a colación. ¡Oh, no! Las botas de Cristóbal estaban llenándose de barro (¿o era estiércol de caballo?). Intenté pisar las partes más secas del terreno para evitar que siguieran ensuciándose, pero algo me detuvo. Martín me estaba mirando como si tuviera monos en la cara.

Por supuesto. A los hombres no les importaba que se les mojaran o se les ensuciaran los zapatos con un poco de tierra. Tenía que caminar con más seguridad, por muy repugnante que me resultara sumergir los pies en aquel terreno inestable.

Eso fue exactamente lo que hice. La tierra emitió un sonido similar al de una ventosa, como si quisiera tragarme.

—Don Martín, ¿cuánto tiempo llevaba usted trabajando para mi p... suegro?

—Siete años.

«Tiempo suficiente para aprender a imitar su firma».

—Pero lo conocía prácticamente de toda la vida —añadió, agarrando un palo del suelo y partiéndolo en dos.

—Es usted de aquí, entonces —quise saber.

—Se podría decir que sí.

—¿Y su familia? ¿Tiene usted a alguien?

Martín entró en el cobertizo que servía como secadero. Estaba hecho de caña, había mucha luz en su interior —el tejado era translúcido—, y el suelo estaba cubierto de semillas de cacao que, ahora sí, tenían el color marrón intenso que me resultaba tan familiar.

—Las semillas se secan aquí durante tres o cuatro días, si hace sol, y un poco más cuando refresca.

Recorrió el cobertizo de arriba abajo, provisto de un rastillo con el que iba removiendo las semillas, desplazándolas de un rincón a otro. «Voy a tener que ofrecerle algo de beber a este hombre si quiero sacarle algo», me dije. Al entrar, inspiré profundamente y el aroma de las semillas hizo que me temblaran las piernas. Me había traído a la memoria un recuerdo, algo relacionado con el barco. Era el olor del hombre que había matado a Cristóbal.

Me apoyé en un poste de madera.

—¿Se encuentra bien? —me preguntó Martín.

—Sí, sí. Es solo que estaba pensando en la casa que vimos ayer. La que se había incendiado. Dijo usted que el hijo había sobrevivido. ¿Trabajaba aquí?

—Sí, ¿por qué? ¿Por qué está tan interesado en él?

Vacilé.

—Bueno, vi a un hombre con una cicatriz como la que usted mencionó en el barco que tomamos en Cuba.

Estudié su reacción. Martín tensó la mandíbula. ¿Había sido él quien lo había enviado a matarme?

—Debió de tratarse de una coincidencia —dijo.

—¿Por qué? ¿Acaso sigue aquí?

—No, se marchó hace un tiempo, pero carecía de medios para viajar a Cuba. Y tampoco tenía motivos.

¿Que no tenía motivos? ¡Ya lo creo que los tenía! En concreto, uno muy perverso y retorcido.

—¿Por qué dejó la plantación? —pregunté.

—No lo sé. Después del accidente... Bueno, él y su madre se mudaron a Vinces. Desde entonces apenas los hemos visto.

—¿Y su madre sigue allí?

Martín se encogió de hombros.

—Supongo que sí.

Deseaba con todas mis fuerzas saber cómo se llamaban, pero supuse que levantaría demasiadas sospechas si se lo preguntaba.

De pronto, un ruido de cascos nos advirtió de la llegada de un caballo. Asomé la cabeza fuera del secadero. Un hombre ataviado con un traje de dos piezas y un bombín se había detenido junto a la entrada. A mi espalda, Martín soltó un gruñido.

El hombre del caballo dio una palmada.

—¡Martín Sabater! ¡Sal donde pueda verte!

—¿Qué demonios quieres?

La docena de trabajadores que se hallaban por los alrededores dejaron lo que estaban haciendo y se quedaron mirando.

El hombre a caballo le mostró un papel.

—¿Doña Angélica me ha demandado? ¿Ha hecho caso a las tonterías que decía su padre?

—Yo no tengo nada que ver con eso, del Río. ¡Habla con ella!

—Por supuesto que tienes que ver. ¡Eres tú quien lleva la maldita plantación!

—Doña Angélica nunca le ha pedido permiso a nadie para hacer nada. Deberías saberlo mejor que nadie.

—¡Oh! ¡Cierra la boca, Sabater! —parecía de lo más arrogante, con la barbilla ligeramente levantada y aquel bigote recortado—. Si no eres capaz de darme una respuesta, hablaré directamente con ella y punto.

Tiró de las riendas e hizo que su palomino diera media vuelta.

—¡Por el amor de Dios! —exclamó Martín, dirigiéndose a toda prisa hacia donde se encontraba su caballo y encaramándose a su lomo con un rápido movimiento.

Si hubiera poseído una mínima parte de su habilidad para montar, lo habría seguido. Me intrigaba sobremanera la discusión con aquel desconocido. Sin embargo, no me apetecía nada romperme el cuello aquella tarde.

En vez de eso, me dirigí zigzagueando hacia *Pacha*, esquivando restos de estiércol y charcos de la lluvia vespertina. Pasé por delante de un trabajador que empujaba una carretilla, el que tenía el aspecto de un hombre de las cavernas que hubiera estado extrayendo semillas de las vainas del cacao. Había oído que lo llamaban don Pepe. Saqué unas monedas de mi bolsillo y se las ofrecí.

—¿Quién era el hombre del caballo?

El trabajador se rascó la larga barba y luego tomó el dinero.

—Fernando del Río. Es propietario de los terrenos de al lado.

—No parecía llevarse muy bien con don Martín.

—¡Oh, no! Se odian. A nadie de aquí le cae bien don Fernando. Ambos discuten continuamente por unas tierras que hay junto al riachuelo.

—¿Y qué es eso de una demanda?

Don Pepe se encogió de hombros y retomó su camino.

—¡Espere! —dije—. ¿Cómo se llama la familia cuya casa se quemó el año pasado?

—¿La del capataz?

Asentí.

El hombre se echó hacia atrás el sombrero y se rascó la coronilla, que le empezaba a clarear. Con un gruñido, saqué algunas monedas más.

—Se llamaba Pedro Duarte.

—¿Y su hijo?

—Franco.

«Franco Duarte». No me sonaba de nada.

—¿Y la madre?

—Doña Soledad. Es la curandera de la ciudad. Pregunte en Vinces. Cualquiera sabrá decirle dónde encontrarla.

—Una cosa más —añadí.

El trabajador me lanzó otra mirada codiciosa.

—¿Cómo se quemó la casa? —pregunté, depositando algo más de dinero en aquella mano llena de callos.

—Nadie lo sabe, pero una cosa es segura: no fue un accidente.

Agarró de nuevo la carretilla.

—¡Espere! ¿Por qué ha dicho eso? ¿Cómo lo sabe?

Don Pepe estaba a punto de decir algo más cuando otro trabajador se nos acercó.

—Buenas tardes, señor —se despidió mi informante y, antes de que quisiera darme cuenta, había puesto pies en polvorosa.

* * *

Aquella noche me despertó un ligero cosquilleo en la cara. Me froté la frente, con los ojos todavía cerrados, y sentí algo frío y suave en la mano. Lo aparté con un movimiento brusco y encendí la lámpara de gas de encima de la mesilla. «¡Por todos los santos!». ¡Había una serpiente en mi almohada! Una serpiente de verdad, larga y sinuosa, con rayas de color rojo, negro y blanco.

¡Y se me había estado deslizando por todo el rostro!

Me llevé la mano a la boca para sofocar un grito y salté de la cama. ¿Cómo diantres había conseguido aquella cosa abrirse paso hasta mi habitación y hasta mi cara? ¿La habría traído alguien? Pero ¿cómo era posible, si cerraba la puerta con llave todas las noches?

A menos que la hubieran traído con anterioridad y yo no la hubiera descubierto hasta entonces.

Me estaba volviendo paranoica. La ventana estaba abierta. El campo estaba plagado de serpientes. Además, si alguien hubiera querido matarme, habrían encontrado un método más efectivo. En el preciso instante en que llegué a aquella conclusión, la serpiente sacó la lengua hacia mí como si intentara escupirme su veneno. Me estremecí y corrí hacia la puerta.

Podía haber sido una coincidencia, pero ¿qué mejor manera de deshacerse de mí que provocando un incidente con una serpiente? A nadie se le habría pasado por la cabeza que fuera intencionado.

No podía soportar seguir allí ni un minuto más. Me acerqué al espejo, me coloqué la barba y el bigote postizos, me puse las gafas y la bata de Cristóbal y salí corriendo despavorida de la habitación.

En el pasillo había alguien que se dirigía hacia donde me encontraba. Agarré el pomo de la puerta. Quienquiera que fuese sujetaba una vela.

—¡Don Cristóbal! ¿Qué está haciendo aquí? ¿Ha pasado algo? Julia.

Reprimí las ganas de gritar. No era lo que haría un hombre. En vez de eso, solté el pomo y me recoloqué las solapas del batín de mi marido.

—Hay una serpiente en mi habitación —dije, intentando mantener la calma todo lo posible.

—¿Una serpiente? ¡Virgen Santa! Lo siento mucho, don Cristóbal. Aquí eso es bastante habitual, especialmente en noches frescas como esta.

¿De verdad le parecía que aquella noche era «fresca»?

—Si me permite... —dijo, entrando en la habitación.

Pasados unos minutos, salió con la serpiente en la mano.

—Menos más que no se le ha ocurrido tocarla —comentó—. Estas serpientes son venenosas, y atacan en cuanto huelen el miedo. Pero yo llevo toda la vida rodeada de ellas y no me asustan.

Pasó por delante de mí como si, en lugar de una serpiente vivita y coleando, llevara una bandeja con el té.

—Buenas noches —se despidió.

Me quedé de pie durante unos instantes, con la mano en el pecho. Si alguien quería persuadirme para que me fuera de allí, iba por buen camino.

CAPÍTULO 🌿 14

Angélica

Vinces, 1907

—Gracias por salvarme la vida ayer —le dije a Juan.

Estaba sentado debajo de su árbol favorito, sujetando un largo tallo de bambú.

Cuando levantó la vista, el corazón me empezó a palpitar con fuerza contra un escudo de costillas y carne. Era muy atractivo.

Tenía que fingir que nada había cambiado entre nosotros en las últimas veinticuatro horas, cuando me había tomado la mano por primera vez. Tenía que tratarle como siempre había hecho. Como a un buen amigo de la infancia, aunque ya no fuéramos unos niños. Él había cumplido quince años el mes anterior, y yo tenía trece.

Me estremecí al recordar el tacto de su mano estrechando la mía cuando me había salvado de caer desde el puente, el día anterior. La culpa había sido de una tablilla suelta que se había caído al río cuando la había pisado. Había perdido el equilibrio y estado a punto de caer en aquellas aguas profundas y opacas.

—No tienes que darme las gracias —respondió—. Cualquiera habría hecho lo mismo.

—No sé qué decirte —añadí—. Es probable que mi hermano me hubiera dejado caer.

Juan ahogó una risa.

—Sí, puede ser.

¡Oh! ¡Adoraba aquella sonrisa! Aunque, a decir verdad, lo amaba todo en él. Era el único muchacho de la región que me prestaba algo de atención. Los demás solo querían jugar con Alberto, porque creían que yo era incapaz de hacer cosas divertidas, como subirme a los árboles o pescar. Pero Juan era diferente. Siempre encontraba la manera de incluirme en sus juegos con Alberto, y si los crueles amigos de mi hermano me dejaban sola, venía a buscarme o inventaba algún juego en el que pudiera participar. Incluso me había enseñado a nadar. Era muy afortunada de tenerlo como vecino. Pero no debía engañarme: solo me había tomado de la mano para evitar que me cayera y me ahogara. Simplemente se había comportado como una persona decente.

—¿Qué tienes ahí? —le pregunté, echando una miradita a la caja. Estaba llena de piedras y hojas.

Con el palo, removió las piedras y dejó al descubierto una larga serpiente.

Me encogí, horrorizada.

Aquello era el colmo. Sabía que Juan coleccionaba ranas y lagartos. Una vez incluso había tenido una viuda negra porque le fascinaba el hecho de que mataran al macho después de aparearse.

¡Me daba tanta vergüenza cada vez que utilizaba la palabra «aparearse»! Incluso aunque estuviera hablando de insectos, y especialmente ahora que sentía por él aquella devoción no correspondida.

Hasta entonces nunca les había dado mayor importancia a sus colecciones; al fin y al cabo, eran animales que no podían hacer daño a nadie. Simplemente resultaban desagradables a la vista, pero también interesantes. Las serpientes, sin embargo, me aterraban desde que había oído contar a una de las doncellas que el hijo del carpintero había muerto por una mordedura venenosa.

—Se llama *Lola* —dijo, como si estuviera hablando de una amiga de la familia.

La serpiente lucía un hermoso estampado en tonos rojos y negros. Me sentía extrañamente atraída por aquella criatura, más incluso que por la viuda negra de la que Juan ya se había deshecho.

—¿Es buena? —pregunté.

—Todo lo buena que puede ser una serpiente —respondió, encogiéndose de hombros—. Normalmente, a las de esta clase no les gusta estar cerca de los humanos, pero *Lola* es diferente. A veces deja que la toque.

—¿Puedo?

Se arrodilló junto a la caja y dejó el palo en el suelo. Muy lentamente, alargó el brazo para acariciarla.

—Soy yo, *Lola* —dijo—. ¿Quieres conocer a mi amiga?

La serpiente permaneció inmóvil. Juan se volvió hacia mí y me tomó la mano. El corazón me dio un vuelco.

Me agaché junto a él, me agarró de los dedos y los guio hacia el cuerpo de la serpiente, que era mucho más suave de lo que habría imaginado, y también más fría.

—Me gusta —dije.

—Pues creo que tú también le gustas a ella.

Pasados unos instantes, *Lola* se apartó de nosotros y se escondió detrás de una piedra en un rincón de la caja. Juan me ayudó a incorporarme y me soltó la mano.

—Hoy estás diferente —dijo.

—¿Diferente? ¿En qué sentido?

—No lo sé. Pareces mayor.

Reprimí una sonrisa. ¡Cómo deseaba que volviera a tocarme la mano! O incluso...

Como si me hubiera leído la mente, se inclinó hacia mí y me rozó los labios con los suyos. El beso fue tan inesperado que me quedé rígida. Nunca había tenido otro rostro tan cerca del mío, y me esforcé porque mi nariz no chocara contra la suya. ¿Debía cerrar los ojos? Eso era lo que hacían siempre las heroínas de las novelas que mi madre escondía bajo el colchón de su cama. Cuando lo hice, algo extraño sucedió. Juan me introdujo la lengua en la boca. ¿Qué tipo de beso era aquel? ¿Qué pintaba la lengua en todo aquello? Los libros no decían nada de lenguas.

—Lo siento —dijo.

—No, no lo sientas. Es que... Es solo que no me lo esperaba.

—Tengo que irme —respondió—. Mi padre quería que le ayudara con algo.

Sabía que estaba mintiendo. Toda la ciudad sabía que su padre tenía una única obsesión en la vida: el ajedrez. Lo había dejado todo hacía mucho tiempo: el trabajo, la familia, y cualquier otra actividad que no fuera quedarse mirando su tablero de ajedrez, estudiando todos los movimientos y todos los libros sobre el tema que cayeran en sus manos.

Por supuesto, no le dije nada de eso; me habría muerto antes que avergonzar a Juan. ¡Lo quería tanto! Deseaba con todas mis fuerzas que volviera a besarme. Habría aceptado incluso que volviera a meterme la lengua en la boca con tal de que no se marchara.

Pero la magia se había esfumado.

Me pareció que estaba a punto de decir algo más, pero en vez de eso agarró la caja y se marchó.

¿Qué se suponía que tenía que hacer ahora con las mariposas que notaba en la tripa? Apenas podía controlar los deseos de ponerme a saltar y gritar. Jamás se me había pasado por la cabeza que Juan sintiera algo así por mí. A partir de aquel momento, me pondría siempre aquel vestido. Me había dicho que me hacía parecer mayor.

Me quedé mirando cómo se alejaba con la serpiente.

CAPÍTULO 🌿 15

Puri

Abril, 1920

Desde la distancia, jamás dirías que Soledad Duarte tenía nada de extraño. Debía de haber sido hermosa de joven, con aquella cabellera larga y ondulada. Sin embargo, al acercarte te dabas cuenta enseguida de la enorme cicatriz que tenía, que le empezaba en la garganta, le bajaba por la clavícula y que luego continuaba más allá del escote de la blusa. Cuando levantabas rápidamente la vista —para evitar ser maleducado—, te llamaban la atención las cejas arqueadas que tenía, que parecían pintadas con un fino pincel, y también podías ver que, a pesar de su actitud firme, trasmitía una sensación de fragilidad, como si el mero acto de respirar le supusiera un esfuerzo extraordinario.

Su casa, si se le podía llamar así teniendo en cuenta que estaba compuesta de una única habitación, estaba hecha de cañas. La construcción parecía más un cobertizo de almacenaje que un hogar, pero después de que llamara a la puerta y requiriera sus servicios profesionales, me acompañó a un rincón despejado donde había una mesa y dos sillas.

Tomé asiento frente de la curandera. No sabía exactamente lo que le iba a decir, pero imaginaba que al ofrecerme a pagar por sus servicios se mostraría más dispuesta a hablar conmigo. El problema era cómo engañar a una curandera haciéndole creer que era un hombre, y cómo darle la vuelta a la cuestión para acabar hablando de su hijo.

—¿No es usted de aquí? —me preguntó con voz amable.

—No —respondí.

—¿Y qué le trae por estas tierras?

—Bueno —dije, bajando el tono—, soy escritor, y he venido con la intención de documentarme para una novela. —Hablaba lentamente de manera deliberada, intentando mantener la voz en el registro más grave del que era capaz.

Ella sonrió.

—¿Y para eso necesita una curandera?

—No —dije—. He venido a verla por otro motivo. Algo más personal. —En una ocasión había oído que la mejor manera de engañar a alguien era contarle una verdad a medias—. Llevo un tiempo sufriendo de melancolía. He perdido el entusiasmo por hacer las cosas que antes me resultaban entretenidas. A veces tengo que obligarme a mí mismo a levantarme de la cama por las mañanas.

Ella me estudió atentamente.

—Sí, percibo un aura de tristeza en usted. La he notado desde el instante en que ha entrado por la puerta. ¿Ha perdido a algún ser querido?

Recordé la cara de estupor de Cristóbal segundos antes de caerse desde la popa.

—Sí.

Ella asintió con la cabeza y encendió una vela que estaba sobre la mesa.

¿Por qué de repente tenía ganas de llorar? ¿Justo allí, delante de aquella extraña? Encima, era la madre del asesino de Cristóbal. Aquella voz tranquilizadora, aquella cara compasiva, aquellas manos delicadas... Toda ella me impulsaba a abrirme. No se trataba solo de Cristóbal y de su terrible muerte, también estaba el hecho de encontrarme tan lejos de casa, tan sola. ¡Si al menos hubiera tenido al hijo que tanto había deseado, alguien que estuviera siempre conmigo! En otras circunstancias, posiblemente habría pedido ayuda a aquella mujer para quedarme embarazada.

—Perder a alguien no es fácil —dijo—. Es normal que se sienta así, señor...

—Balboa.

Me removí en mi asiento. Detrás de la cortina entreabierta divisé un pequeño altar con una estatuilla de la Virgen María.

Delante de ella había una pequeña fotografía de un niño que parecía vestido para la primera comunión. Iba de blanco de los pies a la cabeza y sujetaba entre las manos un rosario y una Biblia. Alrededor del retrato había velas encendidas y también unas gardenias.

—¿Hay algo que pueda darme? —inquirí—. ¿Algo que pueda mejorar mi estado de ánimo?

—La planta de la felicidad —dijo, pensativa. Acto seguido se puso de pie y se volvió hacia una estantería repleta de tarros. Sacó un puñado de hierbas de uno de ellos y lo envolvió en una hoja de papel de periódico—. Se llama hierba de San Juan. Prepárese una infusión con ella y bébase media taza dos veces al día. Tenga cuidado, porque es muy potente y difícil de encontrar.

Colocó el paquete delante de mí.

¡Oh, no! La visita estaba a punto de terminar.

Señalé la fotografía del muchacho en el altar.

—¿Es su hijo?

—¿Cómo sabe que tengo un hijo?

—Se trata solo de una suposición. Es un niño muy guapo.

Ella echó un vistazo a la fotografía.

—Ya no es un niño.

Aquella era mi oportunidad.

—¿Le... le sucedió algo?

—¿Por qué lo pregunta?

—Por el altar.

La curandera vaciló.

—Lleva unas semanas desaparecido, pero las autoridades no me están ayudando. A nadie de aquí le importa.

—La entiendo mucho mejor de lo que cree —dije sinceramente.

Los ojos se le llenaron de lágrimas.

—Entonces quizá pueda ayudarme —respondió, sorprendiéndome con la desesperación de su voz, con su repentina vulnerabilidad—. Parece usted un hombre distinguido. Seguro que sabe cómo hablar con la gente usando palabras refinadas. Y parece tener dinero.

—¿Y de qué manera podría ayudarla?

—Las autoridades no me hacen caso, dicen que mi hijo debe de haberse mudado a otro sitio, que es demasiado mayor como para que pierdan el tiempo con alguien que no quiere que lo encuentren. Pero a usted le escucharán. Sé que mi Franco no se mudaría a ningún otro lugar. Dejó todas sus cosas aquí. —Indicó con el dedo un catre detrás de mí, y un armario entreabierto lleno de ropa—. No tengo dinero. No puedo pagar a nadie para que lo encuentre. Mire dónde vivo. Después de que se quemara nuestra casa, me quedé sin nada. —Negó con la cabeza—. Lo único que sé es que Franco no se habría marchado sin esa mujer.

—¿Qué mujer? —le pregunté, esforzándome por mantener un tono de voz neutral.

—No sé quién es, pero lo volvía loco. Le hacía hacer cosas que, de no ser por ella, jamás habría hecho.

—¿Qué cosas?

Evitó mi mirada.

—Dejó de trabajar; se pasaba el día fuera, apenas comía, y entonces se marchó sin decir adónde. Estoy segura de que lo ha embrujado. He intentado contrarrestarlo, pero no ha funcionado.

—Pero, si no la ha visto nunca, ¿cómo sabe que es una mujer?

—Me habló de ella. Dijo que la amaba como nunca había amado a nadie.

—¿Y cómo sabe que no se marchó con él?

—Me dijo que volvería, que iba a hacer algo por ella y que volvería dentro de unos días. Pero ya han pasado tres semanas. —Alargó los brazos y me tomó las manos—. ¿Me ayudará?

Me hubiera gustado odiarla, como me sucedía con su hijo, pero aquella mujer parecía tan frágil, tan desesperada... Era más que evidente que desconocía la vileza que albergaba el corazón de su vástago. ¿Cómo no iba a compadecerla? Lo había perdido todo: su marido, su casa, y ahora, a su hijo. Una parte de mí quería contarle la verdad, pero otra —la parte práctica— me decía que, si le seguía el juego, aquella mujer podía serme útil para la investigación.

—Puedo intentarlo, pero tiene que ser sincera conmigo. ¿Qué iba a hacer por esa mujer, y por qué?

—No lo sé. No me lo dijo.

—Tenemos que dar con ella. Es la única manera de que pueda encontrarlo.

Doña Soledad se sacó un pañuelo de color azafrán de la manga y se secó las lágrimas con él.

—No sé cómo. Ya he buscado entre sus cosas, y no hay nada. —Se sonó la nariz—. Sé que era un buen muchacho. Siempre fue muy obediente.

Conque un buen muchacho. Claro.

—¿No hay ninguna carta?

—Nada.

—¿Es posible que se confiara con algún amigo? ¿Que le hablara a alguien de esta muchacha?

—No tenía amigos.

Se sorbió la nariz.

Si Franco estaba enamorado de aquella misteriosa mujer y estaba dispuesto a hacer cualquier cosa para complacerla, ¿habría aceptado también dinero para matarme? ¿O había alguien más implicado en aquella trama?

Hablé de nuevo.

—Me ha dicho que su casa se incendió, ¿verdad?

Me miró con cautela.

—Sí.

—¿Cómo fue?

—¿Qué tiene que ver el fuego con la desaparición de mi hijo?

—Puede que tenga alguna relación. Cuéntemelo.

Se sentó de nuevo. Aquello era surrealista; estaba hablando con la madre del hombre que había matado a mi Cristóbal.

—Era una tarde de mucho viento. Y muy seca. Hacía semanas que no llovía. Yo había ido a la ciudad a comprar arroz, y harina para hacer pan. Normalmente mi hijo me acompañaba cuando iba a por víveres, pero aquella tarde me dijo que tenía algo importante que hacer. Di por hecho que tenía que ver con el trabajo. Cuando, de vuelta, divisé la casa desde la distancia, ya estaba ardiendo.

»A diferencia de lo que era habitual, no se oía ruido alguno, y equivocadamente pensé que no había nadie dentro, así que me quedé allí de pie, perpleja. Grité pidiendo auxilio, esperando que alguno de los trabajadores me oyera y acudiera, pero, durante un buen rato, no apareció nadie. —Los ojos se le inundaron de lágrimas—. ¡Ojalá no me hubiera quedado mirando como un pasmarote! ¡Las cosas habrían ido de otra manera! Pasado un tiempo, oí toses que venían del interior, y la voz de Franco llamando a mi marido. Recuerdo que seguí inmóvil, preguntándome si había oído bien. ¿Por qué iba a estar Pedro en casa a aquellas horas? Normalmente trabajaba hasta las seis. Y Franco había dicho que tenía cosas que hacer. Cuando estuve segura de que se trataba de mi hijo, entré, abriéndome paso a empujones. Las llamas estaban devorando el salón, incluido el techo. Me envolví con un mantel y subí al piso de arriba, llamando a Franco.

Soledad tenía la mirada perdida, clavada en un punto misterioso por encima de mi cabeza.

—Lo encontré en el pasillo. Estaba intentando sofocar el fuego con una manta. Una viga se había desprendido del techo y cerraba el paso al dormitorio. Vi a Pedro debajo de la viga. Estaba inconsciente, probablemente ya había muerto. —La voz se le quebró—. Franco seguía llamando a su padre, pero no había nada que hacer. Le dije que teníamos que salir de allí antes de que nos alcanzaran las llamas. Y fue entonces cuando se nos cayó encima otra viga. Por suerte, algunos trabajadores habían venido en nuestra ayuda y nos sacaron de allí. Pero ya no se podía nada hacer nada por Pedro. —Se secó las lágrimas de las mejillas—. Más tarde, los trabajadores me dijeron que había vuelto temprano a casa porque le había dado fiebre y quería echarse un rato.

Se llevó la mano a la clavícula, justo encima de la cicatriz. Por extraño que pudiera parecer, sentí lástima por Franco. Me pregunté si aquella tragedia habría hecho de él un hombre despiadado, capaz de matar a un extraño sin ningún miramiento. ¿O habría sido siempre malvado?

—¿Llegaron a averiguar la causa del fuego? —pregunté.

—No estoy segura, pero creo que tuvo algo que ver con don Fernando.

—¿Don Fernando del Río?

—¿Lo conoce?

—Tuve un breve encuentro con él en La Puri. Soy amigo de la familia Lafont.

—Bueno, don Fernando quería que Pedro hiciera algo por él. —Apoyó las palmas sobre la mesa. Tenía otra cicatriz en la mano—. Pero no funcionó.

—¿Qué es lo que quería que hiciera?

—Oh, ya le he contado demasiado. Esa historia no tiene nada que ver con Franco.

No estaba tan segura de eso. Sabía que don Fernando no tenía nada que ver con el testamento de mi padre, pero, desde su punto de vista, yo podría haber sido un obstáculo más, otra persona con la que enfrentarse por aquel riachuelo. ¿Era posible que hubiera enviado a una mujer a seducir a Franco al ver que no podía convencerlo solo con dinero?

No, era demasiado rebuscado. Empezaba a ver conspiraciones y asesinos por todas partes.

—Mire, intentaré ayudarla —dije—, pero tiene que contarme todo lo que sepa, aunque crea que no está relacionado con su hijo. Dígame qué quería don Fernando de su marido.

Ella negó con la cabeza.

—Le pagó a Pedro para que moviera una verja, para conseguir ese estúpido trozo de tierra por la que el patrón y don Fernando discutían continuamente. Pedro no debería haberlo hecho. Le costó la vida.

—Pero, si lo hizo, ¿por qué motivo iba a querer hacerle daño don Fernando? ¿Cómo sabe que no fue su patrón el que prendió fuego a la casa?

Deseaba con todo mi corazón que mi padre no estuviera involucrado en aquel incendio. Lo único que me faltaba era enterarme de que era un asesino.

—A Pedro lo descubrieron, y confesó que don Fernando le había amenazado y le había pagado para hacerlo, así que don Armand le perdonó, pero demandó a don Fernando. Don Fernando estaba muy enfadado con Pedro por haber hablado. Estoy segura de que mandó a uno de sus hombres a prender fuego a la casa.

¿Tendría algo que ver aquel incidente con la discusión que había tenido don Fernando con Martín aquella misma tarde? Tal vez Angélica le había demandado por lo mismo.

—¿Se aloja usted en la ciudad, don Cristóbal? —preguntó Soledad, sacándome de mis elucubraciones.

No tenía ningún sentido mentir. Antes o después acabaría averiguando dónde me alojaba.

—No. En La Puri.

—Ah, pues entonces tiene suerte —sentenció—. Vive con una santa.

—¿Se refiere a doña Catalina?

—¿A quién si no? Esa mujer es un alma pura. Todo el mundo sabe que la Virgen la protege. Pídale que interceda por usted y verá que, con sus plegarias y mi remedio, su alma se curará muy pronto.

Dejé escapar un suspiro. ¡Ojalá las plegarias pudieran resolver todos mis problemas!

En ese momento, alguien llamó suavemente a la puerta. Doña Soledad se levantó. Yo tomé el paquete de hierbas y la seguí hacia la entrada a través de un laberinto de sillas y cajas.

Nunca hubiera adivinado a quién me iba a encontrar al otro lado del umbral; ni más ni menos que a mi hermana Angélica.

CAPÍTULO 🌿 16

Ni Angélica ni yo hicimos alusión a nuestro encuentro en la casa de la curandera. Durante la cena nos evitamos mutuamente y apenas hablamos. Catalina tampoco dijo gran cosa. Era realmente introvertida.

No se podía decir lo mismo de Laurent, que habló por todos los demás. Mencionó un montón de nombres que no significaban nada para mí: gente a la que planeaba invitar a una reunión que se celebraría en breve; amigos con los que se había encontrado en la cafetería de Vinces; noviazgos y compromisos matrimoniales de los que había oído hablar. Como era habitual en él, se trataba de un parloteo carente de fundamento. Tenía por costumbre mezclar los idiomas: a veces empezaba una frase en español y la acababa en francés. Angélica entendía gran parte de lo que decía, pero siempre respondía en español, mientras que Catalina nunca abría la boca, ya fuera por desconocimiento o por desinterés. Yo entendía el francés, pero no confiaba en mis habilidades para hablarlo. Era una verdadera pena, habiendo tenido un padre francés. En mi defensa, se podía argumentar que este había abandonado España cuando era muy niña, así que no había tenido muchas oportunidades de practicar. Mis conocimientos del idioma procedían principalmente de los libros y de la correspondencia que había mantenido con mi padre a lo largo de los años.

Mi madre siempre contaba que a mi padre se le daban muy bien los idiomas. Al parecer, había aprendido español durante sus viajes a España, a donde le había llevado su trabajo como comerciante de jerez. Ellos se habían conocido en la Feria de Sevilla, después de que mi madre enviudase, y después de eso mi padre no quiso volver a Francia. Pero cuando conoció a mi abuela, su ambición lo llevó aún más lejos. Mamá le echaba la culpa a su propia madre de haberle llenado la cabeza a su marido de ideas sobre el chocolate, las semillas de cacao y las plantaciones al otro lado del océano que, según decía, eran el negocio del futuro.

Mi madre nunca se lo perdonó. Hasta el día de su muerte, achacó a mi abuela el hecho de que mi padre se marchara. Decía que era aún más doloroso que cuando había perdido a su primer marido por culpa de la enfermedad, porque con mi padre nunca hubo un final; siempre había esperado que volviera.

Paseé la mirada por el comedor y pregunté dónde estaba Martín. Catalina me informó, con aquella voz tan angelical, que vivía en una casa que había heredado de su padre, entre Vinces y la plantación.

Cuando acabamos de cenar, Laurent se disculpó diciendo que iba a jugar a corazones con los rancheros de la región.

—Es lo único que le gusta de Vinces —dijo Angélica—, jugar a las cartas, las celebraciones y salir a avistar pájaros.

Sin querer, miré a *Ramona,* que estaba picoteando semillas de cacao de su plato.

Julia entró en la habitación y preguntó a Angélica si podía recoger la mesa. Como de costumbre, solo hablaba con ella. Resultaba extraño que Julia siempre le pidiera permiso a Angélica para absolutamente todo. Yo sabía que era la mayor, pero parecía como si no hiciera caso a Catalina intencionadamente.

Fue un alivio cuando mis hermanas se excusaron, alegando que estaban exhaustas, y me dejaron sola en el comedor. Una vez la mesa estuvo recogida y las sirvientas se afanaron en lavar los platos, me aventuré a inspeccionar la planta baja de la casa.

¿Mi misión? Encontrar vínculos, papeles, firmas.... Algo que me aportara alguna información sobre lo que había sucedido tras la muerte de mi padre.

Había unas pocas habitaciones que rodeaban el patio central. Me asomé a través de las ventanas. Una era un cuarto de costura con una máquina de coser, una tabla de cortar y montones de telas encima. También había una sala de música con un piano y un fonógrafo, y la última era un despacho.

¿Sería el despacho de mi padre?

Eché un vistazo por encima del hombro y abrí la puerta. La luz del farol de la entrada arrojaba algo de luz en el interior. Tomé una lámpara de aceite del escritorio y examiné la sala. Había dos estanterías que iban del suelo hasta el techo y que albergaban lo que parecía una enciclopedia y varios libros en francés.

En el escritorio de madera de cerezo había una cigarrera y un velero en miniatura. Abrí los cajones laterales. Había varios documentos con la firma de mi padre, que parecía la misma que la del cheque, y también un libro de contabilidad del año anterior. El cajón inferior, que era mayor que los dos primeros, estaba cerrado con llave. Abrí el del centro para ver si encontraba la llave, pero, aparte de varias estilográficas y más material de oficina, no había nada de interés, excepto un cuaderno con tapas de cuero. Lo saqué para hojearlo. Al parecer era un diario, fechado varios años antes.

Eché un vistazo a la puerta. ¿De cuánto tiempo disponía? Nerviosa, empecé a leer por el principio.

Mi padre debía de haber empezado aquel diario poco después de adquirir la plantación, pues había escrito observaciones sobre la vegetación que había encontrado en la hacienda, el ciclo de crecimiento de las plantas a lo largo de las estaciones, una lista de compradores y alguna que otra información relacionada con el trabajo. Conforme pasaba las páginas, iba encontrando tablas, precios y una amplia variedad de dibujos de vainas de cacao y de hojas. Estaba a punto de cerrarlo cuando algo me llamó la atención. Hacia el final del cuaderno, la escritura estaba al revés. Lo cerré y lo abrí por el lado opuesto. En efecto, había empezado otra especie de diario en la parte de atrás. En esta había largos pasajes escritos en francés. Me había sentado para leer cuando oí un ruido junto a la puerta.

Solté el cuaderno dentro del cajón justo en el momento en el que la puerta se abría de par en par.

—¿Don Cristóbal? ¿Qué hace usted aquí?

—Doña Angélica, ¡qué susto me ha dado! Disculpe mi atrevimiento. Solo estaba buscando algo para leer. Sufro de insomnio crónico. Debería haberle preguntado.

Mi hermana entró tranquilamente en la habitación y echó un vistazo al escritorio de nuestro padre.

—Por favor, sírvase usted mismo. Mi padre tenía ahí algunas novelas. —Señaló la parte inferior de una de las estanterías, que estaba bastante lejos del lugar donde yo me encontraba, de pie—. No obstante, he de decirle que mi padre era muy suyo en lo que respecta a sus cosas. No dejaba que ni yo ni nadie las tocáramos. Era ordenado hasta el extremo, y uno de sus últimos deseos fue que esta enciclopedia y su colección de libros permanecieran intactas. Se habría enfadado mucho si le hubiera encontrado a usted aquí.

Me dirigí a la estantería.

—Una vez más, le pido disculpas. No volverá a suceder.

¿Cómo diantres me las iba a arreglar ahora para hacerme con el cuaderno, con los ojos de mi hermana siguiendo todos mis movimientos?

—¡Ajá! ¡*El conde de Montecristo!*—Alcancé el libro—. Siempre he querido leerlo.

—Pues adelante.

Mientras me dirigía lentamente hacia la salida, tuve que contenerme para no volver la cabeza hacia el escritorio de mi padre. Angélica me esperaba en el umbral, con la mano en el pomo. Tan pronto como salí, cerró la puerta con decisión.

CAPÍTULO 17

Aquel día iba a demostrarle mi hombría a don Martín.

Me había cruzado con él por la mañana, después del desayuno, mientras daba un paseo por la plantación. Como de costumbre, iba vestido con americana y corbata, llevaba la camisa remangada hasta los codos y largas botas de goma por encima de los pantalones.

—¿Le apetece venir a pescar? —inquirió.

—¿Ahora mismo? —le pregunté.

—Para eso están los domingos.

—¿No son para ir a la iglesia? —dije.

—Esta es mi iglesia —sentenció, señalando con el dedo la vegetación que nos rodeaba.

No podía decir que estuviera en desacuerdo. Acepté la propuesta, principalmente por el deseo de sonsacarle quién era la misteriosa mujer con la que se veía Franco. Tenía el presentimiento de que Martín sabía mucho más sobre el hijo del capataz de lo que daba a entender.

No obstante, acabé deseando haber declinado su invitación.

Cuando me entregó una caja de latón y me dijo que recogiera gusanos para que sirvieran de cebo, y que lo hiciera con las manos desnudas, pensé que iban a darme arcadas.

Siempre había sido muy escrupulosa, pero era evidente que «los demás hombres» no lo eran. Martín no tenía ningún reparo en excavar en la tierra que había a nuestro alrededor y extraer aquellas criaturas que se retorcían en sus manos.

Me quedé de pie, en mitad del terreno, paralizada. Tal vez Cristóbal se refería a aquello cuando sostenía que él y yo éramos gente de ciudad. Y tenía razón. Primero, el incidente con aquella yegua testaruda, luego la serpiente y ahora los gusanos. ¿Qué me depararía el día siguiente?

—¿A qué espera?

Deseaba decirle que me veía incapaz de tocar un gusano aunque me pagaran, pero dos cosas me lo impidieron: el orgullo y el miedo a ser descubierta.

Introduje la mano en el barro y cerré los ojos al tiempo que notaba un repugnante gusano entre el pulgar y el índice. Lo saqué, temblando y esforzándome al máximo por hacer caso omiso de la creciente sensación de náuseas que me subía por la garganta. Lo dejé caer de inmediato en el interior de la caja.

—Cualquiera diría que no había tocado nunca un gusano —dijo Martín.

Tragando saliva, me obligué a mí misma a meter de nuevo la mano en el barro.

—Por cierto, don Martín —comenté—, esta mañana he pasado de nuevo por la casa, la que se quemó en el incendio.

Apenas me prestó atención. Acababa de extraer un gusano descomunal y lo estaba agitando peligrosamente delante de mis narices para que pudiera apreciar su tamaño.

—¿Sabe qué? —dijo—. Le reto a encontrar un gusano más grande que este.

¿Pero qué edad se suponía que teníamos? ¿Diez años?

A pesar del asco que me daba, no estaba dispuesta a dejar que ganara la apuesta.

Metí la mano hasta el fondo, permitiendo que la tierra penetrara entre mis dedos y debajo de las uñas. Mezclados con montones de barro, un buen puñado de gusanos grises asomó a la superficie. Mientras tomaba unos cuantos y los comparaba con el impresionante ejemplar de Martín, la sensación de repugnancia disminuyó. En cuestión de minutos estaba sacando gusanos mucho más rápido que él y disfrutando de la competición en la que nos habíamos embarcado. Muy a mi pesar, solté una risita de lo más tonta. Se trató de una reacción inconsciente, y muy pronto pagaría por ello. Martín dejó de buscar y se me quedó mirando. Durante unos instantes, se hizo el silencio. Seguro que estaba colorada como un tomate.

Retomé mi objetivo de encontrar el gusano más largo y sentí entre los dedos uno de grosor considerable. Era tan largo como la boquilla de un cigarrillo.

Le enseñé mi trofeo. Estábamos muy cerca el uno del otro, tanto como para sentir cierta incomodidad. Percibía el olor de su colonia con tintes cítricos camuflada por el inconfundible olor a tierra mojada. Di un paso atrás.

—De acuerdo. Me rindo. Usted gana —concedió—. Y ahora vámonos, a ver si pica algún pez.

* * *

Cuando terminamos de colocarle el sedal a nuestras cañas, algo que a mí me costó algo más conseguir, me senté sobre una roca junto a Martín, apoyando las botas en la orilla del río.

Permanecimos un rato en silencio mientras contemplábamos la superficie del agua y disfrutábamos de su efecto relajante.

—¿Creció usted aquí? —le pregunté pasados unos minutos.

—Sí, pero fui al colegio en Colombia. Le debo mi educación a don Armand.

Justo en ese momento, el sedal de su caña se tensó y empezó a recogerlo.

No había pescado nada.

Con paciencia, desenrolló de nuevo el sedal.

—Después de que mi padre falleciera, don Armand se hizo cargo de los gastos del colegio en el que estuve interno, y también de la universidad.

—¿Fue usted a la universidad?

Nunca lo hubiera dicho. La imagen que tenía sobre cómo debía ser un hombre con estudios superiores se correspondía con la de mi marido, no con la de Martín. Una vez más, aquella excursión parecía poner en cuestión mis ideas preconcebidas sobre los demás.

—¿Qué estudió? —pregunté.

—Agronomía.

—Tiene sentido.

Durante unos instantes, lo único que se oyó fue el borboteo del arroyo.

—¿Y qué le sucedió a su padre? —pregunté por fin.

—Se ahogó.

Su franqueza me desconcertó. De forma involuntaria, bajé la mirada hacia el agua. Me arrepentía de haber hecho la pregunta, pero a él no parecía importarle que hubiera tocado el tema.

—La noche anterior se había emborrachado, y por la mañana fue a nadar. Algunos piensan que sufrió un calambre, pero yo creo que todavía estaba ebrio.

—¿Se...? —Bajé el tono de voz—. ¿Se emborrachaba a menudo?

—No. Precisamente por eso acabó tan borracho. Su cuerpo no fue capaz de asimilar tal cantidad de alcohol. —Se quedó mirando el remanso del río, pensativo—. Creo que al final acabaron dándole caza.

—¿Quiénes?

—Sus errores.

Quería saber más, pero no creía que Cristóbal hubiera seguido indagando. Además, después del fiasco de la risita, no quería volver a llamar su atención. Honestamente, me sorprendía que aquel hombre no se hubiera dado cuenta ya de que era una mujer. Parecía observador.

—Bueno, eso forma parte del pasado. No cambia nada —concluyó con un deje de amargura.

El sedal de su caña se tensó de nuevo y acto seguido dio una pequeña sacudida. Se puso de pie y la templó.

—Es bastante grande. —Empezó a darle vueltas al carrete y fue tirando con fuerza hasta levantar una lubina que debía pesar al menos tres kilos.

Mientras el animal se retorcía, Martín le sacó el anzuelo de la boca. Luego le introdujo, a través de la boca y las agallas, una aguja con un largo trozo de hilo, y lo ató. Después clavó la aguja en el suelo, permitiendo que el cuerpo del pez quedara dentro de la corriente de agua.

—Para que se mantenga fresco —aclaró.

No volvió a referirse a su padre, y yo no me atrevía a preguntar. Tenía que conseguir un punto de equilibrio que me permitiera ganarme su confianza sin abrumarlo con preguntas.

Por mi parte, no tuve mucha suerte con la pesca, pero al menos conseguí un par de lubinas pequeñas. Luego llegó la escabrosa tarea de limpiar el pescado y abrirlo con un cuchillo para sacarle las vísceras. Me quedé maravillada con la destreza de Martín, la precisión con la que cortaba y su velocidad. Tenía las manos grandes, varoniles, con las uñas sucias de tierra. Era fascinante mirarlas.

¿Por qué las mujeres nunca hacíamos cosas divertidas como aquella? Bueno, al menos yo no lo había hecho nunca. Estaba demasiado ocupada trabajando.

Me quedé mirando el contorno de su perfil. ¿Qué diría si descubría quién era yo? ¿Coquetearía conmigo, o se mostraría frío y distante? Probablemente no usaría el tipo de lenguaje que solía fluir libremente de su boca ahora que pensaba que era un hombre.

Por primera vez eché de menos mi larga cabellera. Había sido la debilidad de Cristóbal, y no pude evitar desear que aquel hombre también pudiera apreciarme como mujer. Un momento, ¿qué estaba haciendo? Mi marido acababa de morir y yo estaba allí preguntándome qué pensaría otro de mí.

Martín se volvió hacia donde yo estaba de forma abrupta y me preguntó si me apetecía ir a su casa a probar el pescado. Farfullé un sí mientras me daba un pellizco en el muslo en nombre de Cristóbal.

* * *

La casa de Martín no estaba lejos del río; prácticamente lindaba con la finca de mi padre. Era una construcción de dos pisos, con el tejado de tejas de terracota. Una vez dentro, no pude evitar quedarme mirando el techo, incapaz de pronunciar palabra. Tenía forma de A y alternaba gruesas vigas con paneles de cristal, dejando entrar una cantidad inmensa de luz. A través de ellos se veía el bosque. ¡Era tan hermoso! Me recordaba a una de esas cabañas de los cuentos de hadas que leía cuando era niña. Las escaleras estaban hechas en parte de madera y en parte de piedra gris, con fragmentos de musgo aquí y allá, como las de un viejo castillo. Era una casa que jugaba con las formas y los estilos, una casa con el poder de hacer que te preguntaras si te encontrabas a cubierto o al aire libre.

Me apoyé en la encimera de la cocina mientras Martín troceaba las lubinas, las rebozaba en harina y las sumergía en aceite caliente. Parecíamos dos solteros que se conocieran de toda la vida y se sintieran a sus anchas el uno con el otro. Me sirvió una cerveza llamada Pilsener mientras me contaba historias sobre las mujeres con las que había estado allí mismo, en aquella cocina. Nunca antes había tenido una conversación tan desinhibida.

—¿Cómo es que no hay una señora Sabater? —le pregunté justo después de soplar sobre un trozo de pescado para enfriarlo, y antes de empezar a mordisquearlo cuidadosamente, cuando ya no pude contener el hambre.

—Porque no soy estúpido —respondió, riéndose entre dientes.

No le encontré la gracia, ni tampoco entendí por qué el matrimonio le convertiría en un estúpido, pero había oído a algunos de mis clientes bromear entre ellos con comentarios de aquel tipo.

—¿Y la verdadera razón? —dije.

Su sonrisa se desvaneció. Sacó el resto del pescado de la sartén y lo puso en un plato para que se enfriara.

—No me gusta la manera en que algunas mujeres tratan a sus maridos —respondió—. He visto cómo se dirigen a muchos de mis amigos, hombres magníficos, y muy preparados, como si fueran niños, o peor aún, como si fueran unos idiotas incapaces de entender nada. Mire a Angélica y Laurent. Él no puede tomar ni la más mínima decisión sin el consentimiento de ella. No tiene ni voz ni voto en lo que respecta a las actividades del día a día, y mucho menos en los asuntos de negocios, especialmente ahora que don Armand no está. Y también recuerdo a mi madre haciendo lo mismo con mi padre. —En ese momento negó con la cabeza—. No soportaría perder la libertad que tengo para ir y venir cuando y como quiero, o peor aún, la confianza en mí mismo.

Pensé en mi relación con Cristóbal. Era cierto que en muchos aspectos había sido yo la que había decidido el camino que tomarían nuestras vidas, pero no consideraba que mi marido fuera ningún estúpido; simplemente creía que a él no le importaban los detalles menos relevantes de nuestro día a día, como la forma en que decorábamos nuestro piso o qué amigos debíamos invitar a cenar, de manera que acababa tomando aquellas decisiones yo misma. ¿Se habría sentido insatisfecho con aquella manera de hacer las cosas? Recordé sus palabras durante nuestra última pelea.

«Ya estoy haciendo lo que querías, ¿no?».

—Dicho así, parece que las mujeres fueran monstruos —le dije a Martín.

—¡Oh, no! ¡Me encantan las mujeres! Es solo que no quiero que una de ellas me gobierne la vida.

—¿Pero es usted consciente de que la mayoría de las mujeres no gozan de las mismas libertades que usted? Tienen que dar explicaciones de su comportamiento a sus padres o a sus esposos continuamente, y reprimir sus actos delante de una sociedad que siempre las juzga.

—Buenos, las normas sociales y las leyes rigen para todos. El hecho de que yo sea hombre no quiere decir que pueda matar a alguien. Aunque quizá tiene razón en cuanto al hecho de que las mujeres, fuera del hogar, tienen que mostrarse más comedidas que los hombres.

—Es una realidad. ¿O acaso se imagina a una mujer pagando a un hombre para fornicar?

Él soltó una sonora carcajada.

—Me ofrecería voluntario en caso de que necesitaran a alguno.

—No lo pongo en duda. —Le di un trago a mi cerveza. Era muy amarga. ¿Cómo podía la gente beberse aquello por voluntad propia?—. Entonces, en lugar de arriesgarse a que una mujer gobierne su vida, ¿prefiere utilizar a todas las demás?

—¿Se refiere a las prostitutas?

«¿Y a quién si no?».

—Se trata de un intercambio justo —dijo—. Ellas necesitan el dinero, y yo necesito sus servicios. ¿O cree que debería darles dinero a todas las mujeres que conozco solo porque lo necesitan? Mire, el sistema es corrupto, pero yo no lo inventé y tampoco sé cómo arreglarlo. Es lamentable que algunas mujeres tengan que vender sus cuerpos para sobrevivir, pero la vida no siempre es bonita ni justa. Somos criaturas imperfectas. Somos complicados, estamos llenos de defectos y no siempre tenemos la respuesta a los problemas. Al menos, yo no.

—¡Y yo que pensaba que le habían roto el corazón!

Se dio media vuelta y tomó un plato de un armario elevado.

—Basta ya de hablar de cosas aburridas —concluyó—. Vamos a comer.

* * *

Cuando regresé a casa de mi padre ya había oscurecido, y mis hermanas se habían retirado a sus habitaciones. Mientras subía las escaleras, seguí dándole vueltas a la conversación con Martín. Se había quejado de que los maridos perdían su libertad en favor de sus esposas, y me había quedado muy claro que aquella idea lo predisponía en contra del matrimonio. Hasta aquel momento, lo mejor de ser un hombre había sido gozar de la libertad de hacer lo que me diera la gana sin tener que darle explicaciones a nadie. Pero aquella dinámica no era igual en todos los matrimonios. No me imaginaba a mi padre permitiendo que una mujer lo dominara. De otro modo, jamás habría abandonado España.

A mitad del pasillo, algo me sacó de mis cavilaciones.

Olía a humo.

Me quedé paralizado delante de la habitación de Catalina. De pronto me vino a la mente la casa de Franco. Tal vez se hubiera quedado dormida con una vela encendida. Llamé con los nudillos, pero nadie respondió. Allí, junto a la puerta, el olor era más intenso.

Dejé a un lado la educación y giré el pomo.

Me había imaginado una escena dramática, con muebles ardiendo y mi hermana inconsciente en el suelo. Jamás se me habría pasado por la cabeza que me iba a encontrar a Catalina sentada en la cama con un largo cigarrillo entre los dedos. La habitación olía como la cantina de Vinces. Lo menos que podía haber hecho era abrir la ventana.

Tan pronto como oyó el ruido de la puerta al abrirse, se dio la vuelta y se me quedó mirando con los ojos muy abiertos. Rápidamente se llevó la mano a la espalda, en un intento fallido de esconder el cigarrillo.

¡Así que a eso era a lo que se dedicaba «la santa de Vinces» en sus ratos libres! ¡A un vicio de lo más varonil y terrenal!

—¡Don Cristóbal! ¡No le había oído!

—Disculpe la intrusión, pero me ha parecido que olía a humo y he temido por su integridad.

Las mejillas se le pusieron coloradas.

—¡Ah, esto! —dijo, negando con la cabeza—. Sé que no debería. No es propio de señoritas, pero me temo que estoy enganchada sin remedio.

Crucé la habitación en dirección a la ventana.

—Permítame.

Abrí la ventana para que pasara el aire.

—No queremos provocar un accidente, ¿verdad?

Se puso de pie.

—No, por supuesto que no.

Daba la sensación de que no supiera qué hacer con el cigarrillo que tenía en la mano. Yo, que jamás había fumado y que la única vez que había probado el tabaco había sido cuando me había encendido un puro en casa de Aquilino, detestaba aquel hábito, pero, de algún modo, su pequeño secreto la hacía más humana y despertaba en mí el deseo de conocerla mejor.

—¿Lo ha pasado usted bien con don Martín? —me preguntó—. Julia me ha contado que ha ido a pescar con él.

¿Cómo sabía aquella mujer lo que habíamos estado haciendo?

—Sí.

—Julia va a lavar la ropa cerca de allí. Me ha dicho que los vio juntos.

—Disculpe que no les informara. Espero que no me estuvieran esperando para cenar.

—No, no se preocupe.

La ceniza de su cigarrillo se estaba volviendo cada vez más larga y delgada. Deseaba con todas mis fuerzas que le diera una calada o que la sacudiera en el cenicero de cristal que había en su mesilla. Pero no hizo ninguna de las dos cosas. En vez de eso, aplastó el cigarrillo contra la superficie del cenicero.

—¿Es *Fortunata y Jacinta?* —pregunté, señalando con el dedo el libro que yacía sobre la cama. No se lo dije, pero me dejó atónita que estuviera leyendo un libro tan escandaloso como ese.

Se puso colorada de nuevo.

—Lo encontré entre las pertenencias de mi madre.—dijo, y se encogió de hombros—. No es más que una estúpida historia de amor.

Estaba familiarizada con la obra de Benito Pérez Galdós. Cristóbal vivía por y para la literatura española.

Me senté en la cama, junto a ella.

—Una historia trágica.

—Sí, pero la tragedia también tiene algo de hermoso —dijo—, ¿no le parece?

—En la vida real, no.

—Lo siento. Ha sido muy insensible por mi parte, teniendo en cuenta el reciente fallecimiento de mi... mi hermana. —Agarró el abanico de la mesilla. El cuello bordado de su camisa era tan alto que debía de estar asfixiándose de calor—. Hábleme de ella, de Purificación.

Era realmente agradable, aquella hermana mía, con aquellos ojos que me miraban rebosantes de amabilidad y la voz cargada de preocupación y comprensión. No había ninguna posibilidad de que hubiera encargado a Franco que me matara. Ninguna.

Pero la había sorprendido fumando, lo que significaba que les ocultaba cosas a los demás. Tenía defectos, como todo el mundo, solo que en la ciudad nadie lo sabía.

O tal vez sí.

—¿Es cierto que tenía una chocolatería?

—Sí. —La voz se me quebró un poco al pensar en el soleado salón donde la gente saboreaba las delicias que preparábamos la Cordobesa y yo. ¡Qué sencilla era mi vida de entonces!

—Mi padre estaba muy orgulloso de ella.

—¿Ah, sí?

—Siempre nos decía a Angélica y a mí que deberíamos parecernos más a ella, pero ni ella ni yo mostramos jamás ningún interés en el negocio.

Entonces, ¿por qué diantres habían querido deshacerse de mí? Podríamos haber trabajado por un objetivo común, podríamos haber perpetuado el legado de mi padre juntas. Pero, al parecer, una de ellas era demasiado codiciosa como para aceptar algo así. O quizá las dos.

—Siento mucho que haya fallecido. Me hubiera gustado conocerla —dijo.

Sus palabras se me clavaron como un puñal. Me hicieron sentir culpable, sucia por la manera en que la estaba engañando. Catalina era una buena persona. No se merecía aquello. Deseé con todas mis fuerzas decirle la verdad. ¿Me odiaría si se lo contaba?

—Estoy seguro de que a ella también le habría gustado conocerla —dije.

—¿Cómo era? ¿Se parecía en algo a nosotras?

Aquella idea ni siquiera se me había pasado por la cabeza. Angélica era clavada a mi padre, pero Catalina debía de parecerse a su madre, porque tenía la piel de color aceituna y los ojos azabache, como los de las mujeres moras. En cuanto a mí, la gente solía decir que me parecía a mi madre, una mujerona de huesos grandes.

—En cierto modo, sí —respondí—. Tenía el pelo negro como el suyo, pero la nariz era como la de su hermana. También era muy aficionada a la música. Le encantaba la zarzuela.

—¿Tocaba algún instrumento, como Angélica y yo?

—Su instrumento era la voz.

Tal vez aquello fuera exagerar. Si le hubieran preguntado a mi difunto marido o a mi madre, habrían dicho que era un instrumento algo desafinado.

Catalina sonrió.

—¡Qué suerte haberse casado con una mujer como ella! Por lo que dice, debió ser excepcional.

Inspiré hondo. Si decía algo, podía quebrárseme la voz. Me puse en pie.

—Debería irme —dije por fin—. No es apropiado que esté aquí.

—Por supuesto.

—Buenas noches, doña Catalina.

Me marché sin esperar su respuesta. Las palabras de mi hermana me habían tocado en lo más profundo. No, Cristóbal no había tenido suerte al casarse conmigo; más bien al contrario. No era yo la que yacía muerta en el fondo del océano, y no podía creer lo desleal que había sido aquella tarde, pasando todo ese tiempo con otro hombre y, lo que era peor, divirtiéndome. Si era verdad que Dios existía, con toda seguridad me castigaría por aquella traición infame.

CAPÍTULO 🌿 18

Catalina

Vinces, 1913

Los dedos de mi madre me tiraban de la oreja con saña.

—¿Te has vuelto loca, Catalina?

Sobresaltada, solté el cigarrillo que tenía en la mano. No sabía qué me dolía más: el orgullo o la oreja. Tenía ya quince años, y mi madre seguía tratándome como si fuera una niña.

—¡Recógelo! —ordenó, señalando el cigarrillo que acababa de dejar caer al suelo. No me podía creer que hubiera descubierto mi escondite detrás del palo santo. Nunca salía de casa. ¿Cómo se las había arreglado para encontrarme?

—¡Suéltame! —grité, intentando apartarla de mí, pero me tenía bien agarrada.

—¡Te he dicho que lo recojas!

Retorciéndome de una manera antinatural, recogí el cigarrillo. Mi madre me arrastró en dirección a la cocina como si fuera un saco de patatas.

—¿Cómo te atreves a avergonzarme de este modo? —me regañó—. ¿No sabes que tienes una reputación que salvaguardar? ¿Y si llega a verte alguno de los peones de tu padre? Sabes de sobra que en esta ciudad las noticias corren como la pólvora. ¿Qué demonios te pasa?

Tenía razón. ¿Qué demonios me pasaba? Sabía que tenía que ser buena, pero no conseguía dejar de pecar.

—Cuando no es una cosa, es otra —dijo mi madre.

Últimamente, nuestra relación se había vuelto muy complicada. Se pasaba el día sermoneándome. Esto está mal, esto también está mal. Deberías aprender de tu hermano, que ha entrado en el seminario.

A mi madre, Gloria Álvarez de Lafont, no le bastaba con tener un hijo al servicio de Dios. Solo estaría satisfecha si los tres nos dedicábamos a la noble causa. Pero Angélica, con todos aquellos pretendientes, era un caso perdido. En cuanto a mí... bueno, mi madre había decidido consagrar su vida a llevarme por el camino recto, costara lo que costase.

¡Y pensar lo orgullosa que había estado de mí cuando le dije que había visto a la Virgen! Habían sido meses de plegarias, de peregrinaciones, de tener los ojos de toda la ciudad puestos en mí. La gente venía a verme, querían que se lo contara todo sobre Nuestra Santísima Madre, llegaban desde todos los rincones del país para escuchar mi mensaje.

Pero de eso hacía ya seis años, y daba la impresión de que mi madre se hubiera olvidado del dolor de rodillas por pasar horas y horas arrodilladas sobre el frío suelo, rezando la una junto a la otra; o del tiempo que empleaba en cepillarme el pelo hasta que quedaba suave como la seda mientras me preguntaba por todos los detalles de la aparición. Al fin y al cabo, tenía que ser ella la que trasladara los pormenores a sus amigas de la cofradía, pues el párroco me había prohibido que compartiera mis experiencias con nadie más.

Sin soltarme la oreja, mi madre cruzó la cocina conmigo a rastras mientras yo hacía lo que podía por no chocar contra los armarios y las sillas.

—¡Armand! ¡Armand! —chilló.

Pero mi padre, gracias a Dios, no estaba en casa. Se había marchado temprano en dirección al almacén. Lo había visto desde la ventana de mi habitación, desde mi celda.

Me las arreglé para liberarme una vez llegamos al patio interior, pero ella logró volver a agarrarme del brazo y tiró de mí hasta que llegamos a la habitación de los santos.

Aquella era la habitación preferida de mi madre. Era más pequeña que el resto. Tenía una cama adicional que nunca se había utilizado y un armario lleno de santos del tamaño de muñecas. Había, cómo no, una Virgen, un San Pablo, un San José y una figurita del niño Jesús. En una ocasión, cuando era niña, le había pedido que me dejara jugar con los santos. Al fin y al cabo, para mí eran como muñecos, pero desde el punto de vista de mi madre aquello había supuesto no solo un pecado, sino la mayor blasfemia de todos los tiempos.

En el interior de uno de los cajones había todo un surtido de velas, acompañado de cerillas, rosarios y un breviario.

—¡Aquí, delante de los santos, vas a expiar tus pecados! —bramó mi madre.

Acto seguido me entregó el cigarrillo, que apenas había empezado, y dictó sentencia.

—Te lo vas a comer.

¿Cómo? ¿Había oído bien?

—¿Comérmelo?

—¡Venga!

Aquello no podía estar sucediendo.

—¡Hazlo!

—¡No!

Me soltó un bofetón con todas sus fuerzas. Sentí como si uno de aquellos santos me hubiera caído sobre la mejilla.

—No saldrás de esta habitación hasta que te lo comas. ¿Sabes qué tipo de mujeres fuman?

Negué con la cabeza.

—¡Pues te lo contaré! Son el tipo de mujeres que reciben dinero por fornicar con hombres: ¡las mujeres de la calle! ¡Esas!

Me quedé mirando el cigarrillo que tenía en la mano y que tanto le había costado a Franco conseguirme, y le di un bocado. Era la única manera de salir de aquel lugar. Cuando a mi madre se le metía algo en la cabeza, era mejor no contradecirla.

Sentí en la boca como si hubiera pasado la lengua por el fondo de una chimenea y después hubiera masticado un trozo de papel. Escupí algunos restos de tabaco en el suelo. Sin hacer caso de cómo tosía, mi madre me tomó la mano y me la llevó a la boca para dejar claro que tenía que darle otro bocado. Hice lo que me ordenaba, con los ojos cerrados y conteniendo la respiración. Esta vez me tragué los trozos húmedos.

—¿Vas a volver a hacerlo?

Negué con la cabeza mientras, sin dejar de toser, terminaba de engullir el último pedazo. Me picaba la garganta. Tenía ganas de vomitar.

—Y ahora vamos a ir a tu habitación y me vas a dar todo lo que tengas escondido.

* * *

Jamás imaginé que llegaría a depender de los cigarrillos de aquella manera. Ni siquiera sabía lo que eran hasta que Franco me ofreció uno. Franco, aquel muchacho callado que, cuando no seguía a su padre por la plantación, se dedicaba a cazar ardillas, pájaros o conejos con su tirachinas; había estado siempre ahí, desde que tenía uso de razón. Los demás niños de la zona siempre andaban juntos, incluidos mis hermanos, pero Franco y yo éramos más pequeños y nos excluían de los juegos y la diversión. Además, estaba la cuestión de la clase. Él era el hijo de uno de los trabajadores de mi padre, así que mis hermanos no se dignaban a dirigirle la palabra. No lo hacían a propósito; simplemente, sabían que en nuestra pequeña sociedad había ciertas reglas no escritas que debían seguir. Pero a mí aquello me daba bastante igual.

La primera vez que había hablado conmigo, yo tenía doce años y él, trece. Estaba dando un paseo junto al arroyo que había cerca de mi casa. Me preguntó si era verdad que había visto a la Virgen en mi habitación. No hice caso de la pregunta —no me gustaba hablar de ello—, y pregunté a mi vez si era cierto que su madre tenía poderes y que podía ver el futuro.

Me dio la sensación de que le gustaba tanto hablar de su madre como a mí de la Virgen.

Así que decidimos hablar de nosotros. Le conté qué era lo que más me gustaba hacer, sin seguir ningún orden preciso: subirme a los limoneros, tumbarme en la hierba para buscar nubes con forma de animales, buscar tréboles de cuatro hojas, tocar el violín y leer novelas. Lo que más le gustaba hacer a él era tallar madera, nadar en el río y jugar al dominó. Me dijo que, de lo que yo le había dicho, lo único que le gustaba era trepar a los árboles frutales, y que podría considerar la posibilidad de buscar tréboles de cuatro hojas, pero que no tenía el más mínimo interés en tocar un instrumento (o escucharme a mí tocarlo) y que no sabía leer. También confesó que, de vez en cuando, se quedaba mirando las nubes, pero luego proclamó que aquello era cosa de niños pequeños. Para terminar, declaró que me dejaría jugar al dominó con él.

Acepté encogiéndome de hombros, pero estaba asombrada de que un muchacho de su edad no supiera leer. Aquel día hice un voto solemne: yo misma le enseñaría.

CAPÍTULO 🌿 19

Puri

Abril, 1920

La noche anterior había oído a Angélica sollozar.

Fue después de que dejara a Catalina, cuando iba camino de mi habitación. El llanto, que provenía de una habitación que supuse que sería su dormitorio, me llegó claramente. Laurent parecía estar consolándola, llamándola *ma chère* y diciéndole *calmes-toi*. Me quedé unos minutos de pie junto a la puerta, pero, después de un rato, dejé de oírlos.

Aquel suceso, aunque menor, había dado lugar a un interesante descubrimiento: ahora sabía dónde estaba el cuarto de Angélica, y quizás aquella noche podría aprovechar la que tal vez sería mi única oportunidad de entrar y buscar alguna prueba que la relacionara con Franco o con el cheque que tenía en mi poder.

Durante el desayuno, ideé el plan perfecto. Aquella noche habían organizado un bingo, y esperábamos la asistencia de algunas parejas. Lo hacían todas las semanas, según me explicó Angélica mientras me servía un vaso de zumo de papaya, y las casas y los anfitriones iban cambiando según un sistema de rotación. Yo no tenía ningún interés en el bingo, ni tampoco en los amigos de mi hermana; la importancia de aquello era que la gente estaría tan distraída que nadie se daría cuenta si me ausentaba unos minutos. Y Julia, que parecía tener ojos en todas partes, estaría demasiado ocupada atendiendo a los invitados. Puede que tal vez pudiera incluso hacerme con el diario que guardaba mi padre en su despacho.

Me puse uno de los mejores trajes de Cristóbal: un tres piezas con un chaleco de rayas, pantalones de lana y americana a juego. Tal vez había optado por un conjunto algo grueso teniendo en cuenta el tiempo que hacía, pero era uno de los atuendos más elegantes de mi marido, y Laurent se iba a poner un esmoquin. Era sorprendente la seguridad en sí mismo —y el poder— que podía proporcionarle a una persona un traje distinguido. Con él, me sentía muy hombre. A continuación, me calé el sombrero de ala ancha y salí de la habitación.

Enseguida empecé a oír las risitas y los cumplidos que provenían de la planta de abajo. Me llamó la atención que la mayoría de las conversaciones fueran en francés. Desde la balaustrada divisé a algunos hombres con corbatas blancas y varias mujeres con rutilantes vestidos de fiesta, visones, y tocados de plumas. Me estiré las solapas y bajé las escaleras. Angélica me presentó a todo el mundo como su cuñado, y seguidamente nos dirigimos al comedor, que estaba a rebosar de aperitivos: aguacates rellenos de gambas, conchitas asadas, tamales de maíz, empanadas de verde. También había algunos manjares franceses: paté de hígado de pollo, volovanes de champiñones y caviar.

Yo estaba acostumbrada a ser la anfitriona en mi chocolatería. Me paseaba por los rincones, asegurándome de que todo el mundo estuviera bien atendido y satisfecho, e incluso hacía alguna que otra broma. De hecho, siempre me había divertido poner voces, especialmente cuando contaba chistes de gallegos o de ancianitas. ¡Era tan extraño ver a mi hermana Angélica desempeñando ese papel! En cierto modo, me resultaba molesto. (¿Me estaba convirtiendo en una persona celosa? Nunca lo había sido. Sin duda, aquella experiencia estaba teniendo extraños efectos en mí). Pero, al mismo tiempo, sentía una especie de orgullo. No era solo por su belleza, aunque la gente siempre se sentía atraída por las mujeres hermosas, sino por aquella naturalidad tan suya, la manera en que conseguía que todos ansiaran captar su atención. Se percibía en el modo en que sus amigos la tomaban del brazo para llamar su atención, o le susurraban cosas al oído. A cambio, ella les correspondía con una risa sincera.

Laurent parecía más animado que nunca. Se crecía contando historias sobre sus viajes, sus numerosos amigos y sus costosas compras para disfrutar de sus aficiones (mencionó una cámara marca Brownie que había adquirido en Francia y unos prismáticos para avistar pájaros). Después de un rato escuchándole, estaba deseando meterle una de aquellas conchitas asadas en la boca para ver si podía callarse al menos un par de minutos.

Con su habitual discreción, Julia se aseguraba de que nuestras copas estuvieran siempre llenas hasta el borde. Conchita, la cocinera, a la que acababa de conocer, trajo una sopera llena de cazuela de mariscos —el plato principal de la noche— mientras meneaba ostensiblemente su voluminoso trasero.

No me quedaba más remedio que seguir llenándome con enormes cantidades de comida hasta a que encontrara el momento perfecto para escabullirme.

La ocasión se presentó después de cenar, cuando Angélica invitó al grupo a salir al patio. Allí se habían dispuesto tres hileras de mesas, sobre las cuales había repartido tarjetas de bingo y fichas. Me senté en la última fila.

Había mucho movimiento a mi alrededor. Risas, chismorreos, hombres coqueteando con mujeres y mujeres coqueteando con hombres. La única persona que parecía tan fuera de lugar como yo era Catalina. Solo esperaba que se quedara allí y no se le ocurriera deambular también por la casa.

En cuanto Laurent y Angélica empezaron a cantar números, aproveché la distracción y, después de asegurarme de que nadie estaba mirando, me alejé del grupo justo en el mismo instante en que una mujer cantaba bingo.

Subí las escaleras como una flecha, mirando por encima del hombro cada pocos minutos, y me fui directa al cuarto de Angélica. Con un poco de suerte, no habría cerrado con llave.

Me sequé las palmas sudorosas en los pantalones y giré el pomo.

El dormitorio de mi hermana estaba compuesto de dos habitaciones, una salita de estar y la zona para dormir. Me sentí un poco estúpida allí de pie, sin saber dónde buscar, jugando a los detectives. ¿Qué pensaba encontrar en aquel lugar que relacionara a mi hermana con Franco?

—Quiere cacao, quiere cacao.

¡Maldición!

Ramona echó a volar hacia mí. Yo me agaché.

—Quiere cacao, quiere cacao.

—¡Chsss! —le dije, pero ella siguió repitiendo su mantra.

Antes de que alguien más pudiera oírla, me dirigí a una de las mesillas y abrí el cajón de arriba. No parecía que hubiera nada ni remotamente incriminatorio, a menos que se considerasen sospechosos un diccionario francés-español y un joyero. En el interior del segundo cajón había un montón de cartas atadas con un lazo rojo. Después de examinarlas, llegué a la conclusión de que se trataba de misivas de diferentes hombres dirigidas a Angélica. ¿Admiradores, quizá? Me pareció extraño que las guardara tan cerca de donde dormía su marido.

No parecía que hubiera ningún tipo de correspondencia con Franco, al menos entre las cartas que revisé. Debajo de los sobres había una fotografía de una niña pequeña cuyo rostro me resultó vagamente familiar, aunque no sabía decir por qué. Eso sí, estaba segura de que no era ni Angélica ni Catalina, pues el tono de piel y de pelo de mis hermanas era mucho más claro que el de aquella pequeña. La niña, que no debía de haber tenido más de diez años, miraba a la cámara con cara desafiante, como si no soportara la idea de que le hicieran una fotografía. Pero aquella mirada destilaba algo más que un simple enfado. Reflejaba también dolor, como si hubiera estado llorando los minutos previos a que se tomara la instantánea. Tenía el pelo recogido en dos trenzas muy tirantes, y llevaba un vestido marinero que le quedaba un poco pequeño.

Al rodear la cama en dirección a la otra mesilla, me fijé en una caja de cristal situada bajo la ventana. Era una jaula grande y rectangular. Un ligero temblor se apoderó de mis piernas. Lentamente, me acerqué a ella. Enrollada en el fondo, detrás de una piedra de gran tamaño, estaba la serpiente roja, negra y blanca que había visto en mi habitación. *Ramona* se alteró aún más y voló por encima de mi cabeza. Había cambiado de cantinela: era como una especie de advertencia, pero no logré entenderlo.

Las manos empezaron a sudarme.

¿Por qué razón tendría Angélica una serpiente en su habitación? Y lo que era aún peor, ¿por qué había aparecido su serpiente venenosa en mi dormitorio la otra noche? ¿No era mucha coincidencia que se hubiera escapado de aquella jaula perfectamente cerrada y hubiera acabado justo a mi lado?

No tuve tiempo de seguir elucubrando, porque se oyó un ruido en el pasillo. Desesperada, busqué a mi alrededor, pero, antes de que pudiera mover un músculo, noté que había alguien al otro lado de la puerta, y ese alguien estaba girando el pomo.

CAPÍTULO 🌿 20

Catalina

Vinces, 1907

Ayer volví a ver a esa niña. Me saludó con la mano desde la otra orilla. Parte de su atractivo residía en que no tenía que llevar ropas elegantes, como Angélica y como yo. Estaba cansada de mangas abullonadas y medias largas. Me hubiera gustado pasarme el día vestida solo con una combinación, corriendo junto al arroyo, como hacía Elisa. Le devolví el saludo y di la vuelta al estanque para acudir a su encuentro.

—Tengo algo para ti —anunció. Estaba arrodillada junto a la orilla, con los dedos enterrados en el barro. Una de sus apretadas trenzas le caía sobre el hombro.

—No es un caracol, ¿a que no? —pregunté, poniendo cara de asco.

—No.

Empecé a dar saltitos.

—Entonces, ¿qué es? ¿Qué es?

—No te lo puedo decir. —Volvió la cabeza para asegurarse de que no había nadie cerca y susurró—: Esta noche. En tu casa.

—Pero mamita se enfadará conmigo.

—No me verá.

Esperaba que tuviera razón. La última vez que mamita me había visto hablando con Elisa me había gritado y me había dado unos buenos azotes. «¡No quiero volver a verte con esa niña! ¿Me oyes?», había dicho.

Le había prometido que no volvería a hablar con ella, pero Elisa era muy divertida. Era mucho más agradable que Angélica, que nunca me dejaba tocar sus muñecas.

«¡Las vas a ensuciar!», me había dicho mientras limpiaba las mejillas de porcelana de Úrsula con un pañuelo húmedo. «¡Mira qué manos llevas! ¿No ves que estas muñecas son adornos? Todavía eres demasiado pequeña para entenderlo, pero cuando tengas trece, como yo, lo comprenderás». Me había sonreído con aquella expresión suya tan espantosa, con maldad. Ella tenía ya los dientes perfectamente alineados, no como yo; a mí todavía me estaban saliendo, y se me veían grandes y extraños en una boca desconocida. «Bueno, ¿no tienes nada mejor que hacer? ¿Por qué no te vas a practicar con el violín o a jugar con Alberto?».

¡Oh! ¡Ojalá hubiera podido arrancarle los tirabuzones rubios que le colgaban de aquella cabezota de niña engreída!

No tenía ni la menor idea de quién diantres podía encontrar divertido jugar con Alberto. Lo único que hacía era pasar las horas muertas con unos corchos que se suponía que eran soldados inmersos en crueles batallas mientras hacía ruidos con la boca como si estuviera escupiendo y rodaba por el suelo. Cualquiera habría pensado que Angélica preferiría jugar conmigo. Yo era su única hermana y me faltaba poco para cumplir los diez años. Pero ella se inclinaba por la compañía de los adultos, y ponía la misma expresión estirada que sus valiosas muñecas mientras escuchaba sus aburridas e interminables conversaciones. Antes me habría quedado mirando cómo me crecía el pelo que prestarles atención. La única señal de que mi hermana seguía viva era que cada pocos minutos se ponía de pie y le ofrecía aceitunas y cacahuetes tostados a mi padre.

Elisa, en cambio, era pura energía. Siempre sabía cómo divertirse, lo que normalmente implicaba realizar alguna actividad que los niños teníamos prohibida, como trepar a los tejados con una venda en los ojos (decía que era una prueba de confianza, pues se suponía que tenías que dejar que la otra persona te guiara cuando llegabas a lo alto), saltar de la rama más alta de un árbol (y sin llorar, aunque te hicieras sangre y un montón de arañazos al aterrizar), o ponerse de pie a lomos de un caballo mientras este caminaba. La única vez que Alberto se había unido a nosotros, Elisa había insistido en que jugáramos a contener la respiración bajo el agua, pero la cosa se torció. Fue ella la que decidió cuánto tiempo tenía que aguantar mi hermano con la cabeza dentro del estanque. Se la mantuvo sumergida durante casi un minuto, a pesar de que él agitaba los brazos y daba patadas contra el suelo. Cuando por fin lo soltó, se deshizo en imprecaciones («¡Maldita seas!»). Nunca le había oído decir la palabra prohibida. Si le llegase a oír mi madre, se hubiera quedado de piedra. Luego se marchó, jurando que jamás volvería a jugar con ella, ni conmigo. Elisa, en respuesta, se echó a reír y le dijo que era un bebé.

La otra razón por la que Elisa resultaba tan fascinante era que nadie sabía dónde vivía ni cómo había llegado a la hacienda. Simplemente, un día había aparecido sentada sobre una roca junto al estanque, sin más explicación. Cuando le pregunté quiénes eran sus padres o dónde estaba su casa, se limitó a señalar hacia el cielo y respondió que vivía en una nube.

—¿Cuál? ¿Esa? —pregunté, apuntando hacia la más gorda.

—¡No! ¡La de detrás!

—¿La gris o la que tiene forma de pera?

—¡No, tonta! ¡La de al lado!

—¡Ah! —dije, pensando que no estaba segura de a cuál se refería. No paraban de moverse—. Entonces ¿eres un ángel? —quise saber, aunque, a decir verdad, lo dudaba mucho. Estaba demasiado sucia como para serlo, pero tenía que preguntárselo.

No respondió. Tan solo me sonrió con suficiencia.

A partir de entonces empezó a venir un día sí y otro no, y nuestros juegos se fueron volviendo cada vez más temerarios. Cuando mi madre nos vio colgando de la barandilla de un puente, nos gritó hasta que las orejas se le pusieron rojas. Fue entonces cuando me prohibió que volviera a hablar con aquella «niñita machona». Después del incidente con mi madre, Elisa no dio señales de vida durante un mes, y ese fue el motivo por el que no fui capaz de decirle que no cuando me ofreció traerme un regalo. Además, ¿cómo podía rechazar un obsequio?

Tumbada bajo mis sábanas de satén, escuché unos golpecitos en la ventana.

Había luna llena y, delante de ella, estaba Elisa. Llevaba un paquete envuelto en papel de periódico. Estaba tan entusiasmada que apenas pude abrirle el pestillo.

Cuando entró de un salto, estudió mi dormitorio como si fuera un museo. Dio varias vueltas alrededor, examinando todas y cada una de mis pertenencias. Una vez hubo terminado la inspección, me entregó el paquete.

—¡Toma!

Lo desenvolví con manos temblorosas. ¡Virgencita del Cisne! ¡Era una muñeca! ¡Una bailarina! Aunque la más extraña que había visto jamás. De cintura para arriba era como una niña normal y corriente, pero tenía el trasero hecho de una especie de cojín, cubierto por una falda roja. Era muy bonita, aunque tuviera la cara manchada de tierra y estuviera medio calva, lo que me daba a entender que alguien había jugado con aquella muñeca, no como con las de mi hermana.

—¡Es preciosa! —dije—. ¿Estás segura de que no la quieres?

—Es tuya. —Había encontrado mi breviario y lo estaba hojeando—. Pero con una condición.

—¡Lo que sea!

En ese momento alguien llamó a la puerta, las dos nos llevamos un buen susto.

—¿Quién anda ahí, Catalina? ¿Con quién hablas?

—Con nadie, mamita.

—¡No me mientas! ¡He oído otra voz! ¿Es esa niña? —dio varios golpes en la puerta—. ¡Abre!

Si veía a Elisa, me quitaría la muñeca, y yo quería quedármela, más que nada en el mundo.

—¡No, no es ella!

Cuando finalmente logró abrir la puerta a fuerza de girar el pomo hasta que saltó, Elisa ya se había precipitado hacia la ventana y se había escondido detrás de la cortina.

Mi madre sujetaba una vela en una mano y su rosario en la otra. Recorrió la habitación lentamente, inspeccionando todos los rincones. Fue un milagro que no la viera detrás de la cortina, que se agitaba ligeramente con la brisa. Era una noche más luminosa de lo habitual, y al otro lado de la ventana la luna se veía tan grande que parecía como si estuviera al alcance de la mano.

—¿Dónde está? —preguntó mi madre.

—¿Quién?

—¡He oído una voz!

—¡Estaba hablando sola!

—No me tomes por tonta, Catalina. He oído claramente dos voces femeninas.

No sé si fue por el rosario que llevaba en la mano, por mis plegarias a la Virgen o por la luz que provenía del exterior, pero antes de que quisiera darme cuenta, di con la repuesta perfecta.

—Era la Virgen María.

Creí que mi madre se echaría a reír, pero no fue así.

—¿Me estás mintiendo, Catalina?

Negué con la cabeza, con la vista puesta en la mancha roja que vislumbraba debajo de mi cama: la falda de la muñeca.

—No bromees con esas cosas, Catalina.

Evité mirarla a los ojos.

—No lo hago. Era ella, de verdad.

Paseó la mirada por el dormitorio.

—¿Y dónde está?

—Ha desaparecido justo cuando has llamado a la puerta.

—Sabes que mentir es un pecado mortal, ¿verdad?

Tragué saliva, incapaz de decir nada más.

—Pero todo el mundo sabe que la Virgen suele aparecerse a los más inocentes —añadió en un susurro—. Si lo que dices es verdad, Catalina, entonces estamos ante un milagro.

Asentí con la cabeza. Ya le confesaría la verdad más tarde. En aquel momento, tenía tanto miedo de que descubriera a Elisa o la muñeca, que habría dicho cualquier cosa con tal de que se marchara de la habitación.

Entonces, como si hubiera tenido una revelación, se santiguó.

—¡Cristo bendito! ¡La Santísima Madre aquí! —casi a tientas, me agarró por los hombros—. ¿Estás segura? ¿Qué te ha dicho?

Me encogí de hombros.

—Tiene que haber dicho algo. Cuando se aparece, siempre es para trasmitir un mensaje.

—Dijo que nos amáramos los unos a los otros —tanteé.

Mi madre cayó de rodillas, sollozando. Pasados unos instantes, que se me hicieron eternos, y luego se puso de pie, prácticamente de sopetón.

—Tengo que contárselo a tu padre. Y al padre Elodio. La Iglesia tiene que saberlo. Todo el mundo debe enterarse.

—¡No! —le espeté, agarrándola de la manga—. Quiero decir, no creo que la Virgen estuviera de acuerdo.

—Querida niña, ¿por qué razón se te iba a aparecer si no fuera para transmitir un mensaje a todos los hijos de Dios?

Me acarició la barbilla.

—Tú quédate aquí, por si vuelve a aparecer.

Abandonó la habitación como una exhalación, dejándome a solas con Elisa.

La niña apartó la cortina con una amplia sonrisa dibujada en la cara.

—¿La Virgen?

—No se me ocurría nada más. —Eché un vistazo a la puerta abierta—. Será mejor que te vayas antes de que vuelva. Por cierto, ¿cuál es la condición para que me pueda quedar la muñeca?

Elisa se encaramó a la repisa de la ventana.

—Que te asegures de que la vea tu padre.

Acto seguido, bajó de un salto, lo que provocó que la cortina volviera a agitarse con la corriente.

CAPÍTULO 🌿 21

Puri

Abril, 1920

Tenía que haber un modo más digno que aquel de descubrir a mi asesino. Desde debajo de la cama de Angélica divisé dos pares de piernas masculinas que se aproximaban. Confié en que la colcha de flores que cubría la cama me ocultara por completo. Los dos hombres se reían sobre algo que se había dicho en el piso de abajo, pero no logré entender el qué. Conversaban en francés, y muy rápido. Uno de ellos era Laurent.

«Vamos, Laurent. Toma lo que sea que hayas venido a buscar y sal de una vez». Pero ninguno de ellos parecía tener prisa. Seguían charlando y riéndose. *Ramona* soltó un chillido y agitó las alas.

—*Tais-toi!* —ordenó Laurent cerrando de golpe la puerta de la jaula con *Ramona* dentro. Nunca había sido tan rudo con ella delante de Angélica.

De pronto los dos hombres se quedaron en silencio, con los pies muy cerca el uno del otro. ¿Me habrían oído? Contuve la respiración.

¿Qué estaban haciendo? ¿No se suponía que deberían estar jugando al bingo? Sentí que la espalda y las axilas empezaban a llenárseme de gotitas de sudor. Los tenía tan cerca que, si estiraba el brazo, podía tocarles los zapatos. De pronto me acordé de que tenía que respirar, y deseé que no me oyeran. ¿Qué diantres les entretenía tanto? Volví a mirarles los pies.

Había algo extraño en la manera en que estaban colocados. Se encontraban el uno frente al otro. Estaban tan pegados que, si se hubiera tratado de un hombre y una mujer, habría jurado que se estaban besando. ¿Qué otra cosa iban a estar haciendo? Pero no, no podía ser eso. ¿O sí?

Probablemente uno de ellos estaba ayudando al otro a ajustarse la corbata o algo parecido. Mi madre solía decir que tenía una imaginación calenturienta. Seguro que había una explicación razonable para lo que estaba pasando. Laurent no era ese tipo de hombre. Estaba casado con Angélica, y le encantaba coquetear.

Espera.

Había estado coqueteando conmigo, con alguien que él creía que era un hombre.

Además, si uno de ellos hubiera estado arreglándole la corbata al otro, ya habría acabado hacía tiempo, o habrían seguido hablando. ¿Era imaginación mía o aquello era el sonido de unos besos?

Después de un buen rato, que a mí me parecieron horas, uno de los dos dio un paso atrás.

—Deberíamos volver —dijo, en esta ocasión en español. La voz era grave y ronca, y no tenía tanto acento como Laurent.

Los dos pares de piernas se encaminaron tranquilamente hacia la puerta y salieron del dormitorio.

Salí a rastras de debajo de la cama, conmocionada. ¿Qué acababa de presenciar exactamente? ¿Me había figurado cosas que no eran o al marido de Angélica le gustaban los hombres?

CAPÍTULO 22

Angélica

Vinces, 1913

—Creo que deberías optar por el azul regio —dijo Silvia—. El azul es siempre un acierto. Es muy favorecedor, mucho más que el rosa. El rosa es para niñas pequeñas, o para gente como Catalina.

Me molestó el desdén con el que mi mejor amiga se refirió a mi hermana. Era consciente de que Catalina era rara y que no gozaba de mucha popularidad entre las jóvenes de París Chiquito, pero eso no significaba que Silvia pudiera burlarse de ella.

Solo yo podía hacerlo.

—No se cumplen dieciocho años todos los días —continuó—. Tienes que hacer algo memorable, algo que no se haya visto jamás en esta ciudad.

Cada vez que intentaba meter baza, ella volvía a tomar la palabra. Pero esa era su forma de ser. Era difícil hablar con ella. Nunca escuchaba a nadie, excepto a sí misma. Aun así, prefería su compañía antes que la de cualquier otra persona.

Paseábamos agarradas del brazo por mi sendero favorito. El suelo estaba cubierto de ramas rotas y hojas caídas que crujían a cada paso que daba. Siempre me habían gustado aquellos sonidos matutinos: el viento que agitaba las copas de los árboles; el canto de los mirlos y los arrendajos de cola blanca; y, con un poco de suerte, incluso se podían oír los aullidos de los monos que llegaban desde la selva. Por encima de mi cabeza, un dosel de follaje tapaba la luz del sol naciente. El aroma familiar a tierra mojada y a vegetación descomponiéndose era, en cierto modo, apaciguador. Me encantaba aquel lugar, en especial los majestuosos árboles que flanqueaban el camino. A lo lejos se divisaba la hacienda, elevándose con orgullo en mitad de mi verde Edén. Aunque era mi hogar y recorría aquel camino todas las mañanas, nunca me cansaba de admirar la impresionante finca de mi padre.

—A decir verdad —dije, levantándome la falda para evitar que el borde se manchara de barro—, estaba pensando en vestirme de rojo.

Silvia se paró de golpe y me soltó el brazo.

—Estás de broma, ¿no?

Sonreí. Conocía de sobra lo que se decía acerca de la «indecencia del rojo». Aunque hubiera querido ponerme un vestido de ese color, mi madre jamás lo hubiera consentido. Hubiera decidido que era absolutamente escandaloso y se hubiera apresurado a cancelar de inmediato la fiesta.

—En realidad, creo que me decidiré por el blanco.

—No. Demasiado casto.

—¿Y qué tiene eso de malo?

—¿Quieres ser el centro de atención o no? Si te vistes de blanco, pasarás completamente desapercibida. Eso solo funciona con las novias.

—¿Cómo es que siempre tienes una opinión sobre todo?

—Pues porque sí. Y ahora, hazme caso y dile a tu modista que te confeccione un vestido azul.

—Está bien.

No se podía afirmar que estuviera entusiasmada con «nuestra» decisión, pero, llegados a este punto, hubiera dicho cualquier cosa con tal de que se callara. La única razón por la que dejaba que Silvia fuera tan mandona era porque le estaba agradecida por haberse mudado a Vinces hacía dos años. Pertenecía a una de las familias más influyentes de Guayaquil, y lo sabía todo sobre vestidos y muchachos. Todas las jóvenes hubieran querido ser amigas suyas y vestirse como ella, pero me había elegido a mí.

—Y ahora tenemos que tomar una decisión sobre las flores.

«¡Virgen Santa! ¡Haz que pare, por favor!». Aceleré el paso mientras ella seguía sopesando los pros y los contras de todas y cada una de las flores de la región. ¡Qué alivio cuando por fin llegamos a casa! Abrí la puerta principal y me quité el sombrero mientras el incesante parloteo continuaba detrás de mí como el zumbido de una mosca.

—¿Te apetece un poco de limonada? —interrumpí.

Silvia apenas dejó caer un «sí» entre su retahíla de opiniones.

—Sin duda, soy mucho más partidaria de los jacintos que de las orquídeas, pero las orquídeas contrastarían de una forma espectacular con tu vestido azul.

Cuando todavía estábamos cruzando el recibidor, estuve a punto de perder el equilibrio cuando vi quién estaba sentado en el sofá del salón.

No podía creerme que hubiera vuelto después de tantos años. Y estaba más guapo que nunca, con aquellas patillas. También había ganado peso; había dejado de ser el adolescente larguirucho de la última vez que lo vi.

Juan se puso de pie y yo me quedé inmóvil, como una estatua, ante él.

—Hola —dijo, como si nos hubiéramos visto apenas unas horas antes. Ni besos ni abrazos—. Estoy esperando a tu padre.

Silvia seguía hablando a mi espalda, pero su último pensamiento se congeló en mitad de una frase cuando vio a Juan.

Mi Juan.

Un extraño sentimiento de posesión se apoderó de mí cuando vi la manera en que Silvia se enrollaba un mechón de pelo entre los dedos.

—¿Sabe que estás aquí? —pregunté, con la misma frialdad que él me había mostrado.

Él miró a Silvia. Solía gustar a los hombres. No era bonita —no en el sentido tradicional de la palabra—, pero la manera en que movía las caderas al andar y cómo les tocaba ligeramente en el brazo mientras conversaban siempre lograba, de un modo otro, atraerlos hacia sí, como si los hechizara.

—No. La cocinera... ¿Rosita?, dijo que había salido a montar a caballo.

No podía creerlo. Casi se había olvidado del nombre de Rosita, a pesar de que había vivido allí desde que el mundo era mundo. ¿Se habría olvidado también del mío?

¡Qué arrogancia!

Silvia volvió la cabeza hacia mí y arqueó una ceja, como buscando información. ¿De veras se me notaba tanto? Tenía que controlarme. Sí, Juan era más guapo que la mayoría de los hombres de nuestro círculo, y estaba enamorada de él desde que éramos niños, pero tenía que mirarlo bien. Su ropa era vieja. La tela del cuello y de las mangas estaba en un hilo de tanto lavarla y esa corbata no se llevaba desde, al menos, hacía tres temporadas.

La anfitriona que había en mí me pedía que le ofreciera algo de beber, pero la mirada inflexible de Silvia me advirtió que no lo hiciera.

—Bueno, ¿por qué no lo esperas en la cocina? —pregunté con un deje de desdén.

«Con esa criada cuyo nombre apenas recuerdas», añadí para mis adentros.

—Vamos, querida —ordené, dirigiéndome a Silvia e indicándole el camino hacia la sala de estar sin dignarme siquiera a volver a mirar a Juan.

A cada paso que daba, me sentía más avergonzada de mí misma. No me podía creer que le hubiera hablado así después de todos aquellos años deseando volver a verlo y soñando que me estrechaba entre sus brazos.

¡Pero él se había mostrado tan frío!

Me picaba la garganta. Lo había echado todo a perder.

—¿Quién era ese? —dijo Silvia con un tonillo que no estaba segura de si era de aprobación o de desprecio.

Me encogí de hombros, horrorizada al sentir que me picaban los ojos y que se me estaban llenando de lágrimas. No iba a llorar delante de Silvia.

—Solo un vecino —respondí, provocando que la garganta me doliera aún más.

—¿Y por qué no lo conozco?

—Ha estado un tiempo fuera. Viajando, creo.

No quería entrar en detalles, no con ella. No después de haber visto el modo en que lo miraba, aunque estuviera fingiendo que no le interesaba.

—Bueno, me ha parecido un poco maleducado.

Incluso Silvia se había dado cuenta.

—No es muy refinado —dije—. Su madre murió cuando era niño... —¿Por qué estaba justificándole delante de mi amiga? Juan no era asunto suyo. De hecho, no quería de ninguna de las maneras que lo fuera y que acabara teniendo una opinión sobre él como la tenía sobre casi todo—. Bueno, ¿qué estabas diciendo sobre las flores? Personalmente, a mí me encantan las margaritas.

Ella arrugó la nariz.

—¿Margaritas? ¡Son demasiado sencillas!

Bien, había desviado su atención. Pero ahora tenía que tomar una decisión: ¿qué iba a hacer con Juan? Tenía que solucionarlo. Pero más tarde. Cuando se fuera Silvia, hablaría con él. Tomé la jarra de limonada que reposaba sobre la vitrina y saqué un par de vasos del armario. Debería haberle ofrecido algo de beber. Tal vez todavía pudiera hacerlo. Pero tenía que librarme de Silvia para volver al salón. ¿Y si había pasado un momento a saludar y en realidad no se alojaba en la ciudad?

¡Oh! ¿Cómo podía conseguir que Silvia se callara de una vez? Le di un vaso. Luego me llené el mío y bebí un buen trago. Entonces eché un vistazo a la puerta que había detrás de ella y llamé a Juan en silencio. Deseaba con todo mi ser volver a verlo. De hecho, notaba como las piernas me tiraban para que regresara al salón.

—Quizá deberíamos llevarle algo de beber a Juan —dije.

—¿A quién?

¡Ah, era verdad! Me había olvidado de presentarlos. ¿Qué diantres me pasaba? Había bastado con echarle un vistazo a Juan para que me volviera una completa inepta.

—El vecino.

—¡Ah, él! No, no te molestes. Ni siquiera se ha presentado.

Silvia tenía razón. Juan tampoco había hecho el más mínimo esfuerzo por saludarnos adecuadamente, pero ¿qué podía esperarse de él? Nunca había sido una persona convencional, y su padre había sido un perturbado. Pero, sin duda, era muy atractivo. ¿Se habría casado? Me había olvidado de mirar si llevaba anillo. Aunque eso habría explicado su indiferencia.

La puerta se abrió de golpe y mi padre entró en la habitación. Esperaba ver a Juan detrás de él, pero papá estaba solo.

—Silvia, ¡qué placer verte por aquí, *ma belle!*

—¡Don Armand!

—¿Vendrás a la fiesta de Angelique? —preguntó con su pronunciado acento francés. Después de más de veinte años en Ecuador, seguía hablando como si acabara de bajar del barco.

—Por supuesto, don Armand. ¡Estaré encantada! De hecho, justo ahora su hija y yo estábamos planeando todos los detalles.

—Papá, ¿has visto a Juan? Te estaba esperando en el salón.

¿Era posible que se hubiera ido a la cocina, como yo misma le había sugerido? ¡Oh! ¿Por qué habría dicho semejante estupidez?

—¿Qué Juan?

—El único Juan que conocemos. Nuestro vecino.

—¡Ah! ¿Ha vuelto? —Acto seguido, volvió a dirigir su atención hacia Silvia y la felicitó por lo bien que conjuntaba el verde oliva de su vestido con el color de sus ojos.

Me disculpé y me dirigí a la cocina. Rosita estaba sola, preparando la masa para las empanadas.

—¿Has visto a Juan?

—La última vez que lo he visto estaba en el salón.

Salí de la casa a toda prisa; no había ni rastro de él. Podía ir a su casa, pero eso habría sido muy poco digno. Además, ¿qué le iba a decir? ¿Por qué no has esperado en la cocina, como te dije? Habría pensado que estaba como un cencerro. Y posiblemente estuviera perdiendo un poco la razón. Ni siquiera era capaz de entender lo que sentía. Lo único que sabía era que no esperaba volver a ver a Juan. Al menos, no aquel día.

Miré hacia la carretera que conducía hasta su casa, deseado que las cosas fueran tan sencillas como lo habían sido antes de que se marchara.

* * *

Los invitados empezaban a congregarse en el piso de abajo. Mientras me ponía los pendientes de zafiros noté que me temblaban las manos. Silvia tenía razón. El azul me favorecía. Mi madre había aceptado a ojos cerrados todas las sugerencias de Silvia, sobre todo porque a ella no le interesaban gran cosa las cuestiones terrenales.

Mi madre era de origen humilde. Provenía de una familia de ocho hermanos, y todos ellos la consideraban la muchacha más afortunada de El Milagro, su pueblo natal, por el hecho de que hubiera encontrado a un rico extranjero que quisiera casarse con ella. Aquella era la mentira que contaban a todo el mundo. La verdad es que mi padre ya tenía una esposa en Europa, pero mis progenitores se comportaban como si su verdadera mujer no fuera más que un pariente lejano al que hacía tiempo que no veía.

No podía entender qué había visto mi padre en mi madre. Físicamente era una mujer del montón, y tampoco destacaba por su inteligencia, pero lo trataba como si fuera un dios. Nunca discutía, sino que se limitaba a juntar las manos como si estuviera rezando cada vez que él decía algo ofensivo. Aquel servilismo, aquella lealtad ciega, no eran fáciles de encontrar. A mi padre le gustaba que perdonara con facilidad, que no fuera demasiado exigente. Tan solo en una ocasión, que yo supiera, se había producido una ofensa en aquella vida anodina que mi madre no toleró. Y a causa de aquella indiscreción extramarital él había sido castigado con un mes de silencio por parte de mi madre. Al final, se habían dado una tregua.

Unos meses después, mi padre se emborrachó y mencionó por primera vez a su mujer española. Dijo que era su cumpleaños y que estaba bebiendo en su honor. También dijo que se llamaba Maribel, y que bailaba flamenco como una diosa; y que tenía un pelo maravilloso que le llegaba hasta la cintura, y una piel tan suave como los pétalos de una flor, pero que tenía un genio de mil demonios y que era muy rencorosa. Según él, se parecía a una cerilla: se encendía con facilidad.

—¡Podía ser muy malhablada! —me dijo después de acabarse una botella de vino—. Pero, sin duda, sabía cómo amar a un hombre.

Decir que me resultó muy incómodo escuchar a mi padre hablar así de una mujer sería quedarse corta. Y el hecho de que no fuera mi madre empeoraba las cosas. Me puse de pie y lo dejé solo en su despacho, con sus botellas y sus recuerdos.

Siempre había sospechado que los intentos de mi madre de ser la esposa perfecta tenían que ver con aquella mujer ardiente a la que mi padre no era capaz de olvidar.

Me miré en el espejo una última vez antes de bajar a reunirme con los invitados. Ojalá mi padre hubiera invitado a Juan. No lo había vuelto a ver desde el incidente con Silvia, y esperaba tener la oportunidad de disculparme por mi mala educación. Si aquella noche me encontraba guapa, quizá me resultaría más sencillo conseguir que me perdonara.

Había cerca de cien invitados repartidos por el vestíbulo y el patio interior de la casa. Mi padre me tomó la mano a los pies de la escalera. Parecía exultante. Nunca había visto aquella mirada orgullosa en sus ojos, y gozar de su atención exclusiva resultaba embriagador.

—*Ma chère,* hay alguien a quien quiero que conozcas —me dijo al oído, mientras yo saludaba con la mano a Silvia y buscaba a Juan entre el mar de rostros—. *Laurent, je presente ma fille, Angélique.*

—*Enchanté* —dijo el hombre.

Fue una suerte que estuviera agarrada al antebrazo de mi padre. El caballero que había delante de mí era un auténtico monumento, y un verdadero aristócrata. Cuando me besó la mano, el estómago me dio un vuelco.

—Laurent acaba de llegar de Francia. Es novelista.

¿Novelista? ¡Qué sofisticado!

—Nunca había conocido a un escritor —dije en mi imperfecto francés. No lo hablaba con la fluidez que habría debido, teniendo en cuenta que mi padre era francés, pero era culpa suya, porque me hablaba en español la mayor parte del tiempo—. ¿De qué trata su novela?

—¡Oh! De muchas cosas —respondió—, del amor, la lujuria, el hambre, la guerra.

Siempre había tenido un don para ganarme a la gente. Sabía exactamente cómo conseguir que entablaran una conversación conmigo. Lo único que necesitaba era preguntarles por ellos mismos. Nunca fallaba. Y en aquel momento hice uso de mi don con Laurent.

Apenas hicieron falta un par de preguntas para que el francés me contara todo lo que había que saber de él. Según me explicó, era un artista, y el medio utilizado era irrelevante siempre que le permitiera expresarse. Era un gran admirador de un pintor actual e innovador (¡qué palabra tan sofisticada!) que se llamaba Henri Émile Benoît Matisse. En opinión de Laurent, estaban surgiendo por toda Europa varios movimientos artísticos muy interesantes.

Siempre había querido viajar a Europa, en concreto al país de origen de mi padre, pero dudaba mucho que pudiera hacerlo algún día. A no ser que me casara con alguien de allí. En cualquier caso, ¿dónde se había metido mi padre? Lo divisé sentado en su silla favorita, su trono, con un vaso de jerez y rodeado de amigos. Pero me estaba mirando. A excepción de su torpe intento de casarme con don Fernando del Río y concertar una especie de alianza medieval con aquel ranchero arrogante, mi padre nunca había estado interesado en mi vida social. Y desde luego, jamás me había presentado a un hombre, y mucho menos había parecido tan satisfecho conmigo ni tan pendiente de todos mis movimientos.

Y ahora me estaba sonriendo. La noche no podía estar siendo más perfecta.

En aquel momento alguien se acercó a saludarle. Alguien con una americana marrón. Juan.

Tímidamente, me removí en mi asiento. Laurent y yo compartíamos sofá mientras esperábamos a que sirvieran la cena. Llevaba al menos veinte minutos disertando sobre arte moderno y yo apenas había podido meter baza. Tampoco tenía mucho que decir: solo había estudiado hasta sexto grado, para después centrarme en mis lecciones de arpa con un profesor particular.

Mi padre desvió la atención a una elegante pareja que se le acababa de acercar. Juan parecía tan fuera de lugar como un oso polar en mitad del desierto. Estaba de pie, solo, sujetando una copa de champán en las manos. Aparté la mirada antes de que pudiera verme. ¿En qué había estado pensando cuando había considerado que sería buena idea disculparme con él en mi fiesta? ¿O que todos mis amigos me vieran con él? Juan iba vestido de manera muy inapropiada —su ropa hubiera resultado más adecuada en una oficina del gobierno que en una cena como aquella— y no parecía congeniar con ninguno de los presentes. La gente no dejaba de tropezarse con él y disculparse. Por un instante, sentí lástima por él. No era culpa suya que no tuviera dinero para permitirse ropa nueva. Era extraño pensar cómo, años atrás, había sido tan popular entre los jóvenes de la zona y ahora nadie le hacía el menor caso.

«Debería acercarme y presentarle a alguno de mis amigos». Él nunca hubiera permitido que me dieran de lado cuando éramos niños. ¡Qué lástima que Alberto hubiera entrado en el seminario! De no ser por eso, en aquel momento habría estado haciéndole compañía a Juan.

Sentí el frío tacto de una mano. Aparté la vista de Juan.

—*Angélique,* ¿me estás escuchando? —Laurent miró a Juan con expresión despreocupada—. ¿Quieres ir a hablar con él?

—¡Oh, no! —Mi padre habría renegado de mí si hubiera elegido conversar con el vecino pobre en lugar de con aquel refinado compatriota.

El cuarteto de violinistas paró de tocar y mi padre hizo un brindis en mi honor. Por primera vez en toda la noche, Juan me miró directamente. Sentí que las orejas se me encendían.

Le miré la boca mientras bebía de su copa de champán, y no pude evitar recordar el primer beso que me había dado, a la sombra del siempreverde. Después de aquel había habido más besos furtivos, y caricias. Por aquel entonces yo vivía en un estado de euforia permanente. Nunca me hubiera imaginado un escenario como aquel, un momento de mi vida en el que no deseara correr hacia donde se encontraba y besarlo.

No pude sostenerle la mirada mucho más. ¿Cómo hubiera podido explicarle a mi yo más joven aquel cambio en mis sentimientos? ¿Aquel desencanto con la realidad cuando, durante tanto tiempo, me había apoyado en mis recuerdos empañados e idealizados cada vez que pensaba en él?

Todavía recordaba el día en que Juan se marchó. No podía soportar la idea de vivir sin él. Hubiera querido seguirlo, o hibernar como uno oso hasta que todo acabara y él regresara. Pero la vida había seguido su curso y, poco a poco, había empezado a interesarme por otra gente —amigos nuevos— y otras actividades, hasta que llegó el día en que ya ni siquiera pensaba en él.

—Por favor, demos comienzo a la cena —anunció mi madre a todos los presentes tras entrar en la habitación, con su larga falda ondeando alrededor de las piernas.

Los invitados entraron en la zona destinada a ese fin, donde habían dispuesto varias mesas para la ocasión. Sin lugar a dudas, la cena sería exquisita. Era en la cocina donde mi madre ponía todo su empeño cuando teníamos invitados.

Juan no se movió de donde estaba. Laurent me ofreció la mano y yo la tomé de inmediato. Obviamente, no había ni punto de comparación entre él y el francés, y no solo por el aspecto. Laurent era tan distinguido y erudito que Juan, a su lado, parecía un hombre de las cavernas. Aun así, volví la cabeza para mirarlo. Había dejado su copa sobre la mesita del café, pero, en lugar de seguirnos hasta el comedor, se dirigió a la puerta principal.

—Discúlpeme un momento, Laurent —dije entonces, soltándome de su brazo.

No estaba pensando con claridad. Acababa de sentir el impulso irrefrenable de hablar con Juan.

—¡Juan! —exclamé, mientras abría la puerta para marcharse—. ¡Espera!

Le seguí hasta el porche. Él siguió bajando las escaleras.

—¿Adónde vas?

—A casa —respondió sin darse la vuelta.

—Pero todavía no has cenado.

—¿Y? Prefiero comerme una planta que seguir un minuto más entre tanta arrogancia.

—Me parece un comentario muy maleducado por tu parte.

Por fin se volvió hacia mí, pero apenas pude ver sus facciones con aquella luz tenue.

—¿Y no te parece de mala educación no hacer caso a un invitado... a un amigo al que hace años que no ves?

—¡Estaba ocupada!

—Sí —dijo, levantando los brazos mientras hablaba—. Ya lo he visto.

En algún lugar del rostro curtido del hombre que tenía frente a mí vislumbré la dulzura del adolescente al que había amado tiempo atrás. Pero ya no le reconocía. Era el sentimiento más triste que había experimentado jamás, una sensación de pérdida que era incapaz de describir.

—Ha pasado demasiado tiempo —dije—. Has estado fuera demasiado tiempo.

—Tuve que hacerlo —su voz se suavizó ligeramente—. Pero nunca te olvidé.

Un par de años antes le habría dicho que yo tampoco, pero en aquel momento no pude. No cuando sentía que me encontraba ante un extraño. ¡Oh! ¿Por qué había tenido que regresar cuando ya le había olvidado?

—Vuelve dentro, con tus amigos ricos, con tu nuevo y atractivo novio. —Entonces se dio media vuelta para marcharse—. No te molestaré más.

CAPÍTULO 🌿 23

Puri

Abril, 1920

La tumba de mi padre estaba exactamente donde don Pepe, el enterrador, me había dicho: en el corazón de la plantación, donde él había pedido que le enterraran. No había estado tan cerca del cuerpo de mi padre desde que tenía dos años. Y, aun así, jamás había estado tan lejos de él.

—Hola, papá —dije en voz alta. El mejor asiento que encontré fue la lápida bajo la que descansaba—. Espero no aplastarte.

Alguien le había llevado jacintos, pero debía de haber sido semanas o incluso meses atrás, porque se habían secado por completo y se inclinaban sin remisión hacia un mar de pétalos resecos.

¡Qué extraño! La tumba estaba muy cerca de la casa. ¿Por qué no la visitaría nadie? ¿Estaban resentidos por el testamento?

Retiré los pétalos y los tiré al suelo.

—Bueno, por fin estoy aquí —dije—, intentando poner orden en el embrollo que dejaste. —Eché un vistazo a mi alrededor. Las hojas de los árboles parecían encorvarse hacia mí para escuchar—. Ojalá no hubieras criado a unas hijas tan codiciosas. Bueno, una hija tan codiciosa.

Deslicé los dedos por encima del nombre de mi padre, grabado en la piedra.

—Y no solo codiciosa, sino también perversa. —Era el único adjetivo que se me ocurría para describir lo que le habían hecho a Cristóbal.

Había estado pensado en mis hermanas la noche anterior. Catalina me parecía incapaz de cometer maldad alguna. Era cierto que fumaba, pero eso solo significaba que no era perfecta, ni la santa que todo el mundo creía, sino humana, y, como tal, tenía defectos. En cuanto a Alberto, bueno, ¿por qué iba a querer matarme, cuando había renunciado a su fortuna? Además, ¿para qué necesitaba dinero en el seminario? A menos que estuviera planeando dejarlo. No podía evitar recordar nuestra conversación sobre el bien y el mal. ¿Había algo que no hubiera logrado ver? Hasta aquel momento, la única persona que parecía capaz de hacer daño era Angélica. Después de todo, tenía una serpiente en su cuarto; una serpiente que, casualmente, había conseguido abrirse paso hasta mi dormitorio.

Pero aquella teoría tenía sus lagunas. Aparentemente, no había nada que conectara a Angélica con Franco o con el cheque. La única cosa que podía tener un mínimo de interés en su cajón era aquella fotografía de una niña desconocida.

—Oh, papá. Esta Angélica tuya esconde algo, ¿verdad?

Me levanté y me sacudí la tierra de los pantalones. No estaba lejos de la casa de Franco. Probablemente, no me llevaría más de cinco minutos llegar hasta allí. Arranqué una margarita del suelo y la deposité sobre la tumba de mi padre.

La vivienda calcinada era mayor de lo que recordaba. No había puerta de entrada, así que accedí al interior sin problemas. Era difícil determinar lo que tenía ante mí. Los trozos de madera carbonizados debían de haber formado parte del techo, o de un muro que se había derrumbado. Montañas de escombros llenaban lo que, en algún momento, debió de ser un salón. La escalera había desaparecido casi por completo, pero, para mi sorpresa, el comedor estaba intacto, con una mesa ovalada y cuatro sillas en el centro de la habitación. Costaba creer que, entre toda aquella destrucción, todavía quedaran algunos objetos en buen estado. ¿Por qué razón no habrían reclamado doña Soledad y su hijo sus pertenencias? Esparcidos por el suelo de la cocina había restos de tazas de cerámica rotas, ollas carbonizadas y piezas de cubertería. La pared junto a los fuegos presentaba manchas de humo y un agujero en la madera.

Vislumbré la esquina de una caja de latón dorada dentro del agujero. Estaba atascada debido a un trozo de ladrillo que le había caído encima, pero, con un pequeño esfuerzo, conseguí sacarla. La tapa estaba bastante maltrecha. La retiré. En su interior había una libreta y algunos lápices. Eché un vistazo a las páginas. Parecía un cuaderno de caligrafía o de ortografía, pues estaba lleno de palabras y frases sueltas que se repetían una y otra vez. Lo hojeé un poco más hasta que encontré algo que me llamó la atención: un nombre escrito con una letra especialmente clara.

«Catalina es mi mejor amiga».

La frase se repetía varias veces en la misma página. ¿Catalina? ¿Amiga de Franco? No podía imaginarme una amistad ente dos personas más diferentes la una de la otra. Ella era tan bonita y dulce... una auténtica dama. Franco, en cambio, era un bruto, un hombre sin moral ni principios que había intentado matar a una extraña por dinero.

Y, aun así, la prueba de que había existido, al menos en algún momento, una amistad entre ellos, estaba allí mismo, en mis manos; la única prueba que conectaba a una de mis hermanas con Franco. No era algo de lo que pudiera no hacer caso solo porque me pareciera improbable o absurdo.

¿Existía la posibilidad de que aquella amistad hubiera evolucionado hasta convertirse en algo más? ¿En una historia de amor? ¿Sería ella la mujer que lo volvía loco? No conseguía imaginármela pidiéndole que me matara. Como tampoco era capaz de pensar en ella teniendo un idilio con aquel hombre. ¿Qué habría visto en él? A menos que lo hubiera estado utilizando únicamente para librarse de mí.

No, aquella relación tenía que haber empezado muchos años atrás. La caligrafía era infantil, como también lo era la frase.

Rebusqué entre las páginas, pero no volví a encontrar su nombre. Me metí el cuaderno en el bolsillo y lo oculté con el chaleco mientras continuaba buscando alguna otra prueba de su presencia en la vida de Franco. Me dirigí al otro lado de la casa.

—¿Don Cristóbal?

Sorprendido, me di media vuelta.

—¿Don Martín? ¡Casi me da un infarto!

—Imaginé que era usted el que estaba aquí.

—Solo estaba dando un paseo, y este lugar ha despertado mi curiosidad.

Martín parecía desconcertado.

—Es por la inspiración —añadí—. ¿No le he contado que estoy escribiendo una novela?

—Sí, varias veces.

Echó un vistazo a su alrededor, con las manos en las caderas.

—Pues, la verdad, no parece que vaya a encontrar usted mucha inspiración aquí. No queda gran cosa.

—Sí, pobre familia —dije, estudiando a Martín mientras él paseaba la mirada por los escombros. Si llevaba muchos años viviendo allí, quizá sabría si Catalina y Franco tenían una relación—. Conocí a doña Soledad, por casualidad, el otro día. Está desesperada porque su hijo ha desaparecido.

Martín tomó un objeto cuadrado; era prácticamente imposible adivinar lo que habría sido en su momento. ¿Un adorno? ¿Un costurero? ¿Un joyero?

—¿Ah, sí?

—Sí. Me dijo que estaba locamente enamorado de una mujer y que esta le pidió que hiciera algo por él. Después de eso, no regresó.

Martín se colocó el extraño objeto sobre la cabeza y dio un paso con los brazos en cruz, intentando que no se le cayera.

Yo solté una carcajada. ¿Qué pasaba con aquel hombre, que siempre lograba distraerme? No había manera de sacarle información. Cuando terminó con el numerito de la caja en la cabeza, volví a hablar.

—¿Tiene alguna idea de quién podría ser esa mujer?

Agachó la cabeza, haciendo que el objeto aterrizara en sus manos. Después me dedicó una reverencia, como si fuera un gran prestidigitador.

—No.

—¿No era amigo suyo?

—¿Por qué iba a serlo? Trabajaba para mí.

En eso tenía razón.

—Tenga cuidado con esos cristales —me advirtió antes de que acabara pisando una docena de trozos de cristal. Podían haber sido de una botella o parte de una ventana—. ¿Por qué se preocupa tanto por esa familia?

—Doña Soledad me pidió ayuda para encontrar a su hijo. —En ese momento desvié la mirada—. No le vi anoche, en el bingo.

Martín sacudió la mano con displicencia.

—¡Ah! Los Gran Cacao nunca me invitan a esas cosas. Aunque lo cierto es que tampoco iría.

—¿Los Gran Cacao?

Se encogió de hombros.

—Es como la gente de aquí llama a las familias cuya fortuna proviene del cacao.

Tenía que reconocer que, si hubiera estado en mi mano, yo tampoco habría asistido. Los amigos de Angélica formaban un grupo muy unido, y bastante elitista, que no aceptaba de buena gana a los advenedizos. La ventaja de que no me hubieran hecho caso durante toda la noche fue que no había tenido que abrir la boca.

—¡Eh! ¿Qué le parece si esta noche vamos a la ciudad y nos pasamos a ver a nuestras amigas?

«¡Oh, no! ¡Las prostitutas otra vez, no!».

Me llevé la mano al estómago.

—Lo siento, don Martín, pero no puedo. Me sentí fatal por hacerle eso a mi mujer cuando ha pasado tan poco tiempo desde su fallecimiento.

Se me quedó mirando con cara de perplejidad. ¿Sería yo el único hombre en el mundo que declinaba una oferta semejante? La visita al burdel me había provocado, más que nada, un sentimiento de tristeza. Aunque Carmela había parecido entusiasmada al ofrecerme sus servicios, había un vacío en sus ojos del que era imposible no darse cuenta. Una especie de dolorosa resignación que me había partido el alma.

—Entiendo —dijo.

¿De veras lo hacía?

—Vayamos igualmente a Vinces —añadió, dándome unas palmaditas en el brazo—. Conozco un lugar que podría gustarle.

* * *

Media hora más tarde estábamos en Vinces, conduciendo en dirección al Malecón. Vistos desde aquel ángulo, los muros color turquesa del Palacio Municipal destacaban especialmente, como si se tratara de un pastel recargado de elementos decorativos. Giramos hacia un parque rodeado por una valla de metal, palmeras y varios arbustos que intentaban escapar de sus captores metálicos. Avanzábamos despacio —el nuestro era el único automóvil que circulaba por la zona en aquel momento— y nos detuvimos para dejar que un grupo de viandantes cruzara la calle. Lo que más me llamó la atención fueron los peinados cortos y estilosos de las mujeres, parecidos al de Angélica, y sus elegantes chales. En medio de la multitud estaba Alberto, con un traje de lino blanco almidonado y un sombrero panamá. Era la primera vez que lo veía vestido con algo que no fuera una sotana.

Martín bajó la ventanilla.

—¡Alberto!

Mi hermano siguió arrastrando los pies, con el semblante pálido y mirando al frente, como si fuera sonámbulo. «¿Estaba así a media tarde?».

Martín volvió a llamarlo. Tenía que haberlo oído —no estábamos lejos, ni mucho menos—, pero no se volvió. En vez de eso, subió las escaleras de la iglesia de San Lorenzo y entró.

—¿Qué demonios le pasa a ese idiota? —dijo Martín.

Seguimos calle abajo y de pronto reconocí la casa de Soledad. Justo en ese momento se abrió la puerta de color turquesa y salió una mujer joven. Estaba segura de haberla visto antes, pero ¿dónde? Me incliné hacia la ventanilla para verle mejor la cara. Sacó un pañuelo de su bolso de mano y se sonó la nariz. Parecía que había estado llorando.

Martín tenía la mirada puesta en la carretera. Iba a preguntarle si la conocía, pero íbamos demasiado rápido así que perdí la oportunidad.

Aparcamos junto a una cafetería que estaba enfrente de la torre Eiffel en miniatura. Era muy raro ver una réplica tan detallada en aquella ciudad de Sudamérica. ¡Y pensar que siempre había soñado con ver la auténtica! Resultaba extraño que, teniendo un padre francés, no hubiera tenido la oportunidad de contemplar antes aquel monumento.

Nos sentamos en un patio que daba al río Vinces y Martín me dijo que en aquel lugar servían el mejor café de la ciudad, conocido como café arábigo. No pude evitar imaginarme a mí misma vendiendo trufas en un restaurante como aquel, admirando aquel río espectacular. ¡Echaba tanto de menos mi chocolatería, y a mi Cordobesa! Pero, sobre todo, echaba de menos a Cristóbal. Sin embargo, me sentía como si mi pasado le hubiera pertenecido a otra persona, principalmente porque todas aquellas cosas que tanto amaba ya no estaban, y no las recuperaría jamás. Con lo que no había contado era con sentir tanta nostalgia por el proceso de elaboración del chocolate. Siempre me había resultado predecible, fiable y gratificante. Todas las mañanas me levantaba deseando ponerme a ello. Me proporcionaba una calma y una serenidad que no conseguía con ninguna otra actividad, excepto cuando la Cordobesa me quemaba las pepitas. Me encantaba ver cómo las semillas se transformaban en aquella mezcla líquida. ¡Era casi mágico! Aquellos recuerdos hicieron que me acordarara del motivo que me había llevado hasta allí en un principio. No era un sentimiento de venganza, sino la necesidad de encontrar la fuente, el origen mismo de mi pasión.

—Este café combinaría estupendamente con un trozo de chocolate —dije.

Martín bebió un trago.

—Siempre he querido probarlo, pero aquí nadie sabe cómo hacerlo.

—¿Así que, entre tanto, masca semillas de cacao, como hace *Ramona*?

Él se rio entre dientes.

—El proceso es largo, pero no demasiado complicado —dije. Yo lo aprendí observando a mi esposa.

—¿Y quién le enseñó a ella?

—Su abuela, doña María Purificación García. Fue la primera de la familia en descubrir el chocolate y la que le trasmitió la pasión a su yerno, don Armand.

—Me encantaría probarlo algún día, si es tan fantástico como usted dice.

—Lo es.

—Pues me temo que nosotros no podemos ofrecerle nada tan exquisito, de manera que, hasta que el chocolate llegue a esta humilde región, tendrá que conformarse con nuestras sencillas humitas. Es lo más cercano al cielo que encontrará aquí.

—¿Qué son?

—No me pregunte cómo se preparan. Lo único que sé es que la masa está hecha de maíz y que se cocinan envueltas en las mismas hojas de la mazorca. ¡Ah! Y creo que se les añade un poco de anís. Confíe en mí, le gustarán. Nunca he conocido a nadie a quien no le agraden.

Martín tenía razón. Las humitas resultaron ser un inesperado manjar; eran jugosas, blandas y con un ligero dulzor, pero según Martín también las hacían saladas.

—Están deliciosas, Martín —dije.

Él esbozó un asomo de sonrisa. Me pareció preocupado, muy diferente del hombre desenfadado que había conocido hasta aquel momento.

—Tengo una propuesta de negocios que hacerle —dijo, por fin—. Y confío en que quede entre nosotros.

¿Iba a sugerirme que abriéramos juntos un café como aquel?

—Sé que pronto heredará una parte de las tierras de su esposa, y me gustaría comprársela.

Hubiera preferido que me propinara una bofetada.

—Sé que es mucho dinero, pero llevo ahorrando toda mi vida, y creo que también podría conseguir un préstamo del Banco Territorial, o del Banco Agrícola y Ganadero.

Me vino a la cabeza el director de los ojos saltones que me había dicho que la firma del cheque era la de mi padre.

—No hace falta que me dé una respuesta ahora mismo —continuó—. Supongo que Angélica o Catalina también podrían estar interesadas en comprarle su parte, pero escuche, nadie conoce la plantación como yo. Trabajé con don Armand durante siete años, y adoro esas tierras. Además...

Negó con la cabeza y dejó la servilleta sobre la mesa.

¿Era esa la razón por la que había sido tan amable conmigo todo ese tiempo? Me había llevado a la cantina, me había enseñado a pescar, me había invitado a aquel café. ¿Y todo porque él también aspiraba a poseer la plantación? ¡Y yo pensando que el aprecio que me había mostrado era auténtico! Pero lo más probable era que se hubiera acercado a mí con el único objetivo de hacerse con las tierras de mi padre.

En ese momento me asaltó una idea aún más perturbadora. Si llevaba un tiempo soñando con convertirse en propietario de la plantación, entonces le habría venido bien que yo muriera a bordo de la nave. Habría supuesto una persona menos con la que negociar. De hecho, en caso de que hubiera sido él quien contratase a Franco, habría tenido sentido que no firmara el cheque con su propio nombre. Sin su firma, no habría prueba alguna de que hubiera pagado al hijo de Soledad, y no habría ninguna pista que lo relacionara con él.

Aquel hombre había sido la mano derecha mi padre durante casi una década. Había tenido tiempo más que suficiente para aprender a copiar su firma. ¡Qué gran decepción debió de llevarse cuando descubrió que no había heredado nada! ¿Sería ese el motivo por el que nunca respondía a mis preguntas sobre Franco? Pero la posible implicación de Martín no respondía a la cuestión sobre la mujer de la que Franco había estado enamorado.

—No lo sé, Martín —respondí bruscamente—. Todavía no he pensado en lo que voy a hacer con las tierras.

—Le dijo a Tomás Aquilino que no tenía ningún interés en quedarse en Vinces, que detestaba el campo y que solo había venido hasta aquí para complacer a su mujer.

En cuanto oí el nombre del abogado, supe dónde había visto a la muchacha que salía de la casa de Soledad. Era la sirvienta de Aquilino. «¿Mayra?». Nos había servido aquel pescado delicioso el día que llegué a Guayaquil. Pero ¿qué estaba haciendo tan lejos de allí?

Dejé de darle vueltas al café con la cucharilla.

—¿Cristóbal? ¿Se encuentra bien?

—Sí. Déjeme pensarlo, Martín. Le prometo que será el primero en conocer mi decisión.

CAPÍTULO 🌿 24

Catalina

Vinces, 1907

Nunca pensé que una pequeña mentirijilla pudiera acabar provocando una avalancha, pero eso fue exactamente en lo que se convirtió: en una avalancha de gente, siguiéndome colina arriba en peregrinación. Había intentado detener aquella farsa semanas antes, diciéndole a mi madre que no estaba del todo segura de si se había tratado de una aparición o de un sueño, pero mamita concluyó que no podía ser un sueño, porque yo estaba completamente despierta cuando ella entró en mi alcoba, y nunca había sido sonámbula.

«Además», había dicho mientras se llenaba el pelo de bigudíes para rizarlo, «todo el mundo sabe que la Virgen transmite su mensaje solo a través de aquellos con un alma pura. Solo tienes que ser receptiva. No tengas miedo. Esto es lo mejor que podía pasarte. Por si fuera poco, ya se lo he contado al padre Elodio y a todas mis amigas de la cofradía. La ciudad entera está exultante gracias a este milagro. Es demasiado tarde para cambiar nuestra historia».

Una historia. Eso era precisamente lo que era, una historia patética que me había inventado para ocultar una amistad prohibida. Pero, para mi sorpresa, mi madre se había dejado llevar de tal manera por el entusiasmo que no le importaba que fuera verdad o no. O tal vez pensaba que, si se creía mi mentira y la compartía las suficientes veces, acabaría convirtiéndose en realidad. Muy probablemente, aquel fuera el acontecimiento más apasionante que le había sucedido jamás. Nunca la había visto tan feliz: se paseaba silbando por toda la casa, ocupada con amigas y con todo tipo de actividades. Había supuesto un gran estímulo para su vida social. Por una vez, había dejado de caminar detrás de mi padre para ir por delante. En las fiestas, o a la salida de la iglesia, la gente la paraba para decirle que querían conocerme. Yo bajaba la cabeza, tal era la vergüenza que sentía, pero ellos lo interpretaban como un gesto de humildad. Mi padre, al principio, hizo caso omiso de todo el asunto, pero, conforme la historia fue creciendo y el padre Elodio nos visitó de manera oficial, también él empezó a creerse la mentira. A menudo se me quedaba mirando desde el otro lado de la mesa del comedor con expresión interrogante. Incluso, a pesar de que siempre se había declarado agnóstico (una palabra que, según mi madre, significaba que el mismísimo Satanás se las había ingeniado para convencer a una persona de que Dios no existía), lo sorprendí un par de veces leyendo la Biblia después de la visita del párroco.

Por primera vez en muchos años, Angélica volvió a mostrar interés en mí. Me dejaba que peinara las trenzas de sus muñecas y me prestaba sus lazos favoritos para ir a la iglesia. A veces la sorprendía mirándome con veneración. Mi hermano Alberto, en cambio, no parecía muy complacido con la repentina notoriedad de nuestra familia, e incluso intentó sonsacarme una confesión, pero no me atreví a contarle la verdad. Para ser sincera, me inquietaba mucho más la reacción de mi madre que la de la Santa Iglesia católica, apostólica y romana y toda su congregación.

Así que allí estábamos, subiendo la colina donde supuestamente la Virgen iba a trasmitirme otro mensaje. Detrás de mi madre y de mí caminaban mi padre y mis hermanos y, por supuesto, el padre Elodio. En aquel momento, realmente necesitaba que se produjera un milagro. ¿Qué me haría la gente si no sucedía nada? ¿Qué dirían? Pero no solo me asustaban las reacciones humanas. También tenía miedo de lo que el Santísimo (y la auténtica Virgen) pensaran de todo aquello. ¿Me castigarían en el más allá? Ya les había pedido perdón en mis oraciones diarias, pero, dado que el engaño seguía creciendo de forma tan desproporcionada, no estaba segura de que los padrenuestros y las avemarías fueran suficientes para ganarme un lugar en el cielo.

Conforme avanzábamos el grupo se iba haciendo cada vez más numeroso. Me recordaba a una larga fila de hormigas. Ni siquiera sabía que hubiera tanta gente en aquella región. Pero mi padre había dicho que también habían venido parroquianos de las poblaciones cercanas, como Quevedo y Palenque.

¡Dios Santo! ¿Qué iba a hacer ahora?

Una vez llegamos a un claro en mitad de la abundante vegetación, mi madre se detuvo.

—Aquí —resolvió, y me empujó para que me arrodillara. No muy lejos de donde estábamos había una delgada grieta—. Hermanos —dijo, alzando la voz. Nunca la había oído hablar tan alto; era como si el espíritu de la Virgen se hubiera encarnado en ella y no en mí—: Por favor, mi hija necesita silencio y concentración para recibir el mensaje.

Uno tras otro, los congregados empezaron a arrodillarse y a darse la mano a modo de oración. Otros agitaron pañuelos blancos. Cuando comenzamos a rezar el rosario, la gente nos rodeó. Mi padre me abrazó con gesto protector mientras yo miraba al suelo, todavía de rodillas. Cuando levanté la vista brevemente, distinguí a alguien enfrente de mí, cubierta con un manto azul. Lo apartó ligeramente de su rostro y la reconocí de inmediato.

Era Elisa.

Me guiñó un ojo.

Mi madre, que dirigía la plegaria, me ayudó a inclinarme hacia atrás, como si estuviera en trance. Miré hacia la inmensidad del cielo y pedí perdón. Entonces, en ese preciso instante, sucedieron dos cosas de forma simultánea: distinguí una luz brillante detrás de las nubes, que parecían estar apartándose para abrirle el paso, y Elisa soltó un grito.

—¡Ahí está! —exclamó.

—¡Sí! —respondió una voz masculina—. ¡Ahí mismo! ¡Detrás de las nubes!

—¡Aleluya!

—¡Bendito sea Dios!

La plegaria se transformó en un fuerte murmullo, como una máquina que acabaran de poner en marcha. La gente recitaba el avemaría con una devoción que no había demostrado unos minutos antes. Lo estaban gritando.

Resultaba difícil explicar lo que se apoderó de mí. Quizá fue la postura, pues seguía reclinada sobre las manos de mi madre con las piernas flexionadas y las rodillas en el suelo, o a lo mejor entré en una especie de éxtasis, como mi madre lo denominó más tarde, pero lo cierto era que las piernas se me durmieron y me sentí tan mareada que todo a mi alrededor empezó a dar vueltas: la cara de preocupación de papá, los ojos llorosos de mamita y las nubes que había sobre mi cabeza giraban cada vez más deprisa; las voces —las plegarias—, se volvieron distantes y apagadas, como si me llegaran a través de un túnel. Y entonces, todo se volvió negro.

Cuando desperté, tumbada boca arriba sobre la hierba y rodeada por mis padres y el sacerdote, todo había cambiado. La gente me contemplaba con una actitud que solamente podía definirse como reverencial. Mi madre me presionaba la nariz con un pañuelo con sales.

—¡Apártense! —decía mi padre—. Necesita respirar.

Mi hermano me ayudó a levantarme y, tan pronto como estuve en pie, la gente empezó a hacerme sitio para que pasara, como si fuera una especie de reina. Apoyándome en mi padre, recorrí el camino de bajada y, mientras avanzaba, los presentes me tocaban los brazos y los hombros. Una mujer incluso me cortó un mechón de pelo.

—Huele a flores —dijo alguien.

Busqué a Elisa entre la multitud, pero no la encontré. La gente se santiguaba cuando pasaba por su lado, como si me hubiera convertido en una especie de deidad. Estaba exhausta, física y emocionalmente, y supuso un alivio regresar a la plantación. Mi padre tuvo que amenazar a los que intentaron entrar en su propiedad. Ya había previsto un escenario como aquel, así que había apostado a sus hombres por docenas delante de los portones, unos con machetes en ristre, otros a caballo, en actitud majestuosa.

Mi madre, con las manos temblorosas, me preguntó si quería cenar. Yo decliné la oferta; lo único que deseaba era encerrarme con llave en mi habitación y dormir durante horas.

Una vez en la alcoba, experimenté una profunda sensación de alivio. Eché la llave y me dirigí a la cama.

—Hola, Catalina.

Solté un grito.

—¡Chsss! Soy yo, Elisa.

Surgió de detrás de las cortinas. Todavía llevaba puesto el manto azul.

—¿Qué estás haciendo aquí? —le pregunté, petrificada—. Mi madre no puede verte.

—Lo sé, lo sé. He venido solo para despedirme.

—¿Despedirte?

—Sí, nos vamos. Para siempre.

No estaba segura de a quién se refería con ese «nos». No sabía prácticamente nada sobre ella.

—¿Le enseñaste la muñeca a tu padre?

Con la conmoción de la aparición de la Virgen, me había olvidado por completo de su petición sobre la muñeca. Podría haberle mentido, pero mentir era agotador. Negué con la cabeza.

—Entonces me la tendrás que devolver.

—No, por favor. Te prometo que se la enseñaré. Mañana. Será lo primero que haga al levantarme.

Ella suspiró.

—Mañana ya será demasiado tarde.

¿Demasiado tarde? ¿A qué se refería?

—Un día lo entenderás —dijo—. Ahora tengo que irme.

Se dio media vuelta en dirección a la ventana y despareció en la oscuridad. Fue la última vez que la vi.

* * *

Mantuve mi promesa. Al día siguiente le mostré la muñeca a mi padre. Su reacción no fue la que me esperaba.

—¿Quién te la ha dado?

—Una niña.

—¿Dónde está?

Parecía desesperado, con los ojos muy abiertos y los dedos apretándome los hombros, mientras me presionaba para conseguir una respuesta. Por lo general, lo único que le importaba de veras era su valiosa «pepa de oro», razón por la cual su reacción me dejó tan desconcertada.

—No lo sé, papá. Me estás haciendo daño.

Me soltó.

—Dijo que se iba para siempre.

—¿Sabes dónde se alojaba?

—No. —Recogí la muñeca antes de que pudiera quedársela—. ¿Quién es? ¿Por qué quería que te enseñara la muñeca?

—Porque se la regalé yo. Cuando era pequeña.

—¿Por qué?

Estaba a punto de decir algo, pero de pronto pareció cambiar de opinión.

—¡Dímelo!

—Lo haré, pero solo si me dices la verdad. ¿Es cierto que la Virgen vino a verte a tu habitación?

Apreté con fuerza la falda almohadillada de la muñeca. Estábamos en su despacho, un lugar al que venía muy raras veces, pues los niños teníamos vetada la entrada. Mi padre estaba sentado detrás de su escritorio, donde había estado escribiendo en un cuaderno de tapas de cuero.

Me acarició el brazo.

—Vamos, *ma petite poupée,* será nuestro secreto.

—¿Si te lo digo, harás que pare?

—¿Que pare qué?

—Las peregrinaciones. Las plegarias.

—Te lo prometo. Y ahora dime: ¿la viste?

Me mordí el labio inferior y luego negué con la cabeza. Había un brillo extraño en los ojos de mi padre. Por un momento, pensé que iba a pegarme, pero, en vez de eso, se echó a reír. Era una risa ronca que no había oído en años.

—¿Por qué te inventaste algo así? —preguntó, con los ojos llorosos de tanto reír.

—No lo hice a propósito, papá. Yo no quería que esto pasara. Elisa vino una vez a mi habitación y mamita nos oyó. Era lo único que se me ocurrió para que no la encontrara allí. No le cae bien.

Mi padre se recostó en su butaca y se cruzó de brazos.

—Sí, lo sé.

—Ahora te toca a ti.

—¿A mí?

—Sí, te toca contarme por qué le regalaste la muñeca a Elisa.

Él se aclaró la garganta.

—No quiero que le digas ni una palabra de esto a tus hermanos, ¿de acuerdo?

Asentí.

—Elisa es vuestra hermana.

—¿Cómo? ¿Y por qué no vive con nosotros? ¿Por qué la odia mamita?

—Porque tiene una madre diferente de la vuestra. Vive con ella.

—¿Como Purificación? ¿La hija que tienes en España?

—Algo así —respondió, bajando la voz—. Cuando era pequeña vivía aquí, en la plantación, pero cuando tu mamá descubrió quién era realmente, les obligó a ella y a su madre a marcharse. No sé por qué volvieron y no vinieron a verme.

Recordé algo que había dicho Elisa semanas atrás.

—Elisa dijo que su abuela estaba enferma. Puede que vinieran por eso.

—Sí, puede ser. —Me dio unas palmaditas en la espalda—. Y ahora, vete a jugar, ¿de acuerdo? Tengo cosas que hacer.

—Pero, papá, ¿me ayudarás con mamita por favor para que pare todo esto?

—Lo intentaré.

Me fui, aliviada y al mismo tiempo turbada por la conversación con mi padre. ¡No podía creerme que Elisa fuera mi hermana! Extrañamente, estaba encantada con la noticia. Tenía otra hermana, una que me caía muy bien y que jugaba conmigo. Incluso me había ayudado allí arriba, en la colina, cuando toda aquella gente que me rodeaba esperaba ver a la Virgen. Pero ¿de qué me servía tener otra hermana si se había ido, y muy posiblemente no volvería jamás? Por otro lado, me alegraba haberle contado a alguien la historia de la Virgen, pero de alguna manera aquello no aplacaba el miedo que se había apoderado de mí desde el inicio de aquella gran mentira.

CAPÍTULO 🌿 25

Puri

Abril, 1920

Cerré el diario de mi padre, desconcertada por lo que acababa de leer. Era poco después de medianoche; había salido a hurtadillas de mi dormitorio para colarme en el despacho una vez que todo el mundo se fue a la cama. ¡Qué alivio había sido descubrir que la puerta no estaba cerrada con llave!

Guardé el cuaderno en el que mi padre había confesado que había tenido otro vástago fuera del matrimonio: una hija llamada Elisa, a la que no había conocido hasta que tuvo cierta edad. Era hija de una de las criadas, una campesina que lo había seducido. Esa fue la palabra que empleó: *séduit*.

Cuando su mujer, Gloria, había averiguado que él era el padre de la niña de la sirvienta, había exigido que la mujer se marchara. «O ella, o yo», le había dicho. Al principio él lo había negado todo, alegando que a la gente de allí le gustaban las habladurías y que no debía hacer caso de esas tonterías. Se había reído de toda la historia. Pero Gloria no le había dirigido la palabra durante cuatro semanas y, según escribió, eso le había vuelto loco, así que accedió a sus demandas.

Mi padre le había dado a la criada una importante suma de dinero, y ella se había largado. De vez en cuando recibía una carta: informes, por así decirlo, sobre el bienestar de su hija. Cómo era, qué hacía. Pero las misivas eran muy esporádicas, según contaba, porque la sirvienta no sabía leer y escribir y dependía de otros para que se las escribieran. Y de pronto, un día, dejaron de llegar.

«¡Oh, papá! ¡Menudo embrollo armaste!».

Otra hermana. Como si no tuviera ya suficiente con dos. Mi madre debía de estar revolviéndose en la tumba. Intenté recordar los detalles del testamento de mi padre. En él no mencionaba para nada a Elisa, ni tampoco lo hizo Aquilino. ¿Acaso quería decir eso que se había olvidado de ella? ¿Habría muerto? Pero, en el caso de que estuviera viva, ¿dónde estaba?

Recordé la fotografía de la niña pequeña que había visto en la habitación de Angélica. ¿Podría ser Elisa?

El ambiente de la habitación se había vuelto cargado, sofocante. Desconocía si era culpa del clima o de la confesión mi padre. Lo único que sabía era que tenía que salir de allí.

Abandoné el despacho, crucé el patio y salí de la hacienda por la puerta de la cocina. Era un alivio estar fuera, al otro lado de aquel espacio cerrado. Tenía la camisa empapada de sudor y los brazos cubiertos de picaduras de mosquito. No podía dejar de rascarme. Me deshice el nudo de la corbata, pensando en mi padre. ¿Eran todos los hombres como él? No creía que Cristóbal me hubiera traicionado nunca. ¿O quizá sí? Llegados a este punto, no me hubiera sorprendido nada que de pronto apareciera un niño afirmando que era el hijo secreto de mi marido.

Por extraño que pueda parecer, la idea no me horrorizó. De hecho, hubiera sido una buena cosa que tuviera un hijo, dado que yo nunca pude darle uno. Habría quedado algo de él en este mundo, algo que no fuera su máquina de escribir.

La luna tenía un aspecto sublime, con aquel brillo que iluminaba parcialmente mi camino. Deambulé durante un buen rato, y cuanto más andaba, más calor tenía. Se oía ya el borboteo del arroyo. Me imaginé con el agua fría cubriéndome los pies y aquella visión me dio la fuerza para seguir adelante.

Cuando llegué, me senté en una de las rocas, me desaté los cordones y me quité los zapatos y los calcetines. Me pareció que el calor me subía desde el suelo a través de los pies descalzos, como si fuera una estufa de carbón. ¿Cómo podía hacer tanto calor en plena noche? ¿Tanto calor y tanta humedad? Introduje los pies en el agua y, por fin, mi temperatura corporal descendió unos grados.

Los grillos cantaban a mi alrededor, y oí ulular a un búho. Me sentía muy incómoda con la camisa chorreando de sudor. Me quité la corbata y la americana.

En todo aquel tiempo, no había estado nunca sin americana fuera de mi habitación. ¡Qué descanso! Deseaba con todas mis fuerzas sentir el agua fresca sobre la piel. Sin pensármelo mucho, me deshice del chaleco y me desprendí también de los pantalones. Paseando la mirada por el entorno, me desabotoné la camisa. ¿Quién iba a andar por ahí a aquellas horas de la noche? Me pareció que era lo bastante seguro, y además necesitaba darme un baño desesperadamente.

Poco después, me había quitado toda la ropa, las gafas y la barba, y me había metido en el agua. Era la sensación más placentera que había experimentado en semanas. Sin el corsé apretándome los pechos, me sentía libre. Deseé poder quedarme allí toda la noche, nadando, relajada, sin tener que pensar en quién escondía qué y en quién podía confiar o no en aquel lugar.

Era agotador.

Y lo que era aún peor, el sentimiento de culpa por estar engañándolos había crecido de forma exponencial conforme iba conociendo mejor a aquella gente. Lo más probable es que solo uno de ellos hubiera contratado a Franco para matarme, pero yo les estaba mintiendo a todos. Eso, el miedo permanente a que me descubrieran, se sumaba a mi angustia, a mis largas noches de inquietud.

Debí de pasar cerca de una hora allí, imaginando qué habría pasado si mi padre hubiera hecho las cosas de manera diferente. Cuando finalmente salí del agua, tenía los dedos como ciruelas pasas. Recogí toda mi ropa y me vestí. Como era de esperar, no conseguí que la perilla se adhiriera a la barbilla mojada, así que tuve que correr el riesgo de regresar a la casa sin vello facial. Si hacía falta, siempre podía explicar que me había afeitado. Aun así, esperaba no llegar a ese punto; sin barba, el riesgo de que me descubrieran era mayor.

La casa todavía estaba tal y como la había dejado, tranquila y a oscuras; todas las puertas de los dormitorios estaban cerradas.

Entré en mi cuarto sin hacer ruido y eché la llave. No parecía que nadie hubiera notado mi ausencia.

* * *

Por la mañana, me reuní con la familia para desayunar. No había visto a Laurent desde la noche del bingo. Intenté no quedarme mirándolo mientras cortaba el melón cantalupo, pero me costaba mucho apartar la vista de él. No era afeminado, solo sofisticado. Los detalles de la otra noche eran confusos, y era incapaz de recordar lo que había oído en aquella habitación y lo que me había imaginado.

No estaba muy pendiente de Angélica, pero había afinidad entre ellos. Ella siempre se adelantaba a sus deseos, pasándole la bandeja del pan sin necesidad de que lo preguntara y rellenándole el vaso de zumo. Laurent terminaba las frases de ella sin levantar la vista del noticiario semanal, y corregía pacientemente su pronunciación cuando decía «*croissants*» o «*confiture*» como si aquella fuera su tarea cotidiana.

Aunque Angélica parecía haberse acostumbrado a verme siempre por la casa, no se mostraba tan relajada como lo había estado con sus invitados durante la noche del bingo. A Catalina, en cambio, se la notaba cada vez más cómoda conmigo; se preocupó de si me gustaba la comida y también de si había dormido bien.

Le aseguré que había pasado una noche estupenda. Después del baño, había descansado como no lo había hecho en semanas.

—Don Cristóbal —dijo Angélica, dirigiéndose a mí por primera vez desde que me había sentado a la mesa—, ¿ha sabido algo del certificado de defunción de María Purificación? —con expresión ausente, le acercó unas migas de pan a *Ramona*. Esta no pareció apreciarlas tanto como las semillas de cacao—. Ha pasado ya una semana.

—Me temo que no. —Me limpié la boca con la servilleta—. Espero no estar siendo una carga para ustedes. Si es así, no tendría ningún inconveniente en instalarme en otro sitio.

A pesar de que estaba avanzando mucho con mis averiguaciones, no deseaba estar en un sitio donde no me quisieran. Mi orgullo no me lo permitía.

Catalina posó la mano sobre la mía.

—¡Por supuesto que no es usted ninguna carga, don Cristóbal! Angélica y yo estamos encantadas de tenerle aquí. Es lo menos que podemos hacer por nuestra hermana.

Catalina me acarició la mano con el pulgar —durante demasiado tiempo para mi gusto—, y luego sonrió. ¡Qué diferentes entre sí eran mis hermanas! Era incapaz de imaginarme a Catalina, con aquella amabilidad y aquellas maneras delicadas, conspirando en mi contra. Incluso aunque Franco fuera su «mejor amigo», según lo que se podía leer en la libreta que en aquel momento estaba escondida bajo mi colchón. Y, aun así, mi madre siempre decía que siempre había que cuidarse mucho más de aquellos que se presentaban con piel de cordero.

—Catalina tiene razón, don Cristóbal. Puede quedarse todo el tiempo que necesite. —Angélica dejó la servilleta sobre la mesa—. Y ahora, ¿nos disculpa? Tenemos que practicar el número que estamos preparando para las fiestas. Se acerca el día de la fundación de Vinces.

Me puse en pie.

—Por supuesto.

En cuanto mis hermanas se dispusieron a abandonar la sala, *Ramona* emprendió el vuelo y se fue detrás de Angélica. Una vez empezó a oírse el sonido amortiguado del arpa y el violín, me senté de nuevo y me volví hacia el marido de Angélica.

—¿Qué le trajo a usted por estas tierras, Laurent?

—La aventura. —En ese momento pegó un bocado a su *baguette*. Uno de sus definidos rizos le cayó sobre la frente—. Un amigo mencionó una vez que aquí había una considerable comunidad francesa, y pensé: ¿por qué no? Si no viajo mientras soy joven, entonces ¿cuándo? Además, estaba harto de los interminables inviernos de Europa. Al final, resultó ser la mejor decisión que podía haber tomado, porque así evité esa horrible guerra. *¡Mon Dieu!* Fue un auténtico desastre.

—¿Y piensa regresar a Europa algún día?

Dejó el pan en el plato y se cruzó de brazos.

—¿Y usted?

Miré a través de la ventana. Un montón de vainas de cacao colgaban de la rama de un árbol cercano. Había tantas que parecían multiplicarse como abejas en un panal.

—Por supuesto —respondí—. No estoy hecho para la vida en el campo.

Nada más lejos de la realidad. Había disfrutado de la excursión para pescar con Martín más de lo que jamás habría imaginado, y los paseos por la selva al amanecer era tremendamente vigorizantes. La noche anterior, en el arroyo, había sido como añadir *crème chantilly* a una *mousse* de chocolate. No, no me veía marchándome en un futuro próximo.

—No le culpo —dijo—. A mí me llevó un tiempo acostumbrarme a este lugar. —Se inclinó hacia delante y bajó la voz—: La gente de aquí puede llegar a ser muy provinciana. El cacao les ha proporcionado más dinero del que son capaces de gestionar, pero la clase y el refinamiento no se pueden comprar. Se comportan como nuevos ricos. Por suerte, hay muchos compatriotas míos, pero, si los excluimos, puedo contar con los dedos de una mano el número de personas de por aquí con las que merece la pena mantener una conversación.

—Espero sinceramente que doña Angélica sea una de ellas.

Esbozó una sonrisa de suficiencia, pero, a excepción de aquel gesto, la expresión de su rostro era impertérrita. Estaba a punto de decir algo, pero, en vez de eso, miró por la ventana con los ojos entrecerrados.

—¿Qué está haciendo ella aquí? —dijo de pronto, en voz muy baja, como si hablara para sus adentros.

Dirigí la vista hacia donde estaba mirando y vi pasar a una mujer. Llevaba una falda beis que casi rozaba el suelo, y una camisa blanca de cuello alto. No conseguía verle la cara desde tan lejos, pero reconocí las ondas rebeldes de su cabello, sujetas de forma descuidada en un moño alto.

—¿La conoce?

—*Oui* —respondió—. Es la sirvienta de Aquilino. Sabe Dios cómo se llama.

—Mayra —dije de manera automática.

En ese momento, pareció perder el interés.

—Sí, algo así. Creo que es la prima de Julia.

¿Primas? No tenía ni idea.

Bebió un último trago de café y dejó la taza sobre la mesa.

—¿Le apetece dar un paseo junto al río, don Cristóbal?

No tenía inconveniente en conocer mejor a Laurent para averiguar si tenía algún tipo de relación con Franco, pero podía hacerlo otro día; en cambio, si quería averiguar lo que estaba haciendo Mayra allí y por qué había estado llorando el otro día, tal vez no tuviera más oportunidades. Todo lo relacionado con el abogado de mi padre me interesaba. Teniendo en cuenta que había sido el primero en conocer mis planes de viaje, Aquilino estaba bajo sospecha. Quizá Mayra hubiera visto algo o a alguien relevante en la casa del letrado y pudiera proporcionarme una información muy valiosa.

—Tal vez otro día, Laurent. Creo que voy a tomarme otro café.

—Como quiera.

Se marchó caminando con despreocupación, con la cabeza alta y la espalda erguida. No conseguía entender cómo un hombre tan joven podía vivir dedicando su vida tan solo a sus aficiones y a las reuniones de sociedad. Yo era una mujer y, aun así, echaba de menos mis rutinas diarias en la chocolatería. Y tampoco estaba convencida de que le gustara tanto la aventura como había asegurado. Si hubiera sido así, se habría cansado de llevar todos aquellos años haraganeando. Lo que me resultaba más que obvio era que no estaba dispuesto a renunciar fácilmente a todas aquellas comodidades. Parecía muy satisfecho con su forma de vida.

«¿Y si había sido él quien había contratado a Franco, pero no se lo había contado a Angélica?».

Dar por hecho que eran un equipo podía ser una equivocación.

Me levanté de la mesa y me dirigí a la cocina. Rosita estaba de pie delante de los fuegos, comiéndose un huevo duro. Casi se atragantó cuando me vio entrar.

—¡Don Cristóbal! ¿Necesita usted algo?

—No, Rosita, no se preocupe por mí. Solamente quería una pieza de fruta.

Agarré lo primero que vi, un plátano, mientras buscaba a Mayra a través de la ventana. Debía de estar hablando con Julia.

Salí y me encaminé hacia las habitaciones de los sirvientes.

En efecto, Julia y Mayra estaban manteniendo una conversación. Mayra se tapaba los ojos con las manos, mientras que Julia permanecía de pie frente a ella, con los brazos cruzados a la altura del pecho.

Me escondí tras el follaje. No oía ni una palabra de lo que decían, solo la manera en que Julia alzaba la voz de vez en cuando en tono acusador. Apuntaba con el dedo a Mayra mientras le echaba una reprimenda. Debido a la postura antinatural que había adoptado, se me durmió una pierna y tuve que sacudirla con delicadeza para que la sangre volviera a circular. Finalmente, Julia se dio media vuelta y regresó a la casa.

Era mi oportunidad.

Una vez que Julia hubo cruzado la puerta trasera para entrar en la cocina, me acerqué a Mayra, que estaba apoyada en una roca.

En cuanto me vio, se enjugó las lágrimas y se puso derecha. Al contemplarla de cerca, me di cuenta de que vestía una ropa ajada y descolorida, como si la hubiera lavado demasiadas veces. La falda presentaba muchas arrugas y la puntilla de la camisa estaba llena de manchas.

—¡Don Cristóbal!

—Mayra, ¿se encuentra bien?

Ella asintió con la cabeza. Tenía los ojos hinchados.

—¿Qué está haciendo aquí? ¿No debería estar en Guayaquil?

Empezó de nuevo a sollozar, hipidos incluidos. No tenía ni idea de cómo debía actuar en una situación como aquella. ¿Con unas palmaditas en la espalda? ¿Hablándole con voz tranquilizadora? Se suponía que era un hombre y, como tal, no podía tomarme las mismas libertades que en circunstancias normales. Tocarla habría resultado de lo más inapropiado. Al final, opté por darle el plátano.

—Tome. Coma algo. Está muy pálida.

Para mi sorpresa, aceptó la fruta.

—Gracias. No he comido nada desde ayer.

Peló el plátano y le dio un bocado. Me senté en la roca y la invité a hacer lo propio. Mientras comía, el llanto cesó. Saqué el pañuelo de Cristóbal del bolsillo posterior y se lo cedí.

—¿Quiere contarme cuál es el problema? Tal vez pueda ayudarla si lo hace.

Ella tomó el pañuelo y se sonó la nariz.

—Lo siento —dijo—. No debería estar aquí. Soy una estúpida.

—¿Qué ha pasado, Mayra? —le pregunté, intentando sonar lo más afable que podía.

—Don Tomás me ha despedido. Y la culpa es mía y solo mía.

Acto seguido, empezó a llorar de nuevo.

Yo me aventuré a ponerle la mano en la espalda.

—Tranquilícese. Si llora, no entiendo lo que me dice. ¿Puede contarme por qué la ha despedido?

—Porque... —Se tapó la cara con las manos—. Porque estoy esperando un bebé.

Le miré el vientre. Había notado una ligera hinchazón, pero pensé que se debía a que, a menudo, las mujeres de su clase no usaban corsé. Entonces recordé el vestido holgado que llevaba el día que la conocí. Tal vez ya estuviera intentando esconder su incipiente barriga. De pronto, su lacrimosa visita a la curandera cobraba sentido.

—Voy a arder en el infierno —dijo.

—No, es no es verdad. Las mujeres han tenido hijos fuera del matrimonio desde el principio de los tiempos.

—Sí, pero no con hombres de Dios.

«¿Hombres de Dios?». Se llevó la mano a la boca.

—Mayra, ¿de qué está hablando? ¿Quién es el padre de su hijo?

Dejó caer al suelo la piel del plátano, como si se hubiera quedado sin fuerzas.

—Mire, solo quiero ayudarla. —Con gesto dubitativo, alargué la mano y la posé en su brazo—. Pero tiene que decirme toda la verdad. ¿Quién es el padre de su hijo?

Farfulló un nombre, pero no la entendí, o tal vez no podía creerme lo que acababa de oír.

—¡¿Quién?!

—El padre Alberto.

¿Mi hermano? Volví a mirarle el vientre. ¿Estaba esperando un hijo de mi hermano?

«Mi sobrino».

—¿Y lo sabe él?

Conocía la respuesta antes de escucharla. Por supuesto que lo sabía. Por eso me había parecido tan descolocado el día anterior, en Vinces.

—Sí.

—¿Desde cuándo... cuánto tiempo hace que ustedes mantienen relaciones?

Ella bajó la barbilla.

—No se lo dirá a nadie, ¿verdad?

—Por supuesto que no.

—Empezó cuando yo vivía en Vinces, hace más de un año, antes de que entrara a trabajar para don Tomás.

Estaba pasmada. ¿Mi hermano, el cura, llevaba todo ese tiempo teniendo un romance ilícito con la criada del abogado? Aunque tampoco se podía decir que me sorprendiera tanto. Siempre había creído que era antinatural pedirle a un hombre joven que se mantuviera célibe durante el resto de su vida; aun así, Alberto me había dado la impresión de sentirse muy satisfecho con su vocación, y muy motivado por las cuestiones intelectuales, en oposición a las carnales. Pero, al parecer, lo había juzgado de manera errónea. ¿O quizá se había enamorado de aquella muchacha?

—Sabíamos que estaba mal —dijo, estrujando el pañuelo de Cristóbal—. Pensamos que, una vez que me mudara a Guayaquil, podríamos zanjarlo. Estuvimos semanas sin vernos, pero un día Alberto se presentó en la casa de don Tomás. Dijo que no había podido evitarlo. Que me echaba mucho de menos. Después de eso, venía a verme una vez al mes.

—¿Y qué dice él de esta... situación? —pregunté.

—Cambia de opinión a cada rato —sollozó—. Al principio decía que me quería, que me llevaría lejos de aquí, a otra ciudad, y que empezaríamos una nueva vida donde nadie nos conociera, pero eso ya se acabó. Cuando le dije que don Tomás me había despedido porque había descubierto que estaba embarazada, dijo que debíamos ir a la curandera para ver si ella podía... —tragó saliva—. Si ella podía hacer algo con lo del bebé.

—¿Y lo hizo?

—No, él... bueno, nosotros, cambiamos de opinión. Ni siquiera quiso entrar conmigo. Dijo que sería un pecado mortal.

Aquello explicaba por qué el día anterior llevaba ropa de calle. Mayra se tapó la cara con las manos.

—Es todo culpa mía. Si no me hubiera puesto tan enferma las últimas semanas, don Tomás no se habría enterado.

—Antes o después lo habría hecho. Un embarazo no es algo que se pueda ocultar indefinidamente.

—Pero hubiera tenido más tiempo para ahorrar.

No era difícil entender por qué mi hermano se había sentido tentado por Mayra. Transmitía una fragilidad que debía de resultar irresistible para muchos hombres. Las pestañas húmedas se le curvaban hacia arriba con una gracia especial, y tenía los labios gruesos y jugosos.

—¿Y qué quiere Alberto que hagas ahora?

—Me pidió que le diera tiempo. Me prometió que lo arreglaría. Dice que muy pronto dispondrá de dinero. Una herencia o algo así. Y entonces podremos irnos. Pero, señor, yo ya no sé si creerle. —Los ojos se le volvieron a llenar de lágrimas—. Ya me lo ha dicho otras veces, pero el dinero nunca llega y yo no puedo esperar eternamente. Tengo que encontrar un lugar donde vivir, dinero para criar a mi hijo. Esa es la razón por la que he venido, para ver si mi prima me ayudaba a conseguir un trabajo aquí. Es la única familia que tengo por estas tierras. De lo contrario, no se me habría ocurrido acercarme tanto a la familia de Alberto.

—¿Julia sabe que el hijo es de Alberto?

Se sonó la nariz con el pañuelo.

—Me ha prometido que no se lo dirá a nadie, pero no sé... ¡Está tan enfadada conmigo! Dice que lo he echado todo a perder.

«¿Echado todo a perder?».

—¿A qué se refiere?

Mayra se encogió de hombros.

—Señor, ¿hablaría usted con doña Angélica para que me dieran trabajo aquí? Julia está tan furiosa conmigo que dudo mucho que vaya a ayudarme.

Era la segunda persona que me pedía que hiciera algo por ella por el hecho de ser un hombre con posibles. Estaba muy sorprendido: no me conocían de nada, y en realidad yo tampoco tenía muchas influencias.

—Por supuesto. Hablaré con ella.

—Pero, don Cristóbal, prométame que no le dirá que estoy embarazada del padre Alberto. Le arruinaría la vida.

Ojalá su reputación hubiera dependido de que yo guardara el secreto, pero no era así. Antes o después, la verdad saldría a la luz y todo el mundo sabría lo que el párroco había estado haciendo en sus ratos libres.

—Le prometo que no se lo contaré, pero no creo que sea usted capaz de mantener el secreto durante mucho más tiempo.

Entonces pensé en mi padre y en lo que había descubierto la noche anterior. Había tenido una hija ilegítima con una criada. Y ahora su hijo había hecho exactamente lo mismo. Alberto tenía mucho más en común con Armand Lafont de lo que ninguno de los dos hubiera llegado a imaginar.

CAPÍTULO 26

¡Era tan irónico e injusto que alguien como Alberto —ni más ni menos que un cura— y aquella muchacha inocente, Mayra, fueran a tener un hijo cuando ni siquiera lo estaban buscando! Y no solo eso, sino que encima querían deshacerse de él. Mientras tanto, durante años, Cristóbal y yo habíamos intentado desesperadamente concebir uno a través de unos de encuentros amorosos que habían acabado convirtiéndose en una tarea dentro una lista que debíamos completar, en unos momentos determinados y siempre durante mis días fértiles. Una colaboración entre socios con un objetivo en común: en eso se había convertido mi matrimonio en los últimos años.

La noticia de Mayra me había disgustado hasta un punto que nunca hubiera llegado a imaginar. Había despertado en mí demasiados recuerdos: la lista de nombres que Cristóbal y yo habíamos pensado para nuestros hijos no nacidos, la sensación de tensión cuando mi vientre se empezaba a hinchar, las noches tejiendo mantitas de bebé e, indefectiblemente, las manchas de sangre en mis pololos.

Hubiera soportado con gusto las náuseas y el dolor en los pechos si eso hubiera significado que al final tendría a mi niño en brazos. Me sequé las lágrimas. No le había mentido a Soledad cuando le había hablado de mi melancolía.

—Buenos días —dijo Martín a mi espalda.

Me ajusté las gafas y me volví hacia él. Mayra se había marchado hacía un buen rato, pero yo no me había visto con fuerzas para levantarme de la roca en la que estaba sentada, contemplando aturdida cómo la piel del plátano se llenaba de hormigas.

Habían pasado ya veinticuatro horas desde que había visto a Martín por última vez, y mi enfado con él se había disipado. Debería haber seguido enfadada después de su oferta, pero un pensamiento me había apaciguado los ánimos.

Si de verdad hubiera sido un asesino, habría mandado a otra persona para matarme una vez que llegué a la hacienda, o lo habría hecho él mismo. Había tenido un montón de oportunidades a lo largo de la semana anterior.

—¿Qué está haciendo aquí? —preguntó alegremente.

¿Sonreiría de aquel modo si hubiera sabido quién era yo, o si supiera que iba a rechazar su oferta? Una vez más, estaba mascando una semilla de cacao. Era muy fácil romperse una muela masticando aquello. Qué lástima que no hubiera probado nunca el auténtico chocolate.

—Pensando —respondí—. Escuche, me gustaría hablar con usted de una cuestión. Pero no aquí.

No quería que ninguna de mis hermanas escuchara nuestra conversación.

—Claro. —Echó un vistazo a su alrededor mientras se rascaba la cabeza—. Ahora mismo tengo que ocuparme de un asunto de negocios, pero venga a comer a mi casa.

Asentí. Tenía verdadero pavor a aquella conversación, pero no podía esconderme de forma indefinida. Tenía que darle una respuesta y ver cómo reaccionaba. De ese modo, podría averiguar qué tipo de persona era. La mejor manera de comprender el carácter de alguien era verle en momentos de enfado o crisis. ¿Dónde estaban sus límites? ¿Qué estaba dispuesto a hacer para conseguir lo que quería?

* * *

Un par de horas más tarde llegué a la casa de Martín. No sabía muy bien cómo, pero había conseguido domar lo suficiente a *Pacha* para que me llevara hasta allí. Una mujer alrededor de la cincuentena, con las mejillas sonrosadas y voz nasal, me abrió la puerta.

—¡Ya era hora! —exclamó Martín desde la sala—. Si se descuida, llega a tiempo para la cena. ¡Pero no se quede ahí, hombre! Entre y tómese un aperitivo.

En cuanto accedí al interior de la casa, percibí el olor a algo que parecía estar friéndose en la cocina. Alcé la vista hacia el techo acristalado, incapaz de resistir su efecto cautivador.

La sirvienta se disculpó y regresó a toda prisa a la cocina, donde, hacía apenas un día, Martín había cocinado las lubinas que habíamos pescado juntos.

—No sabía que tenía usted una sirvienta —comenté.

—Viene solo por las mañanas, entre semana. Tiene seis hijos en Vinces. —Abrió una botella de aguardiente y vertió un par de tragos en sendos vasos—. La comida estará lista enseguida. Tendrá que perdonar a Bachita, se le ha hecho un poco tarde.

—Lo entiendo perfectamente. Esta casa es muy grande para que se ocupe de ella una sola persona.

Martín soltó una carcajada.

—Mucho me temo, amigo mío, que aquí en Ecuador no estamos acostumbrados a los palacios y a las hileras de sirvientes, como en su país.

Esbocé una sonrisa.

—Siento decepcionarle, pero en España no todo el mundo tiene hileras de sirvientes, ni tampoco palacios. Mi esposa y yo vivíamos en un piso que era la mitad de grande que su casa.

Apenas tomé asiento, Martín me pasó la bebida. Una podía llegar a acostumbrarse sin problemas a aquella agradable existencia, basada en comer y beber en exceso. El día de mi boda me había cuidado mucho de no comer demasiado: de lo contrario, me habría arriesgado a que se me hinchara el estómago o se me manchara el vestido. Mamá siempre decía que a los hombres no les gustaban las mujeres glotonas, aunque dudo mucho que a Cristóbal le importara, o que prestara siquiera atención a lo que comía. Como mujer, había tenido que seguir infinidad de normas.

—En cualquier caso —dije, agarrando mi vaso con fuerza—, quería comentarle que esta mañana me he topado con la criada de don Aquilino, Mayra. No sé si la conoce. El caso es que la pobre muchacha está destrozada, porque ha perdido su empleo y está buscando otro.

—Y cree que yo podría contratarla.

—Sí. —Crucé las piernas, emulando el gesto cargado de confianza en sí mismo de Martín—. Todo el mundo saldría ganando: Mayra tendría un trabajo y un lugar donde vivir, Bachita le serviría la comida a su hora y usted tendría la casa más limpia.

Durante unos instantes, me escrutó con la mirada.

—Como plan, suena muy bien. Pero, dígame, si esa mujer es tan maravillosa ¿por qué la ha despedido Aquilino?

Me acabé la bebida. ¿Hasta dónde podía contarle? Antes o después acabaría enterándose de que estaba embarazada, pero no hacía falta que conociera todos los detalles.

—Está esperando un bebé.

Descruzó las piernas.

—De ninguna manera.

—¡Oh, vamos! No me sea mojigato. No después de lo que le he visto hacer. Esas cosas suceden.

—No se trata de una cuestión de principios. Las mujeres embarazadas son complicadas. ¿Qué se supone que debo hacer con un niño correteando por la casa?

—Nada. El pequeño tendrá una madre que se ocupará de él.

—No lo sé.

—¿Va a permitir que esa pobre muchacha vague por ahí sin rumbo y sin un techo donde cobijarse? Ya sabe lo que les pasa a las mujeres que caen en desgracia.

—¿Y por qué no habla con Angélica? Tiene mucho más dinero que yo.

—Porque ella ya tiene dos criadas. Además, Mayra es prima de Julia, y Julia está furiosa con ella.

—De acuerdo, de acuerdo. No hace falta que me dé tanta información.

Me mordí el labio inferior. Había hablado demasiado. A Cristóbal tampoco le interesaba entrar en detalles en lo referente a las personas que trabajaban para nosotros. Recordé todas las veces en que le había hablado sobre la Cordobesa y cómo toda la ciudad la había tratado como a una paria. Mi marido había puesto la misma cara de aburrimiento que Martín en aquel momento.

—¿Era eso todo lo que quería hablar conmigo?

Vacilé. No sabía si decírselo o no.

—¿Sabe qué? Debería probar el chocolate y dejar de mascar esas semillas. Si quiere, le prepararé un poco después de comer.

* * *

El delicado aroma de las semillas de cacao tostadas inundaba la cocina. No podía creerme que tuviera a mi disposición una cantidad semejante de semillas de Ecuador. Se consideraba la variedad más exquisita y, como tal, era muy cara. Yo estaba acostumbrada a otras variedades, el equivalente africano, que a veces resultaba más fácil de encontrar en Sevilla. ¡Y pensar que prácticamente era la propietaria de una hacienda repleta de aquellas semillas, conocidas como «pepitas de oro»!

Bachita y Martín observaron con la boca abierta cómo molía en un mortero las semillas que acababa de tostar y pelar hasta transformarlas en una pasta cremosa de color marrón. ¡Ojalá hubiera tenido un molinillo! El proceso hubiera resultado mucho más rápido.

—Tráigame un poco de leche —le pedí a Bachita—, y azúcar y canela, por favor.

En un principio, tanto a Bachita como a Martín les había desconcertado que yo, un hombre, entrara en la cocina para preparar algo tan complejo, pero les expliqué que las principales chocolaterías de Europa las habían abierto y las gestionaban hombres. Además, el mismo Martín había cocinado lubina para mí.

Su curiosidad por el proceso y por cuál sería el resultado resultaba suficiente para distraerles de sus propias normas culturales y de los roles preconcebidos.

O eso esperaba.

De un modo extraño, Bachita me recordaba a mi ayudante en la chocolatería. La forma en la que merodeaba a mi alrededor, atenta y obediente. Era raro que me recordara a la Cordobesa porque, en realidad, físicamente no se parecían en nada. Esta última era delgada y tenía el rostro anguloso, como una percha de alambre, mientras que Bachita era robusta, y la textura de su nariz recordaba a una raíz de jengibre. Martín, por su parte, se mantenía allí de pie, contemplándolo todo con la cara de un niño que descubre que las gallinas ponen huevos.

Y era yo la que le estaba descubriendo aquel exquisito manjar. Había muy pocas cosas en la vida que me hacían sentir segura de mí misma, y preparar chocolate era una de ellas. Jamás cometía un fallo en el proceso de elaboración. Desde que, por primera vez, mi abuela me había enseñado su receta, siempre sentía la misma emoción. Nunca me cansaba de observar la semilla que se iba transformando hasta convertirse en una pasta. Era pura magia.

—Y ahora, el ingrediente secreto —anuncié—. La sal marina.

Los dos me miraron como si pensaran que debían ingresarme en el manicomio más cercano.

—Confíen en mí —dije.

«Hay que añadir una pizca de sal al chocolate», decía mi abuela, «para rebajar la intensidad».

Al principio no la había creído. Al fin y al cabo, era yo la que estaba intentando preparar un postre. Pero después de seguir sus instrucciones sin mucha convicción, me di cuenta de que la sal tenía la extraña capacidad de realzar el sabor y de reducir un poco el deje amargo del chocolate negro y de las bebidas de cacao.

—¡Vaya! —exclamó Martín.

Me encantó el tono de admiración de su voz. En aquel momento yo ya no era el hombre poco varonil que no sabía montar a caballo o cómo comportarse con las mujeres. Era la única persona en toda la región que podía enseñarle el motivo por el cual trabajaba tan duro a lo largo del año, recolectando aquellas semillas de cacao. Le estaba mostrando el verdadero valor de sus amadas «pepas de oro».

Una vez hube conseguido una textura espesa y cremosa, introduje en ella una cuchara y se la entregué a Martín.

—¡Dios mío! —dijo, tomando asiento—. Esto es mucho mejor que las semillas.

Le respondí con una risa burlona.

Saboreó la mezcla con los ojos cerrados. Estaba cayendo bajo el embrujo de aquella sustancia adictiva, tal y como le sucedía a todo aquel que la probaba. Por algo se la conocía como el elixir de los dioses.

Sin dejar de chuparse los dedos, Bachita me preguntó si podía llevarse un poco para sus hijos. Yo misma le entregué una caja de latón.

—El chocolate se puede utilizar de muchas maneras —les expliqué—. Se puede comer y se puede beber. Se pueden preparar tartas, pasteles y trufas. La lista es interminable.

Bachita intentó besarme la mano como gesto de gratitud, como si yo fuera un sacerdote, pero no se lo permití.

—No es necesario —le aseguré.

—Muchísimas gracias, señor —dijo—. Ha sido un verdadero placer. Ahora tengo que irme a casa. Estoy deseando que mi familia pruebe esto.

—De nada, Bachita.

Nos quedamos mirando cómo se marchaba, apretando la cajita de latón contra su pecho.

—No me puedo creer que, durante todo este tiempo, hayamos tenido algo así y que no lo supiéramos —dijo Martín, mojando un trozo de plátano en la mezcla de color marrón—. En Europa, la gente debe de pagar un montón de dinero por el chocolate.

—¿De dónde cree que viene la fortuna de don Armand?

—Todos esos engreídos amigos de Angélica se gastarían los ahorros de toda una vida a cambio de esto.

—Eso es exactamente lo que estaba pensando ayer en el café.

Durante unos instantes, se quedó callado. Si su cabeza estaba cavilando a la misma velocidad que la mía, entonces por fin había encontrado a la única persona en el mundo capaz de entenderme, la única tan subyugada por el chocolate como yo.

Sin sentirse avergonzado por ello. Sin el más mínimo asomo de culpa.

Cristóbal nunca había sido esa persona. Cada vez que le comentaba mis planes en relación con la chocolatería o le hablaba de las últimas recetas que había ideado, se me quedaba mirando con cara de total indiferencia, como si hubiera preferido que le pegaran un tiro antes que seguir soportando un segundo más aquella conversación.

—¿Ha tenido tiempo de considerar mi propuesta? —preguntó Martín.

La pregunta me dejó planchada. Quería plantearme la idea de producir chocolate allí, no la de vender mis tierras. Podíamos convertirnos en pioneros.

—Sí —me senté en un taburete situado frente al suyo—, pero me temo que no le va a gustar mi respuesta.

—No quiere vender.

Negué con la cabeza.

—He estado pensado en ello, y la verdad es que me gusta este sitio. Empiezo a entrever algunas posibilidades en las que no había reparado antes.

—¿Y qué hay de su libro? No puede dirigir una plantación y escribir una novela al mismo tiempo.

Echó la espalda hacia atrás, cruzó los brazos a la altura del pecho y me miró sin parpadear.

—Bueno... —vacilé—. Supongo que la novela puede esperar.

—¿Sabe lo que creo? —dijo, sin apartar la mirada de mi rostro—. Que nunca tuvo intención de vender la propiedad, ni tampoco de escribir una novela.

Se había producido un cambio en el ambiente. De pronto, la camaradería y el trato distendido se habían esfumado. Martín empujó su plato hacia delante.

—¿Por qué no me dice de una vez quién es realmente y por qué se disfraza de hombre?

CAPÍTULO 27

Si hubiera existido un premio a la estupidez, sin lugar a dudas lo habría ganado. Llevaba todo ese tiempo convencida de que los estaba engañando a todos... Había quedado como una tonta.

—¿Debo llamarla María Purificación, o prefiere Puri, como la plantación? —preguntó Martín.

Tragué saliva.

—Puri.

Me quité las gafas de Cristóbal y me masajeé el puente de la nariz.

—¿Hace mucho que lo sabe?

—Lo sospeché el primer día, cuando montó a *Pacha*. Las caderas femeninas llaman mucho la atención a lomos de un caballo.

¡Por supuesto! ¡Qué boba había sido!

—Pero obtuve la confirmación anoche, cuando la oí cantar mientras nadaba en el río.

«¿Cantar?». Me llevé la mano a la boca. No me había dado ni cuenta de que había estado cantando.

—¿Y... también me vio? —pregunté con mi tono de voz normal.

—Sí. La vi. —Su expresión apenas cambió.

Aparté la mirada. Me había visto desnuda, lo que era mucho peor que el hecho de que me hubiera escuchado cantar. Sentí que las mejillas se me encendían.

—Al menos podría haberme ahorrado la vergüenza de hacer hoy el ridículo —dije.

—Supongo que podría haber dicho algo, pero no estaba seguro de que anoche estuviera del todo despierto. Es posible que me excediera un poco con el puro.

¡Había sospechado de mí durante todo ese tiempo! Me pregunté si a otros miembros de la familia les había pasado lo mismo. Quería gritar.

—Entonces, la visita a la cantina, las prostitutas... ¿Me estaba poniendo a prueba?

—No exactamente. Como le he dicho antes, no estaba muy seguro de qué pensar de usted. Por lo demás, resultaba bastante convincente.

Al menos tenía ese consuelo. No habría podido soportar la idea de que todo el mundo se hubiera estado riendo de mí a mis espaldas. En cierto modo, me alegraba de que lo hubiera descubierto. Significaba que ya no tendría que volver a ir con él de bares o de burdeles y fingir que era un «hombre de verdad»; aunque no podía negar que las salidas con Martín habían sido mucho más entretenidas de lo que hubiera podido imaginar en un principio.

—¿Ha compartido con alguien sus sospechas?

—No. —Se inclinó sobre la encimera de la cocina, con los brazos cruzados a la altura del pecho—. Y ahora, ¿quiere contarme qué ha pasado? ¿Por qué finge ser su marido?

No estaba segura de si podía confiar en él, pero ¿qué otra cosa podía hacer? Ya me había descubierto. Lo mejor sería contarle la verdad con la esperanza de que no estuviera implicado en la muerte de Cristóbal y que, con suerte, pudiera arrojar algo de luz sobre mi familia y sobre quién podía haberlo hecho.

Empecé por el principio: el día en que recibí la carta del abogado, cuando aún estábamos en Sevilla. Un par de meses antes había tenido otro aborto y estaba deseosa de dejar atrás todo aquel dolor. Irónicamente, en realidad no era tan desgraciada como yo creía entonces.

El dolor auténtico aún estaba por llegar.

¿Estaba cometiendo el mayor error de mi vida confesándole todo aquello a Martín? Tal vez había llegado el momento de enfrentarme a mis hermanas y, de paso, a mi hermano que, según había descubierto, tampoco era ningún santo. ¿Sería esa la razón por la que le preocupaba tanto la cuestión de si la bondad era algo innato o adquirido?

Martín asintió con la cabeza y me sirvió otro trago para soltarme la lengua. Consciente de que necesitaba armarme de valor, bebí. Y también hablé.

—Sé que sus hermanas no estaban contentas con el testamento —dijo cuando me acercaba al final de la historia—, pero de ahí a querer matarla, me parece que hay un buen trecho.

—Entonces, ¿cómo explica lo del asesino en el barco?

—¿Un error?

—¿Y qué me dice del cheque y de la nota con mi nombre entre sus pertenencias?

—Sé que Angélica tiene muchos defectos: es engreída, arrogante y ambiciosa, pero no es una asesina. Y Catalina... bueno, es una santa.

—No es ninguna santa. Es un ser humano con defectos, como todo el mundo. Pero si tiene en tanta estima a la mayor de mis hermanas, ¿qué es lo que quiso decir cuando le espetó a su vecino Fernando del Río, si no me equivoco, que debería saber mejor que nadie quién era Angélica?

—Eso no tiene nada que ver con su categoría moral. Hace unos años, antes de que Angélica se casara con Laurent, del Río pidió su mano. Don Armand lo estuvo considerando, porque habría supuesto una especie de pacto entre ellos, y porque el hecho de unir las dos haciendas habría significado convertirse en propietario de mayor plantación de la región, pero Angélica declinó la oferta. Del Río nunca le ha perdonado que lo rechazara. Después de eso, apareció el francés y se casó con él. A partir de ese momento del Río y... —vaciló— su padre mantuvieron siempre una relación muy tensa.

—Algo he oído sobre el riachuelo.

—Sí, el maldito riachuelo.

—Y que Angélica le ha puesto una demanda.

Él asintió con la cabeza. En otras circunstancias, habría admirado la valentía de mi hermana por haber hecho lo que le había venido en gana en lugar de amoldarse a los deseos de su padre, o a los de cualquier otro. Pero no cuando aquello también significaba que era perfectamente capaz de hacer daño con tal de salirse con la suya.

—Si Angélica es tan inofensiva como dice, ¿cómo explica que encontrara una serpiente en mi habitación? ¿El mismo tipo de serpiente que tiene como mascota?

El rostro de Martín palideció.

—Podría ser una coincidencia. Hay un montón de serpientes en esta zona.

—No creo en las coincidencias.

Martín comenzó a deambular por la cocina, absorto en sus pensamientos, mientras yo aguardaba con la esperanza de que estuviera intentando encontrar conexiones que pudieran desentrañar la compleja situación en la que me encontraba.

—Me cuesta imaginar a alguno de los hijos de don Armand haciendo algo así. Tiene que haber otra explicación.

Me quedé mirando mi vaso vacío.

—¿Y qué me dice de la otra hija de mi padre?

—¿Otra hija?

—Elisa —aclaré—. Al parecer vivía aquí, pero doña Gloria la envió lejos cuando averiguó que era hija de su marido y de una de las criadas.

—Nunca había oído hablar de ella. ¿Elisa, dice que se llama? —inquirió.

—Sí. —En esta ocasión fui yo la que vertió un chorro de aguardiente en mi propio vaso—. ¿Y si estuviera en la ciudad? ¿Y si fuera ella la mujer a la que hizo alusión Soledad Duarte?

—No he visto a ningún forastero en Vinces. Y paso mucho tiempo allí.

—Entonces, ¿quién es la mujer que le pagó a Franco para que me matara?

Martín no tenía una respuesta a mi pregunta.

Estuve a punto de mencionar también lo que había descubierto sobre Alberto, pero no lo hice. Le había prometido a Mayra que no le diría a nadie quién era el padre de su hijo, y no tenía ningún motivo para traicionarla.

—Será mejor que me vaya —concluí—. ¿Va a contarles a mis hermanas quién soy realmente?

—No, pero tarde o temprano lo averiguarán.

—Lo sé, pero necesito un poco más de tiempo. Creo que, si hago pública mi identidad, mi vida correrá peligro. Puede que la persona que envió a Franco a bordo del *Andes* esté todavía aquí, tal vez más cerca de lo que nos imaginamos.

No supe cómo interpretar su silencio, y seguí pensando en ello todo el camino de vuelta a casa de mi padre. ¿Qué iba a hacer Martín con la información que le había proporcionado? Es más, ¿por qué me había lanzado aquella mirada inescrutable?

CAPÍTULO 🌿 28

Angélica

Vinces, 1913

—Laurent necesita un último empujoncito —me dijo mi madre mientras aplastaba los trozos de plátano verde para hacer tigrillo—. Y la mejor manera de ganarse el corazón de un hombre es por medio de su estómago.

Una vez más, mi madre y yo discutíamos sobre mi problema con Laurent: no se me había declarado. Sabía que aquello también preocupaba a mi padre; cada vez que el francés venía a visitarnos, me preguntaba al respecto.

—Todavía no le has demostrado que puedes ser una buena esposa —añadió mi madre.

Su comentario me irritó, aunque no sabía decir exactamente por qué. Por otra parte, casi todo lo que decía mi madre tenía ese efecto sobre mí. Solté un suspiro de resignación.

Agarré una cesta y me dirigí al huerto en busca de los ingredientes para el dulce de guayaba, el único postre que me salía bien.

Las guayabas se parecían mucho a los limones, pero eran más grandes, más duras y dulces. Cuando las cortabas por la mitad, la pulpa era de color rojo y estaba llena de semillas. Encontré un árbol cuajado de ellas —de pequeña solía visitar aquel lugar a menudo— y llené la cesta.

—¡Es un milagro, señoras y señores! —la voz me pegó un buen susto—. La esquiva dama ha salido de su palacio sin su eterna compañía.

Me di media vuelta y descubrí a Juan allí, de pie.

Detestaba su sarcasmo. Le di la espalda y seguí recolectando guayabas. No lo había visto mucho después de la fiesta, pero Catalina me había contado que mi padre le había dado un trabajo en la plantación. Las razones por las que papá lo había contratado eran un misterio para mí. Nunca había entendido qué interés tenía en nuestro pobre vecino.

—¿Qué quieres? —le pregunté.

Él soltó una risa burlona.

Me giré sobre mí misma con una guayaba en la mano.

—¿Qué?

Me estaba mirando con una mueca de desprecio.

—¡Te has vuelto tan vanidosa! No sé si reír o llorar.

—No es cierto. Soy la misma persona.

Él negó con la cabeza.

—Antes eras muy dulce.

Aunque jamás lo habría admitido, sabía que tenía razón. Tenía tan poca paciencia con mi hermana que, cuando practicábamos con los instrumentos, me ponía a gritarle ante cualquier error insignificante. Por no hablar de mi madre, que me sacaba de quicio solo y exclusivamente con su presencia. Y lo peor de todo, excusaba a papá por serle infiel con aquella misteriosa doncella y por tener una hija fuera del matrimonio. Pero entonces, casi de inmediato, le pedía perdón a Dios y recitaba una rápida oración.

—Bueno, tú también has cambiado —dije—. Te has vuelto muy mezquino. Apenas sonríes y, sinceramente, no me gusta nada ese tono sarcástico que has empleado antes. —Una vez empecé a hablar, no fui capaz de parar—. Nunca me escribiste. Nunca viniste de visita. Estuviste fuera mucho más tiempo del que habías dicho en un principio. Y luego, un día, te presentas aquí esperando que todo el mundo siga siendo igual. Quieres que sea la misma idiota que te seguía a todas partes.

—Me gustaba esa idiota.

Me pilló desprevenida. Intenté reprimir una sonrisa.

—Bueno —suavicé un poco el tono—, esa idiota ya no existe.

Dio un paso hacia mí. Yo intenté retroceder, pero tenía un árbol a mi espalda. «Por favor, no me toques».

Me apartó un mechón de pelo de la cara y me lo colocó detrás de la oreja. Sentí un escalofrío.

—¿Estás segura de que no sigue en algún lugar, ahí dentro? —preguntó.

¿Qué diantres tenía Juan que siempre conseguía que me temblaran las piernas? De todos modos, yo ya había racionalizado todo aquello. Él no tenía futuro alguno, exceptuando el de depender durante toda su vida de un salario. Y tampoco tenía clase. Al lado de Laurent, parecía un neandertal. La idea de ver a Juan en una de las famosas reuniones de Silvia era impensable. Me habría muerto de vergüenza antes que llevarlo. Y para colmo, su familia era prácticamente inexistente; al único miembro al que había visto alguna vez era a su padre, y en el mejor de los casos, se le podía definir como un excéntrico.

Y, aun así, había algo en él que me resultaba irresistible. En especial cuando me miraba con la intensidad con la que lo estaba haciendo en aquel preciso momento, como si yo fuera la única persona en el mundo capaz de mantener su interés.

No retiró la mano, sino que empezó a acariciarme el cabello.

—Siempre me ha encantado tu pelo. Eres la única mujer rubia que he conocido jamás. —Por la forma en que pronunció el final de la frase, dio la impresión de que estuviera hablando consigo mismo.

Me pregunté, al igual que había hecho tantas otras veces a lo largo de aquellos años de ausencia, si habría conocido a otras muchachas, si habría amado a alguna otra. La idea de que hubiera besado a otra mujer me sacaba de mis casillas.

—Entonces, dime, mi querida *Angelique* —dijo, imitando el acento de mi padre—. ¿Vas a casarte con ese parásito francés?

«¿Parásito?». El insulto me sacó, durante unos pocos segundos, del trance que me habían provocado aquellos dedos suyos al acariciarme la nuca.

—Ni siquiera lo conoces —respondí quedamente.

—No hace falta. Sé muy bien cómo son ese tipo de hombres.

Estaba muy cerca de mí: tanto, que podía percibir su olor, una mezcla de hombre y de la colonia con tintes de madera que utilizaba desde que cumplió los trece años. Aquel aroma despertó en mí muchos recuerdos.

Apoyé la espalda contra el tronco del árbol, aferrándome al asa de la cesta como si me fuera la vida en ello. Tuvo que notarlo, porque bajó la vista apenas un instante y curvó los labios en una leve sonrisa.

—No has contestado a mi pregunta.

La boca se me secó.

—Puede.

—En ese caso, si vas a casarte con él —dijo con despreocupación—, tendremos que decirnos adiós para siempre.

Se echó un poco hacia atrás. No sabía lo que se me estaba pasando por la cabeza, pero le agarré de la camisa y tiré de él para atraerlo hacia mí.

Con una sonrisa de satisfacción, bajó la vista y me miró. Tenía el pecho agitado, aunque no sabía por qué, ni qué había cambiado: lo único que tenía claro era que no quería que se fuera. La sonrisa desapareció de su rostro.

—Dame un último beso antes de que pertenezcas a otro —me pidió, mirándome la boca.

Era como si me hubiera hipnotizado. Y así debió de ser, porque ya no recordaba ninguna de las cosas que tenía que reprocharle; ni siquiera sabía qué estaba haciendo allí.

Juan me quitó la cesta de la mano y, probablemente, la dejó caer al suelo, no sabría decirlo. No pude dejar de mirarle a los ojos mientras bajaba la cabeza y me besaba.

¡Dios mío! ¿Cómo podía haberme olvidado de lo que sentía cuando estaba entre los brazos de Juan? Aquello hizo que me diera cuenta de que, antes, cuando me habían besado otros muchachos, había tenido la misma sensación que si me hubiera besado mi propia mano. No había sentido aquel estremecimiento por todo el cuerpo, ni el calor en el centro del pecho, ni aquella sensación de estar flotando, ni el deseo de estar cerca de ellos. Había creído que se debía a que era el primer hombre al que había besado, pero ahora sabía que ese no era el motivo. Había algo carnal, casi primitivo, entre nosotros que nunca sería capaz de parar. Por mucho que me avergonzara delante de mis amigos, por muchos maridos que tuviera, jamás podría alejarme de él.

De pronto, se apartó de forma abrupta, inesperada, y para mi desconsuelo, dio un paso atrás.

En su rostro se leía una sonrisa triunfante.

—¿Lo ves? No me has olvidado.

Un momento, ¿todo aquello no había sido más que un juego para él? Si no hubiera deseado tanto seguir besándolo, habría recogido los pedazos que me quedaban de orgullo y me hubiera marchado, pero todavía estaba muy débil debido al efecto de su boca sobre la mía.

—Espera, Juan. No te vayas.

—Ya no respondo al nombre de Juan —dijo—. Había demasiados Juanes en mi colegio, en Colombia. Ahora uso mi segundo nombre, Martín.

CAPÍTULO 🌿 29

Puri

Abril, 1920

Cuando llegué a la casa de mi padre, mis hermanas estaban en el cuarto de costura, con la puerta entreabierta.

—Nunca adivinarías a quién he visto esta mañana en la iglesia —le decía Catalina a Angélica.

Me quedé de pie junto a la ventana. Angélica llevaba un vestido de lentejuelas azul marino con un drapeado fabuloso que llegaba hasta el suelo. Catalina estaba en cuclillas junto a ella, marcando con alfileres el dobladillo del vestido. Entre los labios sujetaba dos alfileres más.

—Más arriba —le dijo Angélica.

—Ya he accedido a acortar las mangas, Angélica. No tientes a la suerte.

—¡No eres mi madre! Además, me debes obediencia. Soy tu hermana mayor.

«No, querida Angélica», pensé, «la mayor soy yo».

—Bueno, ¿vas a intentar adivinar a quién he visto o qué?

—No lo sé. ¿A alguna de las amigas de mamá? Veamos, ¿cuál de ellas sigue viva?

—No, no era ninguna amiga de mamá —dijo Catalina—. He visto a Silvia.

Angélica se puso rígida, lo que hizo que pareciera aún más alta. Las mejillas se le encendieron. Sin embargo, Catalina permaneció ajena a la reacción de su hermana, pues tenía la mirada fija en el dobladillo.

—Ahora es viuda y, por lo que se ve, no hace mucho que ha vuelto —dijo.

Mi hermana no contestó.

—¿Así? —Catalina le mostró el resultado de sus esfuerzos.

Angélica asintió con expresión ausente.

—Nunca entendí lo que sucedió entre vosotras dos. —Catalina se levantó y se llevó la mano a la parte baja de la espalda—. ¡Erais tan amigas! Y de pronto, de un día para otro, dejó de venir, se casó y se marchó. Así —añadió, chasqueando los dedos—, sin despedirse siquiera.

—¿Puedo quitarme esto ya? —Angélica se llevó la mano al botón que tenía a la altura de la nuca.

—Espera, espera. —Catalina se colocó detrás de ella y le bajó la cremallera.

¿Quién sería esa tal Silvia? Y, lo que era más importante, ¿por qué había reaccionado mi hermana de una manera tan extraña al oír que había regresado a la ciudad? ¿Podría ser la misma mujer esquiva a la que no lograba ponerle nombre?

Catalina levantó la cabeza y me divisó a través de la ventana.

—¡Don Cristóbal! No sabía que estaba usted ahí.

Angélica se escondió rápidamente detrás de un biombo de estilo *art nouveau*.

—Discúlpenme —dije, quedándome en el umbral—. Solo estaba admirando su talento. Tiene usted muy buen ojo con el corte y la confección. —No pude evitar acordarme de mi madre. Había sido ella la que me había enseñado las bases de la costura. Y también era muy habilidosa haciendo punto.

—Catalina es una costurera extraordinaria —dijo Angélica desde detrás del biombo.

Acto seguido reapareció, enfundada en un vestido de noche de seda negra que resaltaba su estilizada figura.

—Soy muy afortunada por tener mi propia costurera aquí, en casa. —Sonrió a su hermana—. Ella me hace toda la ropa.

—Es usted una caja de sorpresas, doña Catalina —dije.

Mi hermana menor me miró, esbozando una tímida sonrisa. Justo entonces oímos unos gritos que provenían de la cocina.

—¡Tengo que hablar con él! —bramaba una voz de mujer.

—¡Le he dicho que no está aquí! —respondió Julia.

Reconocí la voz de inmediato.

—¡Don Cristóbal! ¡Tengo que hablar con usted! —chilló Soledad Duarte apenas me vio. ¿Habría averiguado mi siniestra conexión con su hijo?

Mis hermanas se dieron media vuelta y se me quedaron mirando con curiosidad.

—¡Estoy desesperada! —dijo la curandera—. ¡No sé qué hacer!

La agarré del brazo.

—Doña Soledad, vamos al salón.

—Le pido disculpas por esta intromisión, don Cristóbal. Intenté detenerla —explicó Julia.

—No pasa nada —dije mientras me llevaba a la mujer en dirección a la sala de estar.

—¡Espere! —ordenó Angélica—. ¿Qué es todo esto? No puede irrumpir de este modo en nuestra casa, Soledad. Exijo saber lo que está pasando.

—Es mi hijo, doña Angélica. Franco sigue sin aparecer, y ya ha pasado un mes.

Miré a Catalina, que tenía las mejillas ligeramente sonrosadas, pero no abrió la boca.

—¿Franco? ¿Y qué tiene que ver él con este caballero? —preguntó Angélica. Me pareció tan ajena al hecho de que pudiera existir alguna relación entre Franco y yo que, por primera vez, dudé de si tendría algo que ver con el asesinato de Cristóbal.

O eso, o era una excelente actriz.

—Este caballero me prometió que me ayudaría a encontrarlo.

Me rasqué la frente. Me había olvidado completamente de la petición de aquella mujer. No es que hubiera considerado seriamente la posibilidad de ponerme en contacto con la policía a propósito del hombre desaparecido. En caso de haberlo hecho, lo habría acusado de matar a mi marido.

—Le dije que le ayudaría, pero no soy detective —aclaré a mis hermanas—. Me ofrecí a hablar con la policía, porque doña Soledad me dijo que a ella no le hacían caso.

—Y ya no sabía a quién recurrir —dijo la mujer, mirando a Angélica—, ya que usted se negó a ayudarme.

¿Angélica no había querido ayudarla?

—No es que no quisiera ayudarla, Soledad, no diga tonterías. Lo que le dije es que Franco era un hombre adulto. No me parece que tenga nada de raro que un hombre abandone la ciudad en busca de nuevas oportunidades. Estoy segura de que volverá.

—No se ha ido a vivir a otro sitio, doña Angélica. Dejó aquí todas sus cosas; además, dijo que volvería muy pronto.

—Soledad, no sea necia. Ya sabe cómo son los hombres. No les hace falta gran cosa para empezar de cero en algún otro lugar. Estoy segura de que, dondequiera que esté, habrá encontrado algo o a alguien interesante que lo retiene.

Las palabras de Angélica me provocaron una extraña reacción. Yo solía pensar de la misma manera sobre los hombres. Y en muchos aspectos, todavía lo hacía. Pero cuanto más me metía en la piel de Cristóbal, más afectaba aquello a mi psique. Casi podría decirse que el comentario de mi hermana me ofendió. No me gustó la forma en que trivializaba sobre los hombres y los metía a todos en el mismo saco, como si fueran uno solo. Vivir como un hombre estaba operando un curioso efecto sobre mí. Entre otras cosas, me obligaba a verlos como individuos. Por ejemplo, Cristóbal y Martín eran tan diferentes el uno del otro que ya no me identificaba con esa mentalidad que consideraba que todos los hombres son iguales.

Catalina se quitó la cinta métrica que le colgaba del cuello, con la vista puesta en el suelo, y se dio media vuelta con intención de regresar al cuarto de costura. Me hubiera gustado seguirla, pero ¿qué le habría dicho? Decidí tomar la palabra antes de que entrase en la habitación.

—Tiene razón, doña Soledad. Le hice una promesa y no la he cumplido. Vayamos ahora mismo a la comisaría de policía y denunciemos la desaparición de Franco.

—No tiene usted por qué hacer algo así, don Cristóbal —intervino Angélica—. No me puedo creer que haya estado molestando a nuestro invitado con sus problemas, Soledad. La acompañaré yo. —A continuación, se volvió hacia la criada—. Julia, llévala a la cocina y que me espere allí mientras me cambio.

Con las manos en los bolsillos, Angélica se encaminó hacia las escaleras mientras Julia acompañaba a Soledad a la cocina.

Aquella era la oportunidad que esperaba para hablar con mi hermana menor sobre Franco. Entré en el cuarto de costura.

—¿Se encuentra bien, doña Catalina?

Estaba sentada frente a la máquina de coser.

—Está usted pálida.

—Sí, estoy bien. —Apoyó las manos sobre la tela con la que estaba a punto de trabajar—. Es solo que todo esto me ha tomado por sorpresa. Nada más.

—¿Por qué? ¿Conocía usted al hijo de Soledad?

Desvió la mirada.

—Por supuesto. Su padre trabajó aquí durante años. Vivían junto al arroyo.

—¿Era...? —Agarré una silla y me senté frente a ella—. ¿Era amigo suyo?

—Lo fue. Hace tiempo.

—¿Y qué pasó? —Estaba teniendo palpitaciones, y me sudaban las manos. ¿Sería Catalina la mujer de la que Franco estaba enamorado? ¿La que le había pedido aquel perverso favor?

—No quiero hablar de ello.

—Creo que sé de qué se trata —dije entonces. Tenía que jugar aquella baza.

Me miró con los ojos muy abiertos.

—Era un admirador suyo, ¿verdad? No me sorprendería.

—¿A qué se refiere?

—Bueno, es usted es una mujer hermosa. Estoy seguro de que muchos hombres desean su compañía.

—¿Cree usted...? —se sonrojó de nuevo—. ¿Cree usted que soy hermosa?

—Por supuesto. No puedo creer que tenga usted la más mínima duda al respecto.

Sonrió con coquetería.

—He de reconocer que Franco y yo tuvimos una relación muy cercana, pero eso fue hace muchos años. Antes de... de... —Estrujó el vestido de Angélica.

—¿Del incendio?

—No, antes incluso.

Alargué la mano y tomé la suya.

—A veces es mejor hablar de las cosas que nos disgustan o que nos causan dolor. Es muy posible que descubra que alivia su alma.

Apenas las lágrimas comenzaron a deslizarse lentamente por sus mejillas, supe que estaba preparada para hablar.

CAPÍTULO ✹ 30

Catalina

Vinces, 1919

El papel me temblaba en las manos. La letra de Franco, todavía infantil, era inconfundible —con esa eme, que más que una letra parecía una araña con las patas aplastadas—, pero hacía años que había aceptado con resignación que jamás conseguiría mejorar su caligrafía.

«Espérame en el arroyo», decía la nota, «tengo algo para ti».

Franco llevaba un tiempo comportándose de manera extraña. Durante años, había apreciado su compañía. No había mucha gente de nuestra edad en aquella zona, y los pocos que vivían cerca no nos hacían ni caso. Éramos los parias, los raros. Mi hermana ya se había casado con Laurent, y solo hablaba conmigo durante los ensayos. Juan, o Martín, como quería que le llamáramos ahora, estaba siempre ocupado con mi padre y, después de la peregrinación de la Virgen, no había vuelto a ver a Elisa.

El único amigo que tenía era Franco. Y, aun así, no lograba precisar exactamente qué era lo que había cambiado en las últimas semanas, pero lo encontraba diferente. Estaba siempre trasteando con piedras o palos de madera, y con frecuencia empezaba a decir algo para detenerse a mitad de la frase.

Ahora trabajaba recogiendo bayas de cacao con su padre, pero —me dolía reconocerlo— era bastante vago, y a menudo se escondía de él para verse conmigo. Aquella falta de arrojo me resultaba muy frustrante, porque yo sabía de primera mano lo inteligente que era. Cuando, de niños, le había enseñado matemáticas, había aprendido las cuatro operaciones en cuestión de días, y muchas veces sabía el resultado antes que yo.

¿Por qué estaba desperdiciando su vida en un sitio como aquel? Se lo había preguntado, pero me había contestado que tenía una buena razón, aunque no había querido decirme cuál.

A decir verdad, no hablábamos mucho. Lo que más hacíamos era pasear y, algunas veces, yo le leía mientras él pescaba.

Aquella tarde lo encontré de pie junto al arroyo, lanzando piedras al agua. En el bolsillo trasero, como siempre, llevaba un tirachinas para cazar lagartijas. Aunque ya teníamos más de veinte años, todavía iba por ahí con él. Había dejado de ser el niño enclenque del que me había hecho amiga hacía una década para convertirse en un hombre bajo, pero fornido, con las manos grandes y llenas de callos. Aunque, en cierto modo, se podía decir que Franco nunca había crecido.

Me acerqué a él por detrás y le susurré un «hola».

Cuando se volvió hacia mí, tenía un extraño brillo en los ojos que me puso nerviosa.

No era atractivo; no como mi cuñado Laurent, ni siquiera como Martín, pero tenía los ojos más expresivos y melancólicos que había visto jamás.

—Tengo una sorpresa para ti.

—¿Una sorpresa? ¿Por qué? No es mi cumpleaños.

—Lo sé, pero no quería esperar más. —Señaló con la barbilla en dirección a su casa—. No te preocupes, mi madre se ha ido a comprar arroz y harina.

Años atrás, cuando había empezado a darle clase, iba a su casa si sus padres no estaban, pero conforme crecíamos, nos empezó a parecer que aquello no estaba bien. Era por eso por lo que siempre quedábamos allí.

—Me he olvidado los cigarrillos en casa —dijo con un guiño.

Hacía días que se me habían acabado los cigarrillos, y eran muy difíciles de conseguir. Dependía al cien por cien de Franco para satisfacer aquel vicio. Aunque mi madre había fallecido de diabetes dos años antes, yo seguía ocultándole el hábito a mi familia. No sabía explicar por qué. Mi padre me prestaba tan poca atención que jamás se habría dado cuenta. Pero años antes había decidido que debía llevar una vida que estuviera a la altura de mi reputación.

No siempre era fácil, como aquel día, cuando asentí con la cabeza y le seguí hacia su casa. Tenía una necesidad imperiosa de fumar.

Entre Franco y yo había una regla implícita: nunca nos tocábamos. Yo sospechaba que tenía que ver con el hecho de que él me considerase sagrada, como el resto de la ciudad. A menudo deseaba que nunca se me hubiera ocurrido aquella mentira; de ser así, seguramente ya estaría casada. Fuera cual fuese la razón, había siempre una tensión entre nosotros que no sabía cómo resolver.

Su casa estaba exactamente como la recordaba: el mismo papel floreado en las paredes, el tramo de escaleras situado detrás del sofá que conducía al piso de arriba, incluso el olor a pan recién hecho. Porque doña Soledad, además de ser la curandera de la zona, era también panadera.

Franco sacó un par de cigarrillos de una caja de madera y los encendió con manos temblorosas.

Yo le di al mío una buena calada.

Fue como sentir el calor de sol después de un largo invierno.

Estábamos de pie, el uno al lado del otro, disfrutando de nuestros cigarrillos, cuando rompió el silencio con su voz grave.

—Ven.

Para mi sorpresa, me tomó de la mano. Le seguí escaleras arriba, a pesar de lo inadecuado que resultaba. Estaba deseando conocer cuál era la sorpresa.

Encima de su cama había un paquete envuelto en papel marrón y atado con un lazo azul. Me lo entregó.

Deshice el lazo y rompí el papel en pedazos. Siempre me había impacientado al abrir los regalos, aunque, según mi madre, fuera impropio de una señorita, y de mala educación respecto a la persona que te lo había hecho.

Solté un grito ahogado.

Tenía en las manos un violín en miniatura, tallado y barnizado con tal delicadeza que parecía que hubieran encogido mi propio violín para que pudiera tocarlo Pulgarcita.

—¡Oh, Franco! ¡Es precioso! ¿Lo has hecho tú?

Sonrió. Raras veces lo hacía.

—He estado trabajando en él durante semanas.

—¡Pero si tú odias la música clásica!

—Pero amo todo lo que te guste a ti.

Nunca le había oído decir la palabra «amo», y mucho menos cerca de la palabra «te».

—Esto es lo más bonito que jamás ha hecho alguien por mí.

—Bueno, es que tú eres la única persona que ha sido amable conmigo en toda mi vida. —Se aclaró la garganta—. Es lo menos que puedo hacer, después de todo lo que has hecho tú por mí.

¿Por qué me estaba pareciendo que aquello era una especie de despedida? ¿Acaso se iba a marchar? Franco alargó el brazo y me tocó la mejilla. Percibí el olor de las semillas de cacao en su piel. Aquel aroma que lo invadía todo.

—¡Qué suave! —dijo—. Llevo años queriendo tocarte.

Me estremecí. Me gustaba la seguridad que me proporcionaba nuestra relación platónica, pero de pronto me di cuenta de que, para él, nuestro acuerdo tácito ya no estaba vigente. Dio un paso adelante y acercó la otra mano a mi cara. Olía a humo y a sudor. Nunca habíamos estado tan cerca.

«Por favor, no me beses».

Aunque hacía años que sentía curiosidad por cómo sería un beso de amor, nunca se me había pasado por la cabeza que fuera Franco el que me lo diera. Me parecía tan fuera de lugar como si hubiera sido mi hermano Alberto el que intentara besarme.

El pánico se apoderó de mí. No sabía adónde ir ni qué hacer. Si lo apartaba de un empujón, perdería para siempre a mi único amigo, y no quería eso.

Tenía los labios húmedos y salados, y demasiado duros. Nuestras bocas no estaban hechas la una para la otra: era como si intentara cerrar un frasco con la tapa equivocada. Sentí cómo me estrujaba las mejillas con los dedos, cómo su barba incipiente me rascaba la barbilla, y vi horrorizada cómo cerraba los ojos, absorto en aquel beso que solo me provocaba ganas de salir corriendo.

¿Qué diantres me pasaba? Llevaba años deseando el afecto de un hombre, pero aquello no estaba bien.

Yo no amaba a Franco. Me daba pena, porque no tenía nada y sabía muy poco. Sus padres nunca le habían prestado atención.

Nadie lo hacía. Había sido mi proyecto, mi causa perdida, pero no podía imaginarme una vida casada con él. Teniendo a sus hijos. Viviendo bajo el mismo techo que él. ¡Por el amor de Dios! ¿Cuándo iba a acabarse aquel beso? No quería ser yo la que lo interrumpiera, pero tampoco quería que siguiera. Era más de lo que podía soportar.

Había empezado a respirar con dificultad, apretando el cuerpo contra el mío. Tenía que detenerle. Años atrás, Angélica me había explicado las consecuencias de intimar con un hombre. Y no quería ni pensar en Franco, desnudo, encima de mí.

No sabía dónde había ido a parar el violín en miniatura; probablemente lo había dejado caer, porque, de repente, tenía las manos vacías cuando las apoyé sobre su duro pecho y lo empujé.

—Franco, por favor.

Pero hizo caso omiso mis súplicas y encontró de nuevo mi boca.

—¡Catalina, mi Catalina! ¡Llevo tanto tiempo enamorado de ti!

Aquello debía de ser un castigo de la Virgen por todas las mentiras que había contado. Estaba perdiendo a mi único amigo. Era consciente de que estaba sucediendo, en aquel preciso instante, porque no iba a dejar que la cosa continuara mucho más tiempo. Mi hermana solía decir que yo era una romántica, incapaz de ver la realidad. Y ahora entendía a qué se refería. ¡Cómo había podido ser tan estúpida al pensar que los sentimientos de Franco eran tan inocentes como los míos!

—Deberíamos parar —dije débilmente.

Parecía estar en una especie de trance. Me empujó en dirección a la cama.

—¡Te quiero tanto! —decía, con los labios pegados a los míos.

—Franco, escucha...

Al tiempo que aquellos pensamientos racionales se mezclaban de forma desordenada en mi mente —lo mal que estaba todo aquello, el hecho de que no amaba a Franco como hombre, hasta qué punto nuestra relación se echaría a perder—, sentí que me sucedía algo extraño.

Mi cuerpo se había convertido en un monigote, un esclavo sometido a la voluntad de otro. Mientras que, segundos antes, había sentido una especie de repulsión ante la idea de intimar con Franco, de pronto ansiaba estar cerca de él. El deseo carnal se había apoderado de mí.

En aquel momento me vino a la cabeza la imagen de mi madre. Tenía el ceño fruncido.

Y también la imagen de la Virgen, en el cuarto de los santos.

Y Satán, riéndose a carcajadas.

—¿Qué pasa? —preguntó, respirando agitadamente—. Creía que te estaba gustando.

Me senté.

—Lo siento, Franco. Esto no está bien. Nunca debería haber dejado que me besaras.

—¿Es que no me quieres? —preguntó. Nunca había visto tanta tristeza en su mirada.

«No me mires así. Por favor». Por una vez, dejé que el cerebro mandara sobre el corazón.

—Sí, pero no como a ti te gustaría que lo hiciera —respondí con toda la delicadeza de que fui capaz—. Para mí eres como un hermano.

Estaba a punto de decir algo, pero no lo hizo. Se sentó: la expresión que tenía en el rostro era fría como un témpano. Alargué el brazo y lo apoyé sobre el suyo.

—Lo siento —dije.

Él se apartó.

—No me toques.

¡Oh, no! Ya estaba sucediendo. Había perdido a mi amigo. Nunca me perdonaría.

—Franco, te mereces a una persona que te quiera de la misma manera que tú a ella.

—¡Deja de mentir! ¡Sé muy bien de qué va todo esto! —golpeó el colchón con el puño—. Te avergüenzas de mí porque no soy rico como tu padre, o distinguido como el marido de tu hermana, o uno de esos europeos sofisticados que pululan por ahí con la barbilla levantada, trajes elegantes y copas de champán.

Me picaban los ojos; conforme hablaba, el olor a humo era cada vez más intenso.

—¡No soy más que un montubio[2] de clase baja! —dijo, poniéndose de pie.

—¿Hueles eso? —pregunté.

Franco volvió a remeterse la camisa en los pantalones con movimientos apresurados.

—Franco, ¿qué has hecho con tu cigarrillo? —Miré a nuestro alrededor, en busca del mío, pero lo había dejado abajo, ¿no?

Comenzó a deambular de un lado a otro de la habitación.

—No puedo creer que haya sido tan estúpido todos estos años. Soñando contigo. Creyendo que algún día serías mía. Pensando que habría hecho cualquier cosa por ti. ¡Soy un imbécil!

¿Qué había hecho con mi cigarrillo? Recordaba haber visto un cenicero abajo, encima de la mesita auxiliar, pero no recordaba haberlo dejado allí. ¿Y el de Franco? Cuando subimos, él tampoco tenía el suyo.

Me levanté de la cama de un salto y abrí la puerta del dormitorio. Las llamas y el humo emergían de la primera planta y se elevaban hasta el techo. Solté un alarido.

Movida por un impulso, cerré la puerta. El humo azul penetraba en la habitación a través de la rendija de debajo de la puerta. ¡Santo cielo! ¡Toda la casa estaba hecha de madera!

—¡La ventana! —exclamó Franco—. ¡Rápido!

Soltó el pestillo de la ventana e intentó abrirla, empujando hacia arriba, pero estaba atascada. Entonces golpeó el cristal trató de levantarla de nuevo, hasta que poco a poco cedió. El cristal temblaba mientras subía.

En ese momento, oímos unas toses que provenían de algún lugar cercano. ¡Había alguien más en la casa!

Franco dirigió la mirada hacia la puerta.

—¡Mi padre!

Se volvió hacia mí.

—Vas a tener que saltar —me dijo—. Yo voy a por mi padre.

---

2. N. de la Trad.: Nombre que reciben los campesinos de origen mestizo que habitan en las zonas rurales de las provincias costeras de Ecuador.

Miré hacia fuera. No había ningún árbol ni nada a lo que agarrarme, y me pareció que el suelo estaba demasiado lejos. No podía saltar. Me rompería todos los huesos.

Cuando vi que se daba la vuelta, le agarré la mano con fuerza y le clavé las uñas en la piel.

—¡No me dejes sola, por favor! —Estaba siendo muy egoísta, pero no podía evitarlo—. ¡No puedo saltar! ¡Está muy alto!

—Sí que puedes. No está tan alto como crees. Yo lo he hecho más de una vez.

Mentía para infundirme valor, se notaba.

—Te ayudaré. —El enfado se había esfumado ante la eventualidad de una muerte inminente. Yo misma me había olvidado de la incomodidad que normalmente sentía cuando lo tenía demasiado cerca.

—Vamos. —Me tendió la mano. Las llamas estaban devorando la puerta de la habitación, y hacía un calor insoportable.

Me encaramé al marco de la ventana, aferrándome a su mano. Estaba intentando que se la soltara, pero yo no quería hacerlo.

—¡Salta y punto, Catalina! —dijo. Había algo diferente en su voz. Percibí impaciencia, miedo. Seguía mirando una y otra vez hacia la puerta. Ahí estaban de nuevo, las toses. Su padre.

Le solté la mano y cerré los ojos. Un instante después, sentí que un dolor atroz me recorría ambas piernas. El suelo estaba duro y seco, y tenía las palmas de las manos y las rodillas claveteadas de minúsculas piedrecitas. Me sentía demasiado débil para levantarme. Alcé la vista hacia la ventana, pero Franco ya no estaba. Había ido a salvar a su padre.

CAPÍTULO 🌿 31

Puri

Abril, 1920

Anoche tuve una pesadilla. Cristóbal yacía en el fondo del océano con los ojos abiertos de par en par y la piel abotargada, de color morado. Cuando extendió el brazo para tocarme, me desperté resollando y empapada en sudor. Había intentado no pensar en él desde que pasaba más tiempo con Martín. Hasta ese punto me sentía culpable. ¿Estaría Cristóbal acusándome de traicionarle? ¿Me culpaba de su infortunio?

Tenía que resarcirle. Tenía que encontrar a su asesino.

Pero todo resultaba terriblemente confuso. En aquel momento pensé en Catalina. Vivía atormentada por lo que le había sucedido a Franco. Se culpaba a sí misma por sus quemaduras, por su sufrimiento, por haberlo rechazado. Decía que después del incendio no había vuelto a ser el mismo, pero no quería decirme en qué había cambiado y no conseguía entender qué relación podría tener ella con lo sucedido en el barco. No después de saber que la amistad entre Franco y Catalina se había enfriado después del incendio.

Me había preguntado a menudo qué haría cuando averiguara quién había intentado matarme. No creía que pudiera pagarle con la misma moneda. No me veía a mí misma matando a uno de mis hermanos, no era ese tipo de persona. Probablemente me limitaría a reunir las pruebas y presentárselas a las autoridades. Dejaría que fueran ellos los que se ocuparan. De hecho, había pensado hacerle una vista a la policía igualmente, aunque no con el propósito que esperaba Soledad, sino para advertirles de lo que había sucedido a bordo del *Andes.* Lo que me echaba para atrás era la posibilidad de que me arrebataran de las manos la investigación y que echaran a perder todo en lo que había estado trabajando hasta ese momento. Probablemente intentarían apaciguar mis ánimos, tal y como había hecho el capitán Blake, y luego dirían que el caso debía instruirse bajo jurisdicción británica. Pero si les presentaba las pruebas, o mejor aún, una confesión, la cosa sería diferente. No podrían no hacerme caso.

Después de desayunar, me fui a Vinces con Laurent, con la excusa de que necesitaba ir a la iglesia para confesarme. En realidad, no era que quisiera confesarme, y mucho menos con mi hermano. Lo que buscaba era conseguir una confesión por su parte.

Alberto me sonrió desde el otro lado de la nave central. No vi ni rastro de la palidez y la expresión confusa que me habían llamado la atención día anterior.

—Es un placer tenerle aquí, don Cristóbal, pero llega un poco tarde para la misa.

—No pasa nada. Me gustaría tener una conversación con usted, si me lo permite. Solo nos llevará un par de minutos.

—¿Se trata de una confesión?

—En cierto modo, sí.

Alberto asintió con la cabeza y me invitó a seguirle hasta una sacristía impregnada de olor a incienso. Había una cruz enorme detrás de un escritorio lleno de recipientes para la eucaristía, velas y otros objetos litúrgicos. También había una especie de sofá parecido a un banco de iglesia, con cojines de color burdeos, donde tomamos asiento, y un armario abierto donde vislumbré varias sotanas y túnicas de color blanco, morado y verde.

—¿En qué puedo ayudarle? —había adoptado el tono solemne que suelen utilizar los sacerdotes en sus sermones. No me había parecido tan formal la semana anterior, sentado frente a mí en la mesa de la cantina.

No sabía por dónde empezar.

—¿Siempre quiso ser sacerdote, Alberto?

La pregunta le sorprendió, probablemente por mi falta de reverencia, pero se recuperó enseguida.

—No —dijo lentamente—. Quería ser arquitecto.

Me quedé callada, expectante.

—Cuando era joven, pasé por un periodo en el que dudé incluso de la existencia de Nuestro Señor. —Se quedó mirando su sotana, casi como si estuviera pidiendo perdón—. Por extraño que pueda parecer, fue mi pasión por la arquitectura la que me llevó hasta Él. Verá, mi padre tenía un libro sobre iglesias europeas. Era muy bonito, lleno de ilustraciones a lápiz de Notre Dame, de Santa Maria dei Fiore, de la basílica de San Pedro, de Santiago de Compostela... Tenía prohibido tocarlo, porque era una de las pocas cosas de valor que mi padre había traído de Francia y decía que lo estropearía con mis manos sucias. Pero cada vez que lo veía marcharse a caballo, me metía a hurtadillas en su estudio y miraba los dibujos durante horas. Cuando me hice mayor y fui capaz de leer el texto, aprendí que a lo largo de los siglos la teología había estado siempre en centro mismo de la estética y de la construcción de aquellas iglesias católicas.

Contempló el crucifijo de la pared en actitud reverencial.

—Cuando mi madre visitaba a nuestros familiares en Guayaquil y en Quito, me llevaba con ella, y paseábamos sin falta por sus impresionantes iglesias. Pasaba tantas horas en misa con ella que perdí la cuenta, pero en realidad lo hacía secretamente subyugado por la belleza de esas catedrales. Y, aun así, la excesiva religiosidad de mi madre me resultaba igual de frustrante que el escepticismo de mi padre, que me llenaba de dudas.

Sus palabras me resultaron muy familiares. Mi madre también me llevaba a rastras a la iglesia todas las mañanas para asistir a misa de seis, y la chocolatería había sido una excusa perfecta para dejar de ir. Era muy curioso que las dos mujeres que había habido en la vida de mi padre hubieran compartido la misma devoción.

—Así que me propuse refutar la existencia de Dios —dijo. A continuación, esbozó una sonrisa con los labios apretados—: Para ello, llegué a extremos insospechados. Me fui al seminario con la intención de aprender todo lo que pudiera sobre filosofía y religión, y así volver a casa cargado de argumentos racionales que apoyaran mi tesis. Por supuesto, oculté mi plan perverso a todos los que me rodeaban, pero cuanto más aprendía, más intentaba iluminar a mi madre con mis descubrimientos. Y, aun así, su fe permanecía intacta. —Inspiró profundamente—. Su muerte fue tan inesperada y dolorosa para mí que aquella misma tarde, lleno de rabia contra aquel al que llamaban Dios y que me había arrebatado a la persona que más quería, recurrí a la fuente misma de mis dudas y luché con todas mis fuerzas por encontrar consuelo.

La voz se le quebró un poco. Antes de continuar, se miró las manos durante unos instantes.

—Recuerdo haber rezado el rosario, igual que había visto hacer a mi madre tantas veces, con la esperanza de que me calmara, o que me aturdiera, si lo prefiere, como había visto que le sucedía a ella. Me senté en esta misma iglesia, delante de la imagen de Nuestra Señora, y su expresión impasible me enfureció aún más. Entonces deseé con todo mi corazón que Dios existiera de verdad, pues creía que solo él podía librarme de aquel dolor. Bajé la cabeza y cerré los ojos, resignándome a la idea de que aquella angustia y desesperación no me llevaban a ninguna parte. No le puedo explicar lo que sucedió entonces, al menos no de manera racional. Cuando me arrodillé como un primer gesto de humildad, una especie de serenidad descendió sobre mí. Mi cuerpo se volvió ligero, como si flotara, y me invadió una paz inmensa. En cierto modo, se parecía a la sensación que tienes cuando abandonas un edificio en el que hace frío y notas los primeros rayos de sol sobre las mejillas. Fue entonces cuando me di cuenta de que todo lo que me había conducido hasta aquel momento preciso de mi vida formaba parte de un plan mucho mayor que Dios me tenía reservado. —Acarició la sotana con las yemas de los dedos—. Desde entonces, ando persiguiendo esa sensación.

Durante unos instantes permaneció en silencio; luego se volvió hacia mí.

—Discúlpeme, por favor. Tengo fama de dar largos sermones. Estoy seguro de que no ha venido usted a verme precisamente para escuchar mis desahogos.

Negué con la cabeza, confundida. Siempre había creído que los sacerdotes tenían una fe ciega en todo lo que decían las escrituras. Desconocía que albergasen dudas, igual que el resto de nosotros.

Es más, me pareció que aquel emotivo relato no casaba mucho con lo que creía que había hecho Alberto.

Erguí la espalda.

—Bueno —tenía la voz ronca después de haber estado callada durante tanto tiempo—, el caso es que una muchacha que responde al nombre de Mayra vino ayer a la hacienda.

El color de su rostro se esfumó. Se quedó tan blanco como las dos velas que flanqueaban la cruz de metal de su escritorio.

—Afirma que está esperando un hijo. Su hijo.

Se echó hacia atrás hasta reclinarse por completo contra el respaldo de la silla.

—No estoy aquí para juzgarle —dije—. Yo... yo también soy humano, y entiendo que las expectativas que pone la Iglesia católica y romana en los hombres jóvenes son, en su mayor parte, poco razonables. —Así con fuerza el reloj de bolsillo de Cristóbal—. No sé si está usted al corriente, pero Mayra ha perdido su trabajo en casa de Aquilino.

Se tapó la cara con ambas manos.

—Ahora trabaja para don Martín.

Se quedó callado durante lo que pareció una eternidad.

—Entonces, ¿es su hijo? —pregunté finalmente.

—Lo que le he contado antes es todo verdad —dijo, tras retirar las manos de su rostro—. Creo que Dios me ha llamado, pero Mayra... —Negó con la cabeza.

Asentí. Conocía muy bien lo que era la tentación.

—No tiene que darme explicaciones de nada. Solo quiero saber si tiene intención de hacer algo al respecto.

—¿Por qué se interesa por todo esto? —preguntó con voz queda.

—Ella me pidió ayuda —dije. A continuación, midiendo mucho mis palabras, añadí—: La vi el otro día saliendo de la casa de la curandera.

Se levantó de un salto y empezó a caminar nerviosamente por la sacristía.

—En realidad, no teníamos intención de seguir adelante con aquello —dijo. Su habitual compostura se había desvanecido—. Solo estábamos desesperados.

—¿Sabe que el hijo de la curandera lleva días desaparecido?

Mis palabras le sorprendieron, no me cupo la menor duda. De pronto, dejó de caminar.

—No tenía ni idea. Di por hecho que Franco había abandonado la ciudad.

Analicé la expresión de su rostro hasta el más mínimo detalle. Me habría gustado notar algún indicio que me indicara que se estaba haciendo el sueco, pero su reacción parecía honesta. Cualquiera que lo hubiera visto habría pensado que era la primera vez que oía que Franco había desaparecido, pero tal y como acababa de descubrir, también era un mentiroso consumado que había estado llevando una doble vida durante más de un año.

La cara que ponía era de desconcierto.

Sinceramente, ya no sabía qué creer. La primera vez que vi a Alberto, me cayó bien de inmediato. Lo encontré simpático, honrado y culto. Además, la honestidad con la que me había relatado su lucha personal con respecto a su fe y su vocación me había conmovido. Pero estaba muy decepcionada por el hecho de que hubiera dejado a Mayra sola y sin nadie a quien recurrir mientras él seguía con su vida de sacerdote, como si nada hubiera pasado. No le culpaba por haber incumplido sus votos —era muy difícil luchar contra la naturaleza—; lo que me molestaba era la manera en que se había lavado las manos y se había desentendido de todo. ¿Por qué continuar con la farsa del cura decente? ¿Por ambición? Sin duda, había que considerar el poder que le otorgaba la sotana. A algunos hombres les encantaba la adoración, el respeto y el estatus de semidioses que les confería el papel de líder espiritual de la comunidad. Quizá la vergüenza de haber cedido a sus instintos carnales y haber dejado embarazada a una sirvienta joven e ignorante le resultaba insoportable. Al fin y al cabo, era el hijo de un rico terrateniente, el guardián de sus hermanas. ¿Lo perdería todo si se destapaba la verdad? ¿Dejaría que Mayra y su hijo acabaran siendo los únicos que sufrieran las consecuencias de todo lo sucedido con tal de salvar su reputación?

—¿Por qué saca usted a relucir a Franco? ¿Qué tiene él que ver con nosotros?

Eso era exactamente lo que yo quería saber.

—Oh, simplemente me he acordado de él después de mencionar a Soledad. Creo que es muy raro que se marchara de la ciudad así, sin más. Según su madre, iba a hacerle un favor a una amiga y debía volver en cuanto acabara.

A juzgar por la cara que puso, se había quedado sin palabras.

—Parece usted muy puesto en lo que son las idas y venidas de todos los vecinos.

Apoyé los codos sobre los muslos y entrelacé los dedos de la misma manera que le había visto hacer muchas veces a Martín.

—Soy escritor. Observo a la gente.

Alberto retomó su nervioso caminar.

Apoyé de nuevo la espalda en el asiento.

—Mayra dice que le propuso llevársela de aquí con el dinero de su herencia.

Se detuvo delante de la cruz para ponerla derecha, aunque quizá le estaba pidiendo que le sirviera de guía. Se quedó unos segundos frente a ella mientras yo examinaba la parte posterior de su cabeza, los tensos músculos que le sujetaban el cuello y el cabello despeinado detrás de las orejas.

—Usted sabe que ya no puedo contar con ese dinero.

—Sí. Fue un acto muy noble renunciar a su parte.

No logré interpretar la expresión de su cara. Me miró fijamente a los ojos.

—¿Puedo confiar en que mantendrá silencio en lo que respecta a... al incidente con Mayra?

Un incidente. Eso era para él, mientras que para Mayra significaba que su vida nunca volvería a ser la misma.

No quería responder a su pregunta: quería enfrentarme a él, acorralarlo hasta que confesara que había sido él quien había contratado a Franco para que me matara. Pero no sabía cómo hacerlo sin que me descubriera.

¿Y si lo que le había dicho a Mayra era verdad? ¿Y si tenía un plan para conseguir el suficiente dinero para que los dos pudieran marcharse de Vinces para siempre, y empezar desde cero en un lugar donde nadie les conociera? Si había descubierto lo del bebé después de renunciar a su herencia, no podía limitarse a recuperarla sin levantar sospechas entre sus hermanas. Pero si la forastera que venía a reclamar la herencia de su padre moría y su parte se repartía entre el resto de los hermanos, podría quedarse con el dinero y decir que era para una obra de caridad o para alguna otra noble causa. Podría marcharse con Mayra, decir que lo destinaban a otra parroquia. ¿Lo habría hecho? ¿Era capaz no solo de romper el voto de celibato y mentir a todos los feligreses, sino también de cometer el pecado mortal de asesinar a su hermana mayor?

—No tengo ningún interés en ponerle en evidencia —dije por fin—. Solo quería saber si era verdad lo que me había contado Mayra. Lo que haga usted respecto al «incidente» con ella es exclusivamente asunto suyo y de su conciencia.

Dicho lo cual, me marché, más confundida que nunca.

CAPÍTULO 🌿 32

Al día siguiente me despertó un tremendo guirigay de voces airadas que provenía del piso de abajo.

Me ceñí el corsé alrededor de mis doloridos pechos y me vestí con la ropa de mi marido lo más rápido que pude. A continuación, intentando controlar los nervios, salí de la habitación.

«Tranquilízate, Puri».

Mis encuentros con Martín y con Alberto me habían hecho más vulnerable. Había acorralado a mi hermano, revelándole que conocía su secreto. Martín había descubierto mi ardid. En cualquier momento, alguien podía plantarme cara y desenmascararme delante de toda la familia. ¿Y adónde nos llevaría aquello? Puede que llamaran a la policía, o que me atacaran, y si sucedía antes de que averiguara la verdad, todos mis esfuerzos habrían sido en vano. Tal vez mi aprensión no fuera racional, pero las emociones raras veces lo eran.

El volumen de los gritos fue en aumento conforme bajaba las escaleras. La mayor parte de la familia se encontraba en el salón, incluido nuestro vecino.

Don Fernando del Río le estaba chillando a Angélica. Martín se había interpuesto entre mi hermana y del Río como si fuera el marido de Angélica. Casualmente, Laurent también estaba presente, sentado junto al arpa, presenciando la escena como alguien que asistiera a una obra de Lope de Vega.

¿Por qué discutían? No me quedó del todo claro. Supuse que tenía que ver con la querella y la imprecisa línea divisoria que tantos conflictos había provocado ya entre los dueños de las dos fincas colindantes.

Entre obscenidades e insultos dirigidos a las madres de todos los presentes en la habitación, don Fernando del Río acusó a Martín de robarle un nuevo cliente, «con toda seguridad, siguiendo órdenes de Angélica». Al parecer, del Río había invitado a su rancho a un alemán conocido suyo, un hombre apellidado Meier. Este, que resultó ser comprador de cacao, era un cliente potencial con quien pretendía cerrar un negocio muy rentable. Por lo visto, el trato estaba prácticamente cerrado hasta que el incontenible don Martín había coincidido con el alemán en un bar y lo había convencido, conquistado, embrujado con el cacao de La Puri, ofreciéndole las semillas a un precio ridículamente bajo con el único propósito de «arruinar» a del Río.

—No os importa el dinero —decía don Fernando—. Lo único que habéis querido siempre es destruirme. ¡Tanto tú como el inútil y asqueroso de tu padre! —bramó, apuntando a Angélica con un largo dedo.

Aquellos insultos me irritaron de una manera muy profunda, casi primitiva. Había pasado décadas sin ver a mi padre, pero sentía una especie de lealtad hacia él. ¿Quién se había creído que era aquel hombre para presentarse allí, en la casa de un fallecido que no podía defenderse, e insultar a su hija?

—No he intentado robarte a un cliente. Lo que pasó, sencillamente, es que nuestro producto le gustó más que el tuyo —dijo Martín—. Yo no tengo la culpa de que se me dé mejor negociar que a ti.

«De verdad, Martín, ¿crees que es necesario regodearse?», pensé. Al menos podía haber tratado de tranquilizarlo para mantener la paz.

El vecino se abalanzó sobre Martín y lo tiró al suelo. En apenas unos segundos, ambos rodaban sobre la alfombra, golpeando las patas de las mesas y las sillas y provocando que los adornos se tambalearan y acabaran por los suelos. Encaramado sobre el pecho de Martín, Fernando, desatado, trató de asfixiarlo.

En aquel momento me asaltó la imagen de Franco y Cristóbal peleándose en la cubierta del barco. No podía permitir que se produjera otra tragedia. Si Laurent y Angélica no pensaban hacer nada excepto gritar, lo haría yo. Salté sobre del Río y le rodeé el cuello con el brazo. Él se volvió y me miró con una expresión más de confusión que de enfado.

—¿Y tú quién demonios eres?

Se puso de pie, conmigo encima. Él era un gigante, y yo un gusano agarrado a sus hombros intentando no caerme. Era más alta que la mayoría de los presentes, pero del Río me sacaba la cabeza. Me dejó caer al suelo y me pegó un puñetazo en toda la cara, con tal rapidez y tanta fuerza que no tuve tiempo de reaccionar.

Sentí como si me hubieran golpeado con un ladrillo. ¿Me había roto la mandíbula?

Ahora ya sabía cómo era participar en una pelea de hombres. «Supongo que puedo añadirlo a la lista de experiencias que no pienso repetir nunca más».

Por suerte y para mi sorpresa, las gafas seguían en su sitio y, aparentemente, estaban intactas. Pero del Río no había terminado. Cerré los ojos al ver que su puño venía otra vez a mi encuentro, pero algo lo detuvo. Oí un rugido y un golpe sordo y, cuando abrí los ojos, del Río estaba tirado en el suelo y Martín estaba encima de él.

—¡Basta ya! —chilló Angélica.

Laurent le sujetó los brazos a Martín para que no pudiera pegar de nuevo a del Río.

—¡Fuera de aquí! —le gritó al vecino—. ¡No quiero que vuelvas a poner un pie en mi propiedad!

Martín sacudió el brazo, obligando a Laurent a que lo soltara.

Respirando con dificultad, del Río se puso en pie y paseó la mirada por la sala, examinándonos uno a uno.

—¡Malnacidos! —bramó para, a continuación, seguir blasfemando entre dientes.

Martín se me acercó con las manos apoyadas en las caderas.

—¿Se encuentra bien?

Asentí con la cabeza, sin dejar de frotarme la mejilla.

—Venga —dijo, ofreciéndome el brazo y tirando de mí para que me levantara.

Angélica y Laurent me miraban, boquiabiertos. No les culpaba. Yo tampoco sabía qué mosca me había picado. Lo único que tenía claro era que la pelea del barco, en la que Cristóbal había perdido la vida, me había impulsado a actuar como debería haberlo hecho aquella noche fatídica. ¿Por qué me había molestado tanto ver a aquel hombre intentado asfixiar a Martín?

Le seguí a través del patio, en dirección a la parte trasera de la hacienda. Todavía no me creía que aquel idiota me hubiera propinado un puñetazo. Aunque, por otra parte, él no sabía que yo era una mujer.

Pero Martín sí.

—¿Adónde vamos? —pregunté.

—A mi casa. Tengo gasas y tintura de yodo para esa magulladura. —Su voz se fue suavizando conforme nos alejábamos de la hacienda—. No debería haberle agredido.

—Le estaba ahogando —dije.

—Sé defenderme yo solito.

—¿Ah, sí? —Me detuve y le lancé una mirada cargada de inquina. ¿Así era como me agradecía mis esfuerzos?

—Lo siento. Es solo que no estoy acostumbrado a que nadie salga en mi defensa —dijo, intentando esbozar una sonrisa—. De todas formas, le doy las gracias.

* * *

En el momento en que entramos en casa de Martín, Mayra acudió corriendo a la entrada y me besó la mano.

—¡Don Cristóbal! ¡Qué placer verle por aquí! Gracias a usted, mi niño tendrá un techo bajo el que cobijarse.

—No, por favor. No es necesario —dije, retirando la mano—. Es a don Martín a quien tiene que darle las gracias.

El hombre se metió las manos en los bolsillos.

Con los ojos llorosos, Mayra me prometió el mejor bolón de verde que hubiera probado jamás. Le miré el vientre. Mi sobrino vivía allí.

—No todo ha ido a pedir de boca por aquí —dijo Martín mientras ella se precipitaba de vuelta a la cocina—. Bachita no se ha tomado muy bien la nueva incorporación. Dice que se las arregla muy bien con todo el trabajo, y se queja de que Mayra no sepa hacer ni siquiera las tareas más sencillas. —Conforme hablaba, me indicó las escaleras—. Venga.

Me quedé paralizada. Ahora que Martín sabía que era una mujer, sin duda tenía que entender que no sería adecuado por mi parte ir a su habitación. La cara que puse debió de poner de manifiesto mis reparos, porque me dio un suave empujoncito en la espalda.

—Venga, no se irá a poner mojigata conmigo a estas alturas, ¿verdad? Guardo las vendas y linimentos en mi dormitorio, eso es todo.

Tímidamente, lo seguí. Tenía razón. Después de todo el tiempo que habíamos pasado juntos, no podían preocuparme de repente las normas del decoro. Me las había saltado hacía mucho.

Intentando no perder detalle de todos los elementos de la casa —desde los jarrones de cerámica a los retratos de hombres y mujeres con gesto serio colgados de las paredes—, subí las escaleras detrás de Martín. Quería saber cómo vivía, qué hacía cuando no estaba trabajando, cómo eran sus padres, su familia.

Entramos en la primera habitación del pasillo.

—Siéntese —dijo, señalándome con el dedo una salita de estar situada junto a una hilera de ventanas que daban al bosque.

—¡Menudas vistas! —exclamé, admirando el cielo color turquesa y la frondosa vegetación. Entonces, un poco más allá, distinguí la parte del río donde había estado nadando desnuda. ¡Madre mía! Seguramente me habría observado desde allí.

—Esta era la habitación de mis padres —dijo—. Mi madre se sentaba siempre a hacer punto de cruz al lado de la ventana, y con frecuencia se quedaba dormida mientras yo jugaba a las canicas, a sus pies. ¡Trasmitía tanta serenidad!

Se acercó a una cajonera y de ella sacó un estuche de cuero. En su interior había vendas y una caja de latón redonda con un ungüento.

—¿Cuántos años tenía cuando murió?

—Diez —respondió—. Recuerdo que tenía un tic, una especie de contracción involuntaria de la nariz, en especial cuando estaba nerviosa, y siempre se aplicaba un aceite de rosas en el cuello y en las muñecas. Cada vez que huelo a rosas, pienso en ella.

¡Pobre Martín! Al menos yo había tenido a mi madre hasta que fui una mujer adulta. No podía imaginarme lo que habría sido perderla a una edad tan temprana.

Se agachó delante de mí y, sin previo aviso, me quitó las gafas.

—Tiene usted unos ojos preciosos —dijo con voz queda. Tanto sus actos como sus palabras me pillaron tan desprevenida que me quedé inmóvil, incapaz de abrir la boca.

Entonces me señaló la barba postiza.

—¿Puedo?

Asentí con la cabeza y, con mucho cuidado, me quitó el bigote y la perilla.

—Está un poco irritada —dijo, mirándome la barbilla con atención—. Y la mejilla ya se le ha inflamado. Le va a salir un buen moratón.

Lo que menos me importaba en aquel momento era que me saliera un moratón. Estaba fascinada por la delicadeza con la que me tocaba, por gozar de su atención. Nunca me habría imaginado que pudiera llegar a ser tan amable. Y, al mismo tiempo, pensé en mi marido y en lo desleal que le estaba siendo al compartir un momento tan íntimo con otro hombre.

Martín abrió la cajita de latón, inundando la habitación con un fuerte aroma a mentol, y con la yema del dedo empezó a extender aquella crema de textura cérea por mi rostro. Al inhalar la menta y el alcohol de sus dedos, me estremecí.

—Lo siento —dijo, frotando con mayor suavidad—. Tendrá que esperar a que se seque antes de volver a ponerse la barba.

Aquello era surrealista. Martín, el administrador de la plantación, que en teoría debería haber mostrado más lealtad a la familia que a una extraña como yo, estaba ayudándome. ¿Por qué lo hacía? En cierto modo, estaba tan aturdida por su proximidad, por su olor, por el hecho de su cuerpo estuviera inclinado sobre mí, que no podía pensar con claridad.

Nerviosamente, me pasé la lengua por los labios secos. Él se quedó mirándomelos durante unos instantes.

—Tengo que decir —añadió, clavando la vista en mis ojos—, que es usted mucho más guapa como mujer que como hombre.

Me esforcé por reprimir una sonrisa, pero no lo conseguí.

—¿Por qué me está ayudando? —pregunté.

—Porque usted me gusta.

Lo dijo con tal despreocupación que parecía que no hubiera nada de extraño en la manera en que nos habíamos conocido, ni en cómo se había ido afianzando nuestra relación. Intenté con todas mis fuerzas no pensar en qué habría querido decir con ese «me gusta».

—¿Y qué hay de mis hermanas? —pregunté, después de una larga pausa—. Usted no tiene que preocuparse de la familia.

Y, en caso de que sí lo hiciera, ¿qué decía eso sobre el tipo de persona que era? Hasta donde yo sabía, había trabajado para mi padre durante años. ¿Acaso no creía en la lealtad? No me quejaba de que me prestara ayuda, pero resultaba algo preocupante.

—No más de lo que ellos se preocupan por mí. La relación que nos une es puramente profesional. Soy un hombre libre, y puedo cambiar de trabajo o de jefe cuando quiera. —Devolvió el mentol al cajón—. La tierra se puede vender, comprar o legar de una persona a otra; no pertenece a una familia hasta el final de los tiempos. Esto no es una monarquía.

Entonces, ¿en qué quedábamos? ¿Le gustaba de verdad o lo que quería era caerme en gracia para que le vendiera mi propiedad?

Cerró el cajón.

—¿Alguna vez se ha preguntado cómo adquirió don Armand una plantación de cacao de semejante tamaño?

La pregunta no solo fue inesperada, sino que tenía cierto deje de resentimiento.

—No —respondí—. Era tan pequeña cuando dejó España que nunca me cuestioné la manera en que amasó su fortuna.

Él cruzó los brazos a la altura del pecho.

—Pues encontrará la respuesta en el interior de un cajón cerrado con llave, en su despacho.

—¿En el cajón? —Me acordaba de ese cajón. Había intentado abrirlo—. ¿Y dónde está la llave?

—No me extrañaría que se la hubiera llevado consigo a la tumba.

—En ese caso, ¿por qué no me dice lo que hay dentro? —No me apetecía rebuscar por toda la casa en busca de aquella misteriosa llave.

—No. Ya he hablado bastante. Quizá demasiado.

Alguien llamó a la puerta con los nudillos.

—¡Don Martín! Los bolones están listos —anunció Mayra.

Recogí mis cosas. Antes de ponerme de nuevo el disfraz, Martín dijo:

—Espero que no pase mucho tiempo hasta que la vea otra vez sin esa barba.

CAPÍTULO 33

Algo en mí no funcionaba como debía. ¿Cómo podía sentirme atraída por otro hombre cuando hacía tan poco tiempo que había fallecido mi esposo?

Era inmoral. Era infame.

Pero no podía evitarlo. Martín me atraía de una manera salvaje. Nunca había sentido una atracción por Cristóbal como la que sentía por aquel hombre, ni siquiera durante la primera época de nuestro noviazgo. No se podía comparar la desoladora intimidad y la deslucida compañía de mis ocho años de matrimonio con las sensaciones físicas que Martín había despertado en mí durante el tiempo que habíamos estado sentados a la mesa.

Mientras degustábamos los bolones de Mayra —unas deliciosas bolas de plátano frito, rellenas de queso— puse todo mi empeño en no hacer caso del hormigueo que sentía en el estómago, la manera en que tenía colocadas las manos respecto a las de Martín y su actitud solícita. ¿Cuándo se había preocupado de si necesitaba más sal o de si quería probar un poco de salsa de ají? Antes, lo único que le había importado era que tuviéramos los vasos a rebosar de alcohol. ¿Por qué no conseguía recuperar la despreocupación que sentía antes cuando lo tenía cerca? ¿Por qué era incapaz de concentrarme en lo que quiera que estuviera diciendo en aquel momento?

Porque no se podía volver atrás en el tiempo. Martín me había visto desnuda. Sabía que era una mujer, y ahora me veía con otros ojos. Incluso el tono de su voz había cambiado. Sabía cosas de mí que ninguna otra persona en aquel país conocía.

«Presta atención. Céntrate».

Me estaba contando una historia sobre la época en que había estado interno en el colegio. Algo sobre una ocasión en que sus compañeros y él habían preparado una comida de graduación para sus profesores —un grupo de sombríos salesianos con un apetito considerable— y les habían servido ancas de rana fritas en lugar de pollo.

Hice una mueca.

—¿Y lo descubrieron?

Él negó con la cabeza.

—Acabaron la comida chupándose los dedos. —En ese momento se dio unas palmaditas en el estómago, completamente liso—. Yo también las probé.

—¿Y?

—No estaban mal. Me recordaron a la carne de conejo. —Asió la jarra de agua y me sirvió un poco, como si no acabara de pronunciar la cosa más asquerosa que había oído jamás—. ¿Y usted? ¿Alguna vez le ha gastado una broma a alguien?

—Nada tan perverso —respondí. En ese momento bebí un trago—. Una vez puse sal en el azucarero que utilizaba mi ayudante para el té. Pero solo porque me había hecho enfadar.

—¿Cómo?

Sentí que las orejas se me ponían coloradas.

—¡Oh! No fue nada importante.

—Entonces, ¿por qué se ha sonrojado?

—¡Por el amor de Dios! ¿Es que tiene que saberlo todo?

—Sí —respondió, inclinándose sobre la mesa—. Quiero saberlo todo sobre usted.

Me recliné hacia atrás y miré hacia la puerta que conducía a la cocina.

—Se metió con cómo cantaba.

—¡Ah! Cómo cantaba.

—¡Basta!

—De acuerdo, de acuerdo —dijo, tapándose la boca con la mano para ocultar una risita. ¡Como si no le oyera!—. Y dígame, después de un tiempo haciéndose pasar por hombre, ¿qué le ha parecido? ¿Se lo había imaginado así?

—Bueno, si dejamos a un lado las evidentes ventajas, como las de disponer de más libertad y de llevar ropa más cómoda, me ha ayudado a entender mejor a mi marido, la manera en que funcionaba su mente.

—¿En qué sentido?

—Al verme obligada a comportarme como él, he tenido que reprimir una parte de mi personalidad que había sido predominante toda mi vida.

—¿Y qué parte es esa?

—La necesidad de convencer a los demás para que hagan lo que yo quiero.

—¿Cree usted que se trata de un rasgo típicamente femenino?

—No necesariamente, pero sin duda Cristóbal no era así. Él dejaba que cada uno se condujera como mejor le parecía; era reservado, discreto y siempre tenía sus emociones bajo control. Yo, en cambio, no conseguía estarme callada durante más de un minuto, y siempre he tenido la necesidad de organizarle la vida a todo el mundo.

—¿Como la de Mayra?

—Como la de Mayra.

—Interesante. Angélica también es así.

* * *

Cuando regresé a la hacienda, seguía pensando en las palabras de Martín.

«No se lo tome a mal», me había dicho justo antes de que me marchara, «pero es usted mucho más agradable como mujer. Cristóbal era un poco estirado para mi gusto».

No era difícil de entender por qué pensaba así. Había sido un gran alivio poder mantener una conversación sin medir a cada segundo todo lo que hacía o decía.

Apenas puse un pie en el vestíbulo, *Ramona* apareció volando y se me posó en el hombro. Al parecer, me había tomado cariño. Curiosamente, jamás se acercaba a Laurent. Empezó a repetir algo que no entendí, algo que sonaba parecido a la palabra «lobo».

Desde el salón, mi hermana Angélica me saludó y me invitó a beber algo con ella.

Me senté con un vaso de *whisky* en la mano. ¿De qué querría hablar conmigo? Nunca había mostrado demasiado interés en mí. Como mucho, me había ofrecido algo de comer o beber, o me había preguntado si el cuarto en el que me alojaba era de mi gusto. Pero eso era todo. Nunca habíamos mantenido una conversación normal, un intercambio de ideas.

—¿Dónde está doña Catalina? —le pregunté, con intención de romper el incómodo silencio que se había instaurado entre nosotras.

—Cosiendo. Tiene que acabar nuestros vestidos para la semana que viene.

—¿Para las fiestas de la ciudad?

—Sí.

Bebió un trago de vino.

—Don Cristóbal, me gustaría agradecerle su ayuda durante el... el desagradable episodio de esta mañana con don Francisco.

De manera algo aturullada, me explicó que había sido su prometido durante un breve periodo, pero que después de la ruptura las relaciones con la familia se habían deteriorado. Hizo referencia a la cuestión de los límites, los pleitos y el problema con el cliente alemán.

Después de una larga explicación, se inclinó hacia delante.

—Ha sido muy conmovedor ver la manera en que ha intentado defendernos, pero ¿por qué lo ha hecho?

«¿Defendernos?». La última persona que se me había pasado por la cabeza era Angélica. Simplemente, no había podido soportar que pegaran a Martín.

—Es lo que le hubiera gustado a mi esposa —dije—. Tenía un elevado sentido de la justicia.

En cierto modo, no estaba mintiendo.

El rostro de Angélica se iluminó.

—Hábleme de ella, de mi hermana.

Resultaba tan extraño oírla llamarme «hermana». Siempre se había referido a mí como María Purificación, aquel nombre serio y formal que yo tanto detestaba, especialmente cuando lo pronunciaban con ese tono santurrón. Me recordaba a la época en que mis maestros me reñían por haber sido mala («María Purificación, deja de distraer a tus compañeros»). Sin embargo, aquel día Angélica había utilizado su tono más dulce para llamarme «hermana». Con la expresión angelical de su rostro, costaba creer que fuera capaz de conspirar para hacer daño a alguien, especialmente a una persona de su propia sangre.

¿Qué me estaba pasando? En momentos como ese, me costaba sustentar mi rabia. ¿Y si ninguno de mis hermanos hubiera ordenado a Franco que me matara? ¿Y si había sido algún otro? ¿Alguien a quien no conocía? Pero no, no debía seguir por ahí. No quería afrontar la posibilidad de lo que eso habría supuesto con respecto a mí, con respecto a mis acciones.

—¿Qué le gustaría saber? —le di un trago al *whisky* que, extrañamente, estaba empezando a gustarme.

—¿Alguna vez hablaba de nosotros? ¿Le apetecía venir a Ecuador? —tenía las pestañas muy espesas, y sus ojos mostraban una trasparencia poco habitual en ella.

—No sabía nada de su existencia —respondí con toda honestidad—. Su padre nunca le contó que tuviera una nueva familia.

Se alisó los pliegues de la falda de raso color melocotón.

—Pensaba que lo sabía. Mi padre no nos ocultó su existencia —añadió sin apartar la mirada de su regazo—. Quizá porque era su única hija legítima —pronunció la última frase casi en un susurro.

¿Era envidia lo que percibía en sus palabras, o mera tristeza? Legítima o no, había sido yo la que había crecido sin él.

—Puri estaba entusiasmada por venir —dije—. Había pasado toda la vida soñando con visitar estas tierras.

Angélica dejó el vaso sobre la mesa de café.

—¡Qué pena que muriera tan joven! Me hubiera gustado mucho conocerla.

Ahí estaba otra vez. La punzada de arrepentimiento. De un modo extraño, quería que Angélica fuese la culpable; eso habría aliviado los remordimientos que sentía por haberla engañado. Pero no había manera de saber si estaba siendo sincera o no. Lo único que sabía era que, en aquel momento, sentía un fuerte deseo de contarle la verdad. Al fin y al cabo, antes o después acabaría enterándose. Martín podía revelarle quién era en cualquier momento.

—Hay algo que debo contarle —dije.

—¿Qué?

Hubo algo en su reacción —tal vez la sutil arruga que se le dibujó en el ceño, el tono de voz cortante, la forma repentina en que había movido las rodillas, alejándolas de mí—, que me hizo reconsiderar lo que estaba a punto de decir. Si le contaba la verdad, ¿qué pasaría después? Recordé la presión de la cuerda que Franco había apretado contra mi cuello, el cuchillo con el que había amenazado a Cristóbal, la serpiente en mi cama. No, no podía confesarle la verdad mientras estuviera viviendo bajo su techo. No cuando todavía tenía las cosas tan poco claras.

—Ayer tuve noticias de las autoridades panameñas. Me informaban de que había habido algunas complicaciones con el certificado de defunción de Puri, y que los documentos tardarán un poco más en llegar.

No movió un músculo.

—Lo último que quiero es molestarles o seguir aprovechándome de su amabilidad, de manera que, si les parece más adecuado, puedo buscar alojamiento en Vinces.

—¡Por supuesto que no! —dijo—. No nos molesta en absoluto, don Cristóbal. ¿Cómo podría? Apenas le vemos por aquí.

Le di las gracias y, a modo de tregua, añadí:

—Me gustaría corresponder a su amabilidad con una pequeña muestra de mi gratitud, algo que estoy seguro de que a mi amada Puri le habría gustado mucho.

* * *

Pasé el resto de la tarde preparando bebidas de cacao y trufas para Laurent y mis hermanas. Al igual que Martín y Bachita, mis hermanas se quedaron prendadas al ver cómo se transformaban las semillas en el molinillo. Laurent no tanto. Según él, el chocolate de su país natal estaba mejor («Deben de ser los ingredientes. En

Francia son más puros»). Pero a mis hermanas no les importaron esos detalles, y ni siquiera se molestaron en esperar a que las trufas se hubieran enfriado del todo. Estaban embelesadas, y comieron chocolate hasta que les dolió el estómago. Me olvidé de que se suponía que debía mantenerme en guardia cuando estaba con ellas, y me eché a reír mientras se chupaban los dedos —haciendo caso omiso de los buenos modales— con la boca llena de chocolate. ¡Ojalá mi padre me hubiera llevado hasta allí cuando era más joven! Habría crecido con aquellas mujeres. ¡Qué sola me había sentido en el silencioso piso de mi madre, siempre rodeada de adultos!

Cuando acabaron de darse el gusto, mis hermanas se fueron a la cama, satisfechas, y Laurent se marchó a la ciudad a jugar con sus amigos a corazones, «mi juego de cartas favorito, muy superior al cuarenta».

Con todo lo que habían comido y bebido, estaba segura de que no vería a mis hermanas hasta por la mañana. Era mi oportunidad para descubrir lo que había dentro de aquel cajón infame en el estudio de mi padre.

Cuando la casa estuvo en silencio, bajé las escaleras, vela en mano, y me introduje a hurtadillas en la habitación. Revisé el cajón, pero seguía cerrado. Palpé bajo el escritorio, inspeccioné bajo las tablillas del suelo y las estanterías, pero no había ni rastro de la llave.

Me senté en la silla de cuero de mi padre, deprimida. Lo único que me quedaba era convencer a Martín para que dejase de lado el misterio y me contase lo que había en el cajón. Entrelacé las manos detrás de la nuca y estiré la espalda. ¡Estaba tan cansada de llevar aquel maldito corsé alrededor del pecho!

Delante de mí había una pintura al óleo con tres molinos de viento en lo alto de una colina. En primer plano había un campo de trigo y detrás de él, hileras de olivos. Era La Mancha —la tierra de don Quijote—, una región por la que había pasado innumerables veces de camino a Toledo. Curiosamente, mi madre tenía un cuadro similar. Daba la sensación de que lo hubiera pintado el mismo artista. Mi padre debió de habérselo llevado desde España.

Y entonces, me acordé.

Me levanté de la silla de un salto.

Mi madre solía esconder la llave de su baúl detrás del marco de aquel mismo lienzo. La colgaba del gancho que sostenía el cuadro.

Descolgué la pintura.

Y allí estaba.

Sentí un nudo inexplicable en la garganta. Mis padres tenían más en común de lo que creía. Entonces me pregunté con qué frecuencia habrían pensado el uno en el otro, hasta qué punto habrían echado de menos la compañía mutua y cuántos hábitos y peculiaridades habrían compartido. Agarré la llave e intenté introducirla en la cerradura del cajón. ¡Funcionaba! Pero no estaba preparada para lo que encontré allí.

¿Un juego de ajedrez?

Extraje la caja de madera para mirar debajo. No había nada. Aquello no podía ser.

¿Por qué diantres iba a esconder alguien un tablero de ajedrez? ¿Y qué tenía que ver con la plantación de mi padre?

Coloqué el tablero sobre la mesa para examinarlo. No tenía nada de extraordinario. A ambos lados había cajones para contener las piezas. Rebusqué en su interior y encontré otra llave.

Esta era diminuta y tenía una forma extraña. Parecía la llave de una caja fuerte. Solté un gemido. ¿No podía haber sido mi padre un poco más directo? ¿Ahora tenía que buscar una caja fuerte? Entonces recordé que la mayoría de las cajas fuertes solían tener combinaciones, no llaves. ¿Sería tal vez aquella la llave de una de esas cajas de seguridad de los bancos?

Sí, tenía que serlo.

Por la mañana iría al banco y comprobaría si coincidía.

Mientras cruzaba el patio de puntillas, un rápido movimiento que provenía de un lateral me llamó la atención. Me volví hacia la puerta trasera que había utilizado Martín aquella mañana para salir de la hacienda y distinguí la figura de una mujer con una capa.

Alcancé a ver un atisbo de pelo rubio ondeando al viento. Solo podía ser Angélica.

Abrió la puerta y, sin notar mi presencia, abandonó la casa y se fundió con las sombras de la noche.

CAPÍTULO 🌿 34

El director del banco se mostró algo reacio a dejarme abrir la caja de seguridad de mi padre, pero después de decirle que el mismísimo don Armand Lafont le había dejado la llave a mi mujer —la principal beneficiaria de todos sus bienes— y que estaba dispuesto a pagarle una pequeña suma por su ayuda, accedió. Añadió, con intención de justificar sus actos no solo ante mí sino ante sí mismo, que ya sabía que mi padre había legado la mayor parte de su herencia a María Purificación.

Tras mostrarme la caja de seguridad de mi padre, me dejó a solas en la cámara acorazada, una sala con paredes de hierro, la peor pesadilla de cualquiera que tuviera claustrofobia. Mi madre la habría detestado; no podía soportar los espacios cerrados, y siempre dejaba abiertas las ventanas de nuestro piso, incluso cuando hacía frío.

Abrí la caja de seguridad y saqué un pequeño cofre de metal. Intenté adivinar lo que contenía. ¿Dinero? ¿Joyas? ¿Una pistola? Pero estaba equivocada. Lo único que había en el interior era un fajo de cartas atadas con una cuerda.

Me senté en un banco cercano y eché un vistazo a los sobres. Había cerca de una docena de misivas para mi padre de su hija Elisa y, a juzgar por los sellos y las direcciones, se habían enviado desde diferentes localidades del país: Guayaquil, Manta, Machala. Un par de ellas provenían de Quito, la capital. Estaban apiladas por orden de fecha: de la más antigua a la más reciente. La caligrafía había ido cambiando a lo largo del tiempo. En los primeros sobres, las letras eran grandes y acababan en un rabito curvado, pero en las últimas los trazos eran rápidos y reflejaban la evolución de una niña que se había hecho mujer. Tirando a adivinar, habría dicho que era una artista, aunque no entendía mucho de grafología. Comprobé la fecha de su última carta: se había franqueado tres años antes, en Quito. ¿Por qué había dejado de escribirle?

Volví al primer sobre, fechado en 1909, y extraje la carta.

Querido papá:

Hace ya dos años que te vi por última vez. ¿Me viste en la colina cuando tu hija dijo que había visto a la Virgen? Le di mi muñeca para que supieras que había venido de visita. ¿Te acuerdas de mí? Ahora tengo doce años, pero la gente dice que parezco más pequeña. He estado estudiando mucho para poder escribirte. Mi profesora dice que tengo muy buena letra y que soy «aplicada». Me gusta el colegio, pero a veces prefiero estar tumbada por ahí, boca arriba, pensando.

Desde que nos fuimos de Vinces, hemos vivido en muchos sitios. Ahora mi madre está con un titiritero que se llama Benjamín. Dice que están casados, pero yo no recuerdo haber estado en ninguna ceremonia. Solo me acuerdo de que un día se acercó a mí y me lo presentó diciendo que era mi nuevo padre. Me pidió que le llamara papá, pero le dije que yo ya tenía un padre francés, que se llamaba Armand Lafont. ¿Hice bien, papá?

Estoy aprendiendo a manejar los títeres, porque Benjamín necesita ayuda con el espectáculo, pero estoy un poco cansada de representar siempre la misma historia: *Caperucita Roja*. Le dije que la gente ya se la sabe de memoria, y que están empezando a hartarse de ver al lobo comerse a la niñita y a su abuela. Lo peor de todo es que me toca cantar una canción estúpida cada vez que Caperucita pasea por el bosque. ¡No consigo quitármela de la cabeza en todo el día!

Le he dicho a Benjamín que lo que la gente quiere son historias de amor, pero él dice que los títeres son para los pequeños. A veces juego a que las marionetas son una gran familia que vive en La Puri.

Ahora mismo estamos en Machala. Normalmente nos quedamos en la costa, porque Benjamín dice que en la sierra hace demasiado frío y aquí podemos dormir al aire libre. A veces, Benjamín hace otros trabajos, como pescar o recoger semillas de cacao, porque dice que no podemos vivir solo del «arte». Mi madre va de casa en casa ofreciéndose a lavarle la ropa a la gente, y cuando le dan trabajo me lleva con ella a hacer la colada. Lo odio. Le pregunto siempre si podemos volver a Vinces y vivir contigo en aquella casa tan grande, como hacíamos cuando era pequeña, pero dice que no podemos. Dice que tu mujer no nos quiere allí.

¿Cuándo podré verte de nuevo? En cuanto tengamos una dirección fija, te la mandaré para que puedas venir a visitarnos.

Te echo de menos.

Elisa

Abrí el siguiente sobre.

30 de abril, 1910

Querido papá:

Ahora estamos en el norte. Mi padrastro trabaja de pescador. He visto el océano, y no nos da miedo. Tengo la cara tan morena que no creo que me reconocieras. Además, ¡el pelo se me ha puesto muy rizado!

He hecho algunos amigos aquí. La mayoría son pescadores jóvenes y vendedores de cocadas (¿las has probado alguna vez?). Lo malo de viajar tanto es que no puedo ir al colegio. No me quejo demasiado, porque sé que a muchos niños les gustaría vivir como yo, pero quiero aprender todo lo que pueda para poder volver un día a Vinces y ayudarte con La Puri. Mamá dice que tú escribes mucho cuando trabajas, así que tengo que aprender a hacerlo bien, y también a sumar y a restar.

Cuando estábamos en Guayaquil, muchas veces me colaba en un colegio. La clase de aritmética era tan grande que la profesora nunca se daba cuenta. ¡Ni siquiera se sabía los nombres de sus alumnos! A mis compañeros no parecía importarles; algunos ni se enteraban de que estaba ahí, pero de vez en cuando alguien era malo conmigo.

Eso es todo por ahora.

Tu hija que te echa de menos.

Elisa

Comprobé las fechas y me salté algunas cartas hasta que llegué a una escrita en 1914.

Papá:

Mamá dice que nunca vas a responderme, aunque estemos viviendo en la misma dirección desde hace un año. Le dije que probablemente no habías recibido mis otras cartas, así que no sabías adónde enviar las tuyas. ¡Todos sabemos lo mal que funciona el correo en este país! Además, eres un hombre ocupado y, según mi calendario, la cosecha debe de estar en pleno apogeo.

Mi vida, en cierto modo, se ha asentado y ahora tengo un trabajo fijo aquí, en Quito. Después de un desagradable incidente en Guayaquil, del que prefiero no hablar, mi madre y yo decidimos mudarnos a la sierra. Benjamín ya no está con mamá, pero creo que ella volvería con él de inmediato si alguna vez nos encuentra.

Ahora trabajo en la oficina de correos. Los días son largos y cansados, pero me gusta, y al menos no tengo que seguir viajando. Mamá y yo alquilamos una habitación en una casa de huéspedes en el centro de la ciudad. El edificio en el que vivimos está rodeado de iglesias. ¡Nunca había visto tantas en un único sitio! ¡Y son muy grandes! A veces, los fines de semana, me gusta visitarlas. No rezo, como mi madre, que tiene una lista de favores que quiere que Dios le conceda, pero el silencio y el olor de todas esas velas me relaja. Lo que más me gusta es mirar las obras de arte que hay en el interior, y también los impresionantes techos y las cúpulas. ¿No es increíble que los seres humanos sean capaces de crear tanta belleza?

Si alguna vez vienes a la ciudad, pásate a verme. (Incluyo la dirección).

Elisa

Estaba tan intrigada que me salté el resto de las cartas y abrí la última.

Papá:
Mamá murió la semana pasada. El doctor dijo que se trataba de un caso especialmente grave de pulmonía. No estoy segura de cómo voy a salir adelante después de esto. Yo tampoco me encuentro muy bien últimamente. Llevo dos días encerrada en mi habitación con fiebre, aunque mi jefe me ha advertido que si falto un día más me despedirá. Pero ¿qué se supone que debía hacer? Alguien tenía que cuidar de mi madre. No podía pensar en trabajar cuando se estaba muriendo.
    Ya no me importa nada. ¡Ojalá hubiera podido verte una última vez! Pero, por lo visto, no estaba escrito.
    Elisa

¡Un momento! ¿Aquello era una despedida? Releí la carta. Eso era todo. Comprobé la dirección del remitente. Cuando envió aquella última misiva, Elisa estaba en Quito, pero ¿qué podía haberle sucedido? Hacía casi cuatro años que la había mandado. ¿Habría muerto?
    Leí por encima las cartas que me había saltado, pero todas eran bastante parecidas; en ellas le hablaba a mi padre de su día a día, de la gente con la que tenía relación y cosas así. No se decía nada más del «desagradable incidente» en Guayaquil, ni de lo que había desencadenado la ruptura entre Benjamín y su madre. Si no hubiera estado tan inmersa en resolver mis propios asuntos, puede que me hubiera sentido tentada de ir a Quito para encontrar a Elisa.
    Devolví las cartas a la caja de seguridad de mi padre y me marché del banco, abstraída en mis pensamientos. ¿Por qué mi padre no había respondido nunca a las cartas de Elisa? A mí siempre me había escrito. ¿Tendría que ver con su falta de fluidez en español? Por lo que podía recordar, en mi caso había usado invariablemente el francés. Pero no: si realmente hubiera querido comunicarse con ella, podría haberle pedido a alguien que se

las tradujera. Todo apuntaba a que había abandonado a su hija, y de una manera aún más reprochable que cuando me había abandonado a mí. ¿Por qué a ella sí y a mí no? ¿Sería por una cuestión de clase? Después de todo, era hija de una criada, alguien a quien Elisa describía como una persona de escasa educación y que se ganaba la vida lavándole la ropa a otra gente, una mujer que recorría el país como una trotamundos, con un hombre que no era su marido. Era evidente que mi padre se había avergonzado de su hija; de lo contrario, no habría escondido sus cartas allí. No obstante, las había conservado, lo que significaba que tenía algún tipo de apego emocional con Elisa.

—¡Don Cristóbal!

Alguien me tocó el hombro. Se trataba de Soledad Duarte, la curandera.

—¡Llevo un rato llamándole desde la otra manzana! —dijo, respirando afanosamente y con las mejillas más rojas que el capote de un torero.

—Lo siento, discúlpeme. Soy duro de oído —repuse como única explicación.

—¿Ha averiguado algo sobre mi Franco? —preguntó.

Vacilé. Detestaba darle esperanzas cuando sabía la verdad sobre su hijo, pero, al mismo tiempo, necesitaba su ayuda. Tal vez pudiera encontrar un equilibrio proporcionándole algo de información sin por ello revelar mi relación con Franco.

—Sí —le dije—. Al parecer, se fue al Caribe.

—¿Cómo? ¿Dónde está eso?

—Alguien le vio a bordo de un barco en la isla de Cuba.

—¿Y qué podía estar haciendo allí?

—Bueno, ¿no mencionó usted que le iba a hacer un favor a alguien? Tal vez tenga que ver con eso.

Soledad se llevó la mano a la frente.

—¿En Cuba? Tengo que hablar con la policía.

—Espere. No fue la policía la que me lo dijo. Fue otra persona, alguien que desea permanecer en el anonimato.

Me escrutó durante unos segundos.

—Bueno, al menos sigue vivo —concluyó por fin.

¿Por qué el ver a aquella mujer, a aquella madre afligida, me provocaba tal sentimiento de culpa? ¡Por el amor de Dios! ¡Era la madre del asesino de mi marido! No debería sentir otra cosa que desprecio por el hecho de que hubiera criado a un criminal.

Me agarró del brazo.

—He encontrado algo —dijo—, pero no sé si tiene que ver con su desaparición.

—¿De qué se trata?

Antes de hablar, echó un vistazo calle abajo.

—Venga.

Recorrimos un par de manzanas hasta llegar a su casa, que había adquirido un hedor que recordaba al barro y a la hierba mojada. Me pareció que estaba aún más desordenada que la vez anterior, si es que eso era posible.

La madre de Franco se dirigió zigzagueando hasta una cajonera de nogal, extrajo algo del último cajón —una bolsita de terciopelo negro— y me lo entregó. En el interior de una caja dorada había un reloj de bolsillo. La caja, tallada con flores y hojas de parra, estaba algo deslustrada. Le di cuerda al reloj y las manecillas empezaron a moverse alrededor de una serie de números romanos.

—¿Dónde lo encontró? —le pregunté.

—Debajo del colchón de mi hijo.

—Parece caro —dije—. Podría ser de oro auténtico.

Ella asintió con la cabeza.

Le di la vuelta. La marca estaba grabada en el dorso: *Bolívar e hijos, Guayaquil. 1911.*

—¿Cómo cree que llegó a manos de su hijo?

—No lo sé. Hasta ayer, no lo había visto nunca.

¿Podría tener que ver con la mujer de la que estaba tan enamorado? ¿Sería parte del pago por sus servicios? Apenas un puñado de habitantes en aquella ciudad tenía suficiente dinero para permitirse aquel reloj.

—Doña Soledad, ¿sabe usted si tenía su hijo una relación estrecha con Catalina Lafont?

—¿La Santa y mi hijo? ¡Oh, no! Tal vez cuando eran niños, pero últimamente no. Desde el accidente, Catalina no lo ha visitado ni una sola vez. Las únicas ocasiones en que la he visto en Vinces ha sido en la misa del domingo y durante las fiestas. ¿Por qué lo pregunta?

—¿Y vino alguna otra persona a verlo después del accidente?

—Solo los trabajadores de la plantación. Franco no tenía muchos amigos.

—¿Alguna mujer?

—No, que yo sepa.

—¿Le importaría que se lo tomara prestado? —dije—. Me parece que tengo una idea.

Titubeó. Evidentemente, dudaba de mí; al fin y al cabo, era un extraño. Saqué el reloj de bolsillo de Cristóbal, que también era muy valioso y estaba más nuevo, y se lo entregué.

—Se lo dejo en prenda. Y, por favor, no piense que la estoy engañando con el cambio. Creo que este reloj nos puede ayudar a averiguar qué ha pasado con Franco.

Soledad, cuyo cabello parecía haberse vuelto más canoso y su piel más cetrina en cuestión de días, tomó asiento.

—Quédeselo —dijo—. A fin de cuentas, es usted la única persona en esta condenada ciudad que ha mostrado algún interés en ayudarme. Si no fuera tan pobre y estuviera tan desvalida, yo misma intentaría averiguar el paradero de mi hijo.

CAPÍTULO 🌿 35

Con el inicio de las fiestas de Vinces, indagar en la procedencia del reloj de Franco no resultó tan sencillo como me había parecido en un principio. Había planeado ir a Guayaquil utilizando la excusa de que quería visitar a Aquilino. En realidad, mi intención era pasar a ver a los relojeros, Bolívar e hijos, pero, en un periodo de tanto ajetreo, no conseguí encontrar un transporte que me llevara hasta allí.

Mis hermanas, que se mostraban más afectuosas conmigo desde que les había preparado el chocolate y me había enfrentado al vecino para «defender el honor de Angélica», me habían invitado a participar en las festividades. Aquella noche ambas iban a actuar en un teatro con otros músicos y poetas. Inmediatamente después estaban invitadas a una exclusiva fiesta para los terratenientes de la región, los Gran Cacao, como los llamaba Martín. Angélica estaba abochornada ante la posibilidad de que don Fernando del Río asistiera. «Si le queda un mínimo de decencia, no se atreverá a aparecer en público. No después del escándalo que montó aquí».

Aquella noche mis hermanas estaban deslumbrantes, en especial Angélica. Llevaba una túnica azul marino con una banda de color turquesa ciñéndole la cintura, la prenda que le había cosido Catalina. Un turbante de terciopelo azul le envolvía la cabeza. ¡Iba tan a la moda!

Catalina, por su parte, llevaba uno de sus habituales vestidos negros, pero aquel en concreto estaba confeccionado con una seda de lo más refinada. Por mucho que se esforzara, le resultaba imposible ocultar su generoso trasero, que, como pude comprobar más tarde, se convirtió en el objetivo de las miradas de un buen número de los hombres de la ciudad. Llevaba el pelo recogido, sujeto con una ancha banda de satén que culminaba con un lazo. La suya era una belleza natural; no necesitaba de todos aquellos ornamentos que utilizaba Angélica. Puede que incluso hubiera quien considerara a Catalina más hermosa que su hermana.

Laurent se nos unió después de pasar un buen rato acicalándose. Estaba impecable, como de costumbre, con un traje blanco y unos flamantes mocasines de piel que, según alardeó, le habían traído desde el verdadero París, especialmente para él. Mientras hablaba, se alisaba las arrugas casi imperceptibles de los pantalones.

Yo llevaba uno de los trajes más elegantes de Cristóbal: un terno que sin duda destacaría entre los conjuntos de lino en tonos claros que llevaban los hombres de la región. Angélica comentó que debería hacer una visita al sastre para que me confeccionara un nuevo guardarropa que resultara más apropiado para aquel clima. Yo asentí con un gesto de conformidad, pero no había nadie en el mundo con poder suficiente para conseguir que fuera a ver a un modisto. Conocía muy bien lo que era el calor: los veranos de Sevilla también podían ser terribles. De hecho, había prendas hechas con telas más ligeras en el baúl de Cristóbal, pero ¿cómo iba a explicarle a Angélica que la única manera de ocultar mis pechos era mediante varias capas de tejido superpuestas?

Mientras Laurent nos llevaba a Vinces en automóvil, Angélica explicó que a primera hora de la mañana Martín había llevado sus instrumentos al teatro. («¡Que Dios le bendiga!» fue la emocionada aportación de Catalina). Sin hacer caso del arrebato de su hermana, Angélica comentó que a lo largo de la semana se celebraría una gran variedad de eventos: desfiles, bailes regionales, exposiciones artísticas e incluso una velada de tango que tendría lugar el último día. Según Catalina, que metió baza en ese momento, uno de los puntos culminantes de las fiestas era la elección de la reina de Vinces, una distinción que unos años antes había recaído en Angélica. Yo ya lo sabía. Julia lo había mencionado durante el desayuno. En los últimos dos días, la criada también se había vuelto más abierta conmigo. Desconocía si estaba emulando la reciente amabilidad de su ama —considerando la gran admiración que parecía sentir por ella— o si me estaba agradecida por haberle encontrado un trabajo a su prima Mayra en casa de Martín.

—¡Qué noche tan espléndida! —exclamé. Vinces parecía más animado que ninguna otra noche, como si la propia ciudad se hubiera vestido con sus mejores galas para la ocasión.

—El presidente Baquerizo Moreno siente un afecto especial por nosotros debido a la gran cantidad de cacao que producimos —explicó Angélica—. Hemos sido una de las primeras zonas de la región en tener electricidad.

—Teniendo en cuenta que generamos ocho mil toneladas de cacao al año, qué menos que estar agradecido —intervino Laurent, sorprendiéndome con su apreciación. Era la primera vez que le escuchaba decir algo que resultara mínimamente interesante.

Me quedé mirándolo mientras acariciaba con expresión ausente la mano de Angélica. Puede que aquella imagen frívola no fuera más que una fachada.

El teatro Olmedo era pequeño, pero imponente. El auditorio estaba abarrotado de asientos tapizados de tela roja, dispuestos en semicírculos y con palcos elevados a ambos lados. Sendas columnas de color crema flanqueaban el escenario, y un telón de color carmesí descendía desde un arco elíptico.

Lentamente, el recinto se fue llenando. Reconocí unos cuantos rostros de la noche del bingo. Algunos me saludaron con una leve inclinación de la cabeza, pero otros no me hicieron ni caso. La mayor parte de la cháchara que se producía a mi alrededor no era en español, sino en francés. Al parecer, aquel era el lugar donde se congregaba habitualmente la comunidad parisina.

Minutos antes de la actuación de mis hermanas, me vi invadida por un extraño nerviosismo, mirando cada dos por tres a mis espaldas y secándome las manos en los pantalones. Laurent, mientras tanto, estaba más interesado en la gente que se encontraba detrás de nosotros que en su mujer, subida al escenario. Tan pronto como se abrió el telón, la sala se quedó en silencio. Un sentimiento de orgullo se apoderó de mí. Sentadas delante de sus instrumentos, bajo la cálida luz de los focos, mis hermanas componían un cuadro que cortaba la respiración. Ambas tenían las espaldas perfectamente erguidas, el cuello estirado y grácil y la cabeza ligeramente ladeada. Estaban sentadas con tal porte y elegancia que era imposible apartar la vista de ellas.

En el momento preciso, ambas comenzaron a tocar al unísono. Las cuerdas de sus instrumentos vibraban en perfecta armonía, interpretando las notas de Strauss, Chopin y Debussy. A mitad del recital, Catalina se puso en pie y continuó tocando el violín con tal maestría y concentración que parecía que se hubiera olvidado de que la mitad de la ciudad tenía los ojos puestos en ella. Nunca la había visto tan ensimismada y desinhibida como aquella noche.

El maestro de ceremonias, un hombre esbelto con un frondoso bigote blanco que combinaba a la perfección con su pajarita y su chaleco, anunció el comienzo de un recital de poesía en honor del presidente Alfredo Baquerizo Moreno, que también era poeta. La gente aplaudió y vitoreó al presidente ausente, por el que Laurent parecía sentir un gran respeto y al que consideraba «liberal».

Cuando comenzó el recital, varios miembros del público empezaron a bostezar. Yo misma tuve problemas para mantener los ojos abiertos, pero aun así estaba convencida de que Cristóbal habría disfrutado mucho de aquella velada artística y cultural. Los ojos se me llenaron de lágrimas. ¡Ansiaba tanto volver a verlo!

Una vez acabó la gala, me reuní con Catalina y Angélica entre bambalinas. Las felicité a las dos y por primera vez les di un abrazo que me salió del alma.

Cuando llegamos a la fiesta, el salón estaba ya repleto de gente. Los atareados camareros, vestidos de esmoquin, portaban bandejas de canapés y vino francés. Mientras mecía en la mano una copa de champán, observé a la gente que me rodeaba. Arrebolada y alentada por la actuación, Catalina intentaba hablar con un grupo de mujeres que la había saludado con besos en las mejillas y sonrisas forzadas.

De manera similar a la noche de bingo, Angélica se movía como pez en el agua. Se crecía cuando se encontraba entre aquel tipo de concurrencia: los elegantes, los altos, los guapos. Siempre tenía el cumplido apropiado y la anécdota perfecta. La gente se arremolinaba a su alrededor, especialmente los hombres, y a Laurent no parecía importarle. De hecho, había estado pululando en torno a un joven que había visto aquella noche en la hacienda y con el que entabló una conversación que tenía visos de haber comenzado en un encuentro anterior. Entonces recordé el silencio en su habitación, cuando estaba escondida debajo de la cama, y la corta distancia entre los dos pares de zapatos y, sin querer, dirigí la mirada a los nuevos mocasines de Laurent.

Cuando levanté la vista, me topé con una cara que no esperaba ver aquella noche: la de Martín.

Alzó su copa hacia mí a modo de saludo y yo hice lo propio. La sala pareció, de pronto, más cálida. Era ese tipo de hombre que se volvía más atractivo conforme lo ibas conociendo mejor. Para mí, era el que más destacaba de todos los presentes, no por su aspecto, sino por cómo se conducía. Se movía por la estancia con una seguridad en sí mismo que llamaba la atención. Al ver que se acercaba, bebí un largo trago de champán.

Pero antes de que pudiera llegar hasta donde me encontraba, noté que se producía un cambio en el ambiente. Las voces de la sala disminuyeron, las risas cesaron. Había una cierta tensión, pero no lograba entender a qué se debía. Lo primero que me vino a la cabeza fue que había llegado don Fernando del Río, pero no se le veía por ninguna parte.

En el centro de todas las miradas estaba Angélica, que se había quedado muda y había palidecido, y otra mujer a la que no había visto antes. Lo primero que me llamó la atención de ella fueron sus ojos color miel. Iba vestida tan a la moda como mi hermana, con un traje plateado de seda, bordado con cuentas y pedrería, y un sombrero adornado con dos plumas. Sin embargo, su rostro mostraba unas evidentes ojeras, como si hubiera pasado semanas sin dormir bien.

Con gesto serio, se aproximó a Angélica y le tendió la mano. Sin apartar los ojos de la extraña mujer, mi hermana aceptó el saludo, aunque dio la sensación de que sus manos apenas se rozaban. Más que un apretón, se trató de un educado ademán a través de sus guantes. ¡Nada que ver con la forma en que los hombres me estrechaban la mano desde que me había encarnado en Cristóbal! Lo hacían con firmeza, trasmitiendo una franqueza genuina que nunca había percibido en las mujeres, ni siquiera en aquellas con las que mantenía una relación más estrecha. Eso sí, en el caso de los hombres, se producía primero un intercambio de miradas retadoras, como si se estuvieran tomando la medida, una coyuntura que parecía culminar en una tregua que se sellaba con el apretón de manos.

Tras el saludo forzado entre Angélica y la recién llegada, la gente retomó lentamente las conversaciones. Entonces recordé el comentario de mi hermana Catalina en el cuarto de costura. Había hecho alusión a una mujer que acababa de regresar a la ciudad. Y a Angélica no pareció hacerle gracia. ¿Cómo se llamaba? Probablemente fuera ella.

Martín me saludó con un «hola» casi imperceptible. Su actitud había cambiado radicalmente desde que había descubierto que era una mujer. Ya no se comportaba de manera relajada y desinhibida cuando me tenía delante. Ahora parecía planear cada gesto y cada palabra antes de abrir la boca. Echaba de menos nuestra antigua camaradería.

—¿Quién era esa mujer? —le pregunté, sin hacer caso de la forma en que se me aceleró el pulso cuando me rozó con la manga.

Evitó mi mirada y paseó la vista por la sala sin decir una palabra.

—¿Martín?

—Te he oído.

—Vale, entonces ¿quién es?

—Una amiga de Angélica, creo —añadió, como si se le hubiera ocurrido en el último momento.

—Pues no parecían muy amigas.

No hizo ningún comentario.

—¿Cómo se llama?

—Silvia.

Sí, ese era el nombre.

—¿Y? ¿Qué pasa con ellas? ¿Por qué se ha quedado mirando todo el mundo cuando se han saludado?

—Deberías preguntárselo a Angélica.

No me dijo que no lo supiera. De hecho, tuve la sensación de que sabía mucho más de lo que daba a entender. Desde que había llegado a donde me encontraba, no me había mirado a la cara ni una sola vez, y parecía más incómodo que un masón en una clase de *ballet*.

—Bueno, ¿y qué haces tú aquí? —pregunté—. Creía que no te gustaban esta clase de acontecimientos sociales.

Se aflojó ligeramente la corbata.

—Y no me gustan, pero es una buena oportunidad para hacer negocios que se da solo una vez al año. Durante las fiestas vienen siempre nuevos compradores. Es el momento perfecto para establecer contactos.

Qué extraño que, siendo algo así como socios comerciales, no diera la sensación de que Angélica y Martín pasaran nunca tiempo juntos, ni que trabajaran en equipo (excepto cuando discutían con don Fernando). Más bien al contrario, parecían repelerse, tomar las decisiones por separado. Y otra cosa que también era muy extraña era que Laurent no participara ni siquiera mínimamente en las decisiones empresariales.

—¿Han cambiado en algo las cosas desde que mi padre falleció? —pregunté a Martín en voz baja.

—Como de la noche al día.

—Angélica y tú no os ponéis de acuerdo.

—¿Tan evidente es?

Martín estaba tenso, y distraído con la gente que desfilaba detrás de mí.

—¿Quieres que nos vayamos? —me preguntó de pronto, sin venir a cuento.

—¿Y tus clientes potenciales?

—Aún tenemos toda una semana por delante. Habrá otras oportunidades. No me gusta el ambiente que hay hoy aquí.

Eché un vistazo a mis hermanas: las dos estaban enfrascadas en diferentes conversaciones con sus amigos y conocidos, aunque Catalina no dejaba de mirarme con cara de estar muriéndose de aburrimiento e incomodidad. Angélica, en cambio, daba la sensación de haber olvidado el embarazoso encuentro con su antigua amiga y haber recuperado su habitual actitud encantadora. Pero yo no me creía esas sonrisas y carcajadas forzadas. Era una suerte que Fernando del Río no se hubiera presentado; de lo contrario, habría hecho añicos aquella falsa apariencia de serenidad.

—Sí, vámonos —dije, aprovechando que Catalina había despegado la vista de mí para saludar a una señora mayor que le hablaba con el mismo respeto y adoración que la gente reservaba para los curas y las monjas.

La Santa.

En aquel momento pude comprobar, de primera mano, cómo la veía la ciudad, cómo la rodeaban sus fieles seguidores.

Martín dejó su vaso sobre una mesa cercana y, sin decir nada más, echó a andar en dirección a la entrada, abriéndose paso a empellones entre aquellos arrogantes invitados y los atareados camareros.

* * *

Aunque era una noche calurosa, fue un alivio salir fuera, lejos de las miradas escrutadoras de un montón de gente cuya máxima preocupación era su apariencia y la imagen que proyectaban en comparación con los demás. Aquella micro sociedad, aquel París en los trópicos, me provocaba fascinación y, al mismo tiempo, rechazo. En alguna ocasión había presenciado miradas similares en mi chocolatería, pero nunca me había dejado involucrar. Como anfitriona, tenía preocupaciones mayores que hablar de cómo iba vestido fulano o quién se sentaba con quién.

Martín dijo que necesitaba un trago, así que los dos nos dirigimos a pie a la cantina. Por extraño que pudiera parecer, con el tiempo me había acostumbrado de tal manera a aquella taberna barata llena de hombres alegres y mujeres salaces que me sentía mucho más cómoda allí que rodeada de ricachones.

—No me había dado cuenta de que hubiera tanto dinero en esta región —dije mientras tomaba asiento en nuestro rincón habitual y pedía el «puro» de costumbre.

—¡Oh, sí! —dijo Martín, como si hubiera sacado a colación el tema de conversación más interesante del mundo—. El cacao cambió completamente la economía y la política de este país. Antiguamente, todo el dinero y el poder estaba en Quito, con la élite tradicional y la Iglesia, pero con el auge del cacao surgió una nueva oligarquía en Guayaquil, y por fin tenemos algo que decir en la política nacional. Los últimos presidentes han sido liberales y han dado un empuje a la modernización y a la separación entre Iglesia y Estado. ¿Te estoy aburriendo?

Martín se inclinó sobre la mesa, apoyando las manos sobre su superficie mientras me miraba.

—Para nada —respondí.

Siguió hablándome de la política local y del regionalismo. Sonreía a menudo, pero se trataba de una sonrisa cautelosa, casi como si la hubiera estado ensayando. No hablaba tan alto como era habitual en él, y su risa tampoco era tan escandalosa. Además, se mostraba más cuidadoso con el lenguaje. Había dejado de decir palabrotas en mi presencia.

Aquello me sacaba de quicio.

Echaba de menos el Martín de antes, el desinhibido, y se lo dije. Él se reclinó sobre el respaldo de su silla con una sonrisa divertida.

—De acuerdo, de vez en cuando soltaré algún que otro «hijo de puta», si es eso lo que quieres.

Solté una carcajada.

—Al fin y al cabo, ya estaba empezando a cansarme de tener que controlar todo lo que digo y hago —dijo, antes de pedir dos «puros» más.

Cuando llegaron las prostitutas, Martín les dijo que aquella noche no necesitábamos sus servicios. Me sentí agradecida por que me ahorrara tener que ver a esa mujer sentada en su regazo, besándole. Las mujeres nos miraron con cara de desconcierto y se marcharon como si no terminaran de creérselo. Mientras se alejaban, Carmela le susurró algo al oído a su amiga.

Martín y yo hablamos durante un buen rato. Quería saberlo todo sobre mi infancia en España, sobre los escasos recuerdos que tenía de mi padre y cómo había sobrevivido mi madre todos esos años sin un marido y un padre para su hija. Le expliqué que mi padre solía mandarnos dinero y que además mi madre tenía una pequeña herencia de mi abuelo, que había comerciado con telas. También le hablé de mi abuela, María Purificación García, y de cómo había inventado una máquina para tostar cacao en 1847 que también podía usarse para los granos de café. Se mostró extremadamente interesado en el invento. Tomó prestada un poco de tinta y una estilográfica del hombre de detrás de la barra y me pidió que le dibujara el artilugio en una servilleta.

—¿Y dónde está? —preguntó cuando acabé de hacerle un croquis de la tostadora y de explicarle cómo funcionaba.

—Se la dejé a mi antigua ayudante, la Cordobesa. Es lo único que no me traje de España.

Me dijo que debería hacer que me la enviaran «cuando todo esto haya terminado». Fue la única vez que hizo alusión a mi precaria situación.

Una vez nos acabamos una botella entera de aguardiente, Martín quiso que le hablara de mi marido. Me aflojé la corbata.

—Mi madre y la madre de Cristóbal eran amigas de la infancia. El nuestro fue un matrimonio concertado.

—¿Le querías?

—Por supuesto que sí, aunque no creo que se pueda decir que llegara a enamorarme de él en ningún momento. —Rodeé mi vaso con ambas manos y me puse a recordar—. Había visto muchas veces a Cristóbal a lo largo de los años, pero nos presentaron formalmente un día que fuimos a tomar el té a casa de su madre, justo cuando acababa de licenciarse en la Universidad de Sevilla. Yo tenía solo diecinueve años, y él era la única persona que había conocido con un título universitario. Estaba impresionada por sus logros académicos y porque era muy guapo, pero en realidad no tuve tiempo de conocerlo a fondo. A partir de las pocas veces que nos vimos, descubrí que era un hombre callado y amable, y eso me gustó. Necesitaba alguien a mi lado que me proporcionara estabilidad en unos años en los que estaba siempre enfadada, cuando lo único que quería era subirme al primer barco que zarpara para ir a buscar a mi padre. Pero mi madre me respondía a gritos que para hacerlo «tendría que pasar por encima de su cadáver», lo que resulta irónico, porque es exactamente lo que acabó sucediendo —dije, después de darle el último trago a mi bebida—. Siempre he creído que la razón por la que me empujó a empezar una relación con Cristóbal fue para que me quedara en España.

—¿Alguna vez te arrepentiste de haberte casado con él?

—La verdad es que no. Nos iba bien juntos. Al principio de nuestro matrimonio trabajaba como profesor, y los fines de semana ayudaba a su padre en la librería, pero las cosas cambiaron cuando este falleció. Le convencí para que transformara la liberaría en una chocolatería.

—Así que fue idea tuya.

Asentí con la cabeza.

—Habría hecho cualquier cosa por complacerme. ¿Cómo voy a arrepentirme de haber estado con alguien así?

Con gran disgusto por mi parte, los ojos se me llenaron de lágrimas. Nunca lloraba en público y, de pronto, de entre toda la gente, me había puesto a llorar delante de Martín. Me enjugué las lágrimas con una servilleta y eché un vistazo a mi alrededor para asegurarme de que no había nadie mirándome.

—Si no le hubiera convencido para venir aquí —dije —, todavía estaría vivo.

—Eso no puedes saberlo. Podrían haber salido mal un montón de cosas si te hubieras quedado en España. Podría haber resbalado en la bañera y haberse golpeado la cabeza, o caer rodando por unas escaleras, o contagiarse de tuberculosis. Nunca se sabe lo que podría haber pasado. Y eso no quiere decir que debas renunciar a perseguir tus sueños por miedo a que algo malo pueda suceder. Hiciste lo que tenías que hacer. Seguiste tu corazón. Además, él pudo haberse negado.

Me di cuenta de que quería tomarme la mano, para ofrecerme consuelo, pero no hizo ningún movimiento. Simplemente se me quedó mirando durante un buen rato, y sus ojos, expresivos y cálidos, me dieron a entender que no había tenido nada que ver con el complot para asesinarme.

Me presioné con la mano una de las mejillas. Estaba ardiendo.

—Háblame de la chocolatería —dijo.

Le conté cómo mi abuela, con paciencia y determinación, me había enseñado cómo se elaboraba el chocolate; cómo yo había mejorado algunas de sus recetas para hacerlas mías; cómo había decorado la antigua librería para convertirla en chocolatería e incluso había instalado una letrina en la parte trasera para nuestros clientes. De vez en cuando, de manera accidental, nuestras manos se tocaban. Yo retiraba la mía, como si sus dedos ardieran. Por mucho que me gustara tenerlo cerca, tenía una imagen y una reputación que mantener. Y él también.

—¿Y qué hacías para divertirte? —preguntó.

—¿Para divertirme? ¿A qué te refieres?

—¿Qué otra cosa hacías, además de trabajar?

Me quedé callada unos instantes.

—Bueno, mi trabajo era mi diversión. Me dedicaba a lo que más me gustaba en el mundo.

—Sí, pero en esta vida hay más cosas además del trabajo, aunque te divierta, ¿no?

Doblé la servilleta con el dibujo que había hecho hasta convertirla en un minúsculo cuadradito.

—¿Y tú? ¿Qué haces tú para divertirte?

—Pues ya has visto cómo es mi vida. Vengo aquí, pesco, de vez en cuando salgo a dar largos paseos, leo.

Arqueé una ceja.

—¡Es verdad! —esbozó una leve sonrisa que hizo casi que me derritiera.

—Y sales con muchas mujeres.

Se puso serio.

—La verdad es que no, Puri. Puede que haya exagerado un poco con mis conquistas amorosas. Solo para ponerte a prueba, cuando no sabía que eras...

—¿Incluidas esas mujeres? —pregunté, indicando la puerta con la barbilla, justo después de que la cruzaran las prostitutas.

—Incluidas esas mujeres.

—¿Y tu familia?

Martín echó la espalda hacia atrás.

—Deberíamos irnos. Están a punto de cerrar.

Estaba empezando a pensar que no era coincidencia que aquel hombre siempre evitara entrar en detalles sobre su pasado.

* * *

Martín me ofreció dejarme en la hacienda de camino a su casa, pero me pareció que sería extraño que dos hombres montaran juntos en el mismo caballo.

—Nadie nos mira —dijo.

Fuera estaba oscuro, y la temperatura por fin había descendido. No me había dado cuenta de lo mareada que me encontraba hasta que salí de la cantina. La gente a menudo decía que era el aire frío y no el alcohol lo que realmente te emborrachaba. Nunca lo había creído, hasta ese momento.

—No, volveré con mis hermanas. —Se me trababa la lengua.

—Lo más probable es que se hayan ido ya a casa. Es la una de la madrugada.

En aquel momento me di cuenta de que la multitud se había dispersado. ¡Qué maleducado por mi parte no haber dicho a mis hermanas que me iba de la fiesta con Martín!

Vacilé, pero a pesar de todo me subí a lomos de su caballo, *Melchor*. Hice todo lo que pude por no tocarlo y, para ello, apoyé las manos en la grupa del animal, procurando mantener el equilibrio apenas empezó a moverse.

Tenía los brazos y las piernas tan rígidos que empezaban a dolerme. Y lo que era peor, el paseo hacía que estuviera aún más mareada. No podía seguir. Martín me dijo que podía quedarme en su casa, que tenía una habitación de sobra que podía utilizar. Accedí, sobre todo porque creía que si seguía subida a aquel caballo mucho más tiempo acabaría vomitando toda la comida que había ingerido en los últimos dos días. Cuando me apeé de *Melchor*, el mundo entero empezó a dar vueltas a mi alrededor. Martín me ayudó a entrar en la casa, que estaba a oscuras y en silencio.

Estuve a punto de tropezar en un escalón y solté un gritito.

—Chsss. Vas a despertar a Mayra —me advirtió.

Con Martín rodeándome la cintura con un brazo, y yo con el mío apoyado en sus hombros, subimos las escaleras. Me llevó hasta un dormitorio al final del pasillo donde me fijé en el retrato de un hombre que parecía una versión más anciana de Martín. Lo señalé con el dedo.

—Era mi padre —dijo.

Todavía había cosas que quería preguntarle sobre sus padres, pero era incapaz de articular palabra. Me dejó en la cama y me ayudó a quitarme la americana y las botas. Después se puso de pie.

—Bueno, que pases buena noche —dijo.

—Espera —le detuve con un hipido—. ¿Me ayudas a quitarme esto? —pregunté, indicando el corsé—. Apenas me deja respirar.

Asfixiada por el ambiente cargado a mi alrededor, me desabroché la camisa de Cristóbal. Podía ahogarme si no me libraba inmediatamente de la presión que soportaban mis senos. Con sumo cuidado, Martín me ayudó a retirar la tela que me rodeaba el pecho hasta que me quedé con la ropa interior de Cristóbal. Una vez me quité el vello facial, algo se apoderó de mí, algo que no supe explicar. Quizá fuera su olor —una mezcla de sudor y alcohol camuflada bajo su colonia de tintes cítricos —, o tal vez el hecho de que llevara tanto tiempo sola y anhelara que me abrazaran, o quizá la manera en que me había mirado durante toda la noche, y seguía haciéndolo en aquel momento en el que ya no tenía la apariencia de un hombre. Pero lo que menos me importaba era el motivo. Le rodeé el cuello con las manos y acerqué su cara a la mía. A partir de ese momento desaparecieron mis gafas, los botones de mi ropa interior, su camisa. Nos besamos con el ansia de dos personas que llevan demasiado tiempo sedientas y que finalmente se tropiezan con un vaso de agua. Los besos de Martín despedían una ternura inesperada. Era delicado, aunque vehemente. Sus manos descendieron suavemente por mis pechos, sus labios por mi cuello.

—Puri —susurró—. Mi Puri.

Nunca había experimentado un momento más intenso y sublime que aquel. Era casi como si toda mi vida hubiera estado encauzada hacia ese instante de perfecta comunión. Parecía como si

Martín conociera a la perfección cada milímetro de mi cuerpo, de una manera que Cristóbal no había alcanzado jamás. Sabía exactamente dónde tocar, dónde besar, cómo hacerme sentir viva. Y por encima de todo, me conmovió su ternura: nunca habría imaginado que pudiera ser tan entregado.

Después de que todo hubiera terminado, se tumbó a mi lado y se quedó mirando el techo. Le besé en el espacio entre las cejas. Me sonrió y me preguntó si estaba bien. Dije que sí, que nunca había estado mejor. Nuestros dedos se entrelazaron. Creí que diría algo por el estilo, una de esas frases trilladas que dicen los amantes cuando se sienten satisfechos. Pero se limitó a mantener en su rostro una tenue sonrisa, una sonrisa que, por algún motivo, hizo que me estremeciera.

CAPÍTULO 🌿 36

Me desperté como una de esas heroínas de los cuentos de hadas: con el sol filtrándose a través de las cortinas traslúcidas, el vibrante piar de los pájaros y una suave sábana cubriendo mi desnudez.

No había ni rastro de Martín. Tuve que contenerme para no gritar su nombre. Tal vez Bachita hubiera llegado ya, y Mayra podía estar limpiando la casa. La puerta de mi habitación estaba cerrada. No estaba segura de si Martín había dormido allí conmigo o si se había ido a su propia habitación.

A mi lado, el colchón estaba ligeramente hundido, pero su ropa había desaparecido. La mía estaba recogida y apilada en una silla junto al armario.

La puerta se abrió. Me cubrí los pechos con la sábana.

Martín entró en la habitación a hurtadillas, con una pequeña bandeja en la mano, y cerró la puerta tras de sí el con el pie. Con la otra mano me hizo un gesto para indicarme que no dijera nada. En la bandeja había una taza de té, pan y algo que parecía caramelo. Estaba encantada. En mis veintiocho años de vida, nadie me había traído nunca el desayuno a la habitación.

—Mayra ya se ha levantado —dijo—, así que debemos procurar no hacer ruido. Le he dicho que has pasado la noche aquí porque te encontrabas mal y no estabas en condiciones de volver a casa.

Unté el pan con aquella crema que parecía caramelo.

—Esto está buenísimo —dije—. ¿Qué es?

—Dulce de leche. Alguna gente lo llama manjar. Está hecho de leche y azúcar moreno en barra. Bachita lo prepara todas las semanas.

—Me encanta —sentencié, dándole otro bocado a aquel trozo de pan.

—¡Eres preciosa! —exclamó él de pronto—. Siempre supe que había algo diferente en ti. Un hombre no podía tener unos rasgos tan delicados.

—¿Crees que lo puede haber notado alguien más?

—A mí nadie me ha dicho nada.

Sonriendo, bebí un poco de té mientras él descorría las cortinas. Se quedó junto a la ventana un momento, mirando hacia fuera, y su sonrisa se desvaneció. Se puso tenso e inclinó el cuerpo ligeramente hacia delante, fijando la vista en algo que no pude ver. Entonces corrió de nuevo las cortinas con decisión y se precipitó hacia la puerta.

—Quédate aquí. Y no le abras a nadie hasta que yo vuelva.

Sin darme tiempo a responder, salió del cuarto como una exhalación y cerró la puerta tras de sí.

Dejé la bandeja sobre la mesita de noche y me acerqué a toda prisa a la ventana para comprobar cuál era el origen de su inquietud.

«Angélica».

Se apeó de *Pacha* con una maestría que no creía que yo fuera capaz de lograr jamás, ni con ese caballo, ni con ningún otro. Sujetándose la falda para no ensuciarse el bajo, se encaminó hacia la parte delantera de la casa con paso firme y decidido. ¿Qué habría pasado?

Antes de que terminara de ponerme los pantalones, oí su voz chirriante. Ya estaba dentro.

—¿Dónde está ella? —preguntó Angélica.

«¿Ella?».

¡Oh, no! Había averiguado quién era. Pero ¿cómo? Nadie, exceptuando a Martín, lo sabía, y él había pasado toda la noche conmigo. Al menos, eso creía.

Intenté cerrar con llave, pero el pomo parecía roto.

Estaba subiendo las escaleras. Se oían sus pasos golpeando con fuerza la madera y su voz cada vez sonaba más cerca. Martín le estaba pidiendo que se calmara, que bajara, llamándola por su nombre de pila en lugar de usar el «señora». Aquella familiaridad entre ellos, las exigencias de mi hermana, su tono de voz enérgico. Sonaba casi como si estuviera celosa. De hecho, los dos hablaban más como amantes que como socios.

—¡Sé que Silvia está aquí! ¡Lo sé! Se fue de la fiesta justo después de ti. ¡Oh, la conozco muy bien! No pudo esperar a que el cadáver de su marido se enfriara en su tumba para venir a verte. ¡Silvia! ¡Silvia!

Estaba en el pasillo. Y yo todavía no había acabado de ponerme el corsé.

—Silvia no está aquí —dijo Martín—. Déjate de tonterías.

—¡Qué mentiroso eres! —su voz estaba cargada de desprecio, pero también de dolor. Estaba enfadada, sí, sin ninguna duda, pero a ratos sonaba como si estuviera a punto de derrumbarse y echarse a llorar.

Me estaba metiendo la camisa por dentro del pantalón cuando oí que se abría la puerta de la habitación contigua.

—¡Deja de esconderte, Silvia! ¡Sé que estás aquí!

¡Virgen de la Macarena! Nunca me había movido con tanta rapidez. Ni siquiera tenía un espejo para pegarme la barba y el bigote. ¿Debía intentar esconderme? El primer lugar en el que miraría sería debajo de la cama.

Cuando la puerta se abrió de par en par, acababa de arreglármelas para adherir la barba a mi barbilla, pero tenía que sujetármela con la mano para que no se desprendiera. Estaba sentada en la silla donde antes estaba mi ropa, con las piernas cruzadas, las gafas torcidas y la mano en la barbilla.

—¡Don Cristóbal! ¿Qué está haciendo usted aquí?

Se detuvo en seco en el umbral. Se notaba en su mirada que estaba intentado asimilar la escena que tenía ante sus ojos. La cama todavía estaba a medio hacer, el desayuno sin acabar en la mesita de noche, y el marido de su hermana sujetándose la barbilla, como si fuera a caérsele.

—Buenos días —masculló—. Don Martín tuvo la amabilidad de dejarme pasar la noche aquí. Siento un dolor espantoso, ¿lo ve? Creo que es la muela.

Deseé con todas mis fuerzas que no se le ocurriera preguntarme si podía verla.

—Sí —se apresuró a decir Martín. Evité mirarle a los ojos—. Nos fuimos de la fiesta porque don Cristóbal apenas podía soportar el dolor en la boca, pero no queríamos arruinarle la velada, doña Angélica. No obstante, por mucho que lo intentamos, no encontramos ni un solo doctor que pudiera atenderle, así que nos vinimos aquí para que descansara.

Era incapaz de mirarle. Se le daba de maravilla mentir. No le había costado nada seguirme el juego.

—Siento mucho oír eso, don Cristóbal. —Su respiración se había calmado, pero seguía teniendo las mejillas coloradas—. Me encargaré de que Laurent le lleve al médico hoy mismo. Haré que venga inmediatamente para recogerle. —Acto seguido, se recolocó las mangas de la ligera camisola que llevaba puesta y se volvió hacia Martín—. Me podía haber dicho desde el principio que don Cristóbal estaba aquí.

—Lo he intentado —dijo él con los dientes apretados.

—No hace falta que nadie se moleste en llevarme. Puedo ir caminando hasta Vinces —dije—. Si me disculpan un momento, terminaré de arreglarme e iré por mi cuenta.

—Por supuesto. —Angélica salió de la habitación; Martín levantó el índice como pidiéndome que me quedara, pero evité mirarle a la cara y me puse la americana.

* * *

No supe muy bien cómo, pero conseguí pegarme la barba y el bigote postizos y dejé la habitación de prisa y corriendo. Angélica estaba ya subiéndose a su caballo. Martín le estaba diciendo algo, y ella asentía con la cabeza. Rodeé la casa para que ninguno de los dos me viera partir y luego tomé la carretera en dirección a Vinces lo más rápido que pude.

Sentía una insoportable presión en el pecho que mi mano no conseguía aliviar.

No quería hablar con Martín y, por supuesto, tampoco quería volver a la hacienda. Solo quería estar sola y pensar en lo que acababa de descubrir.

Martín y Angélica eran amantes. Era más que obvio.

De repente, todo cobraba sentido: por qué mi hermana había abandonado la casa aquella noche mientras su marido estaba fuera jugando a las cartas y ella pensaba que todos estábamos durmiendo; por qué en ocasiones a Martín parecía sacarle de quicio la presencia de Laurent o su cercanía con Angélica; mis sospechas de que al marido de mi hermana le gustaran los hombres, y por qué parecía ser un simple compañero, y que no existiera ningún tipo de afecto ni, claramente, la más mínima tensión sexual entre Angélica y su marido. Y también explicaba por qué Martín seguía soltero. Un hombre de su edad habría encontrado ya a una mujer con la que sentar cabeza, en lugar de satisfacer sus necesidades con prostitutas a la espera de que Angélica pudiera escaparse durante las noches de partida de corazones.

¿Cuánto tiempo llevarían juntos? ¿Y qué tenía que ver Silvia con ellos? ¿Acaso Martín habría engañado a Angélica con esa mujer? Catalina había hecho alusión a una ruptura entre las dos amigas. Y entonces, la noche anterior, en la fiesta, Martín había querido marcharse apenas hubo llegado aquella mujer, y había evitado hablar con cualquiera de las dos.

¡Qué tonta había sido! Había caído a ojos cerrados en la trampa de Martín. Él había estado del lado de Angélica desde el principio. Siempre había querido las tierras de mi padre. Y lo peor de todo era que yo lo sabía. ¡Si incluso me había hecho una oferta para comprar mi parte de la finca! Había estado intentado echarle el guante a la plantación de todas las maneras posibles: al no poder conseguirla por medio de Angélica, había querido comprar mi parte y, como ninguna de las dos opciones había funcionado, tenía previsto hacerse con ellas utilizándome.

¿Qué mejor manera de conseguir el control absoluto de la plantación que lograr que la propietaria principal se enamorara de él? Por eso no le había hablado a Angélica de mí. Porque ahora estaba segura de que ella no sabía nada. Me había dado cuenta momentos antes, al ver la humillación en su cara. Si hubiera pensado, aunque fuera solo por un segundo, que yo era una mujer, aquello habría multiplicado sus celos. En vez de eso, su enfado se había disipado cuando se había dado cuenta de que yo no suponía una amenaza, que no quería a su hombre.

¿Cómo podía haber sido tan estúpida?

Caminé durante un buen rato y, casi sin darme cuenta, llegué a las primeras casas de Vinces. Aminoré el paso, más por la sorpresa que por el cansancio, y proseguí en dirección a la plaza. Llegué al parque junto a la torre Eiffel en miniatura y me senté en un banco. Indudablemente, Martín iba a contarle lo mío a Angélica. No había ninguna razón para seguir encubriéndome.

Me quedé sentada unos minutos, inclinada hacia delante, presionándome los ojos con las manos, hasta que oí una voz familiar.

—¿Don Cristóbal?

Alcé la cabeza y reconocí a Aquilino, que me saludaba con la mano y cruzaba la calle en dirección adonde me encontraba.

—¡Don Tomás! ¿Qué hace usted aquí?

—¡Oh! Estaba simplemente gestionando unos negocios para uno de mis clientes, aunque salgo ahora mismo de regreso para Guayaquil.

Esperé que los negocios no tuvieran que ver con el director del banco, que no le hubiera hablado de mí y de mis consultas.

—¿Y qué tal van sus asuntos? —me preguntó.

En ese momento tuve una idea. Palpé el reloj de bolsillo que llevaba en los pantalones.

—¿Dice que está a punto de salir para Guayaquil?

—Sí, Paco me está esperando en el muelle.

—¿Le importaría llevarme con usted? Hay alguien a quien necesito ver allí.

Se ajustó el sombrero.

—No hay problema.

* * *

Mientras nos dirigíamos al muelle, Aquilino mencionó que no había tenido noticias del gobierno panameño acerca del certificado de defunción de Puri.

—¿Se han puesto en contacto con usted? —me preguntó.

Sopesé contarle la verdad, pero decidí que tenía que pensármelo un poco más. Una vez se supiera, no habría vuelta atrás, y tenía que enterarme de todo antes de quedar al descubierto.

—No —respondí, y eché a andar de nuevo—. He conocido a su antigua empleada, Mayra.

Extrajo un pañuelo del bolsillo trasero de su pantalón y se secó el sudor de la nuca.

—¿Ah, sí?

—Sí, ahora trabaja en casa de don Martín.

—¿De veras?

—Sí, la pobre mujer estaba desesperada. No es fácil ser madre soltera y no tener trabajo.

Aquilino se detuvo.

—¿Madre soltera? ¿De qué está hablando?

—¿No lo sabía? Mayra está embarazada.

—No tenía ni idea.

Su sorpresa parecía auténtica, o quizá fuera que se le daba muy bien mentir.

Bajé la voz.

—Me dijo que ese era el motivo por el que usted la había despedido.

—¿En serio? ¡Pero eso es mentira! ¿Qué tipo de hombre haría algo así? ¿Quién se ha creído que soy?

—Le pido disculpas, don Tomás, solo le estoy contando lo que ella me dijo.

—Pues es una mentira como una casa, pensada para cubrir su propia falta de honradez. ¿Sabe la verdadera razón por la que la despedí? —no esperó a que le respondiera—: La descubrí husmeando entre mis cosas, y no era la primera vez. Ya la había pillado en una ocasión hojeando mis papeles, y le advertí que, si volvía a hacerlo, la despediría.

¿Husmeando entre sus papeles? ¿Qué interés podía tener ella en sus negocios?

—¡Qué extraño! —dije.

—Mucho. —Se presionó la frente con el pañuelo—. La primera vez fue hace algo más de un mes. Me resultó llamativo, porque siempre había creído que era analfabeta. —Miró hacia delante—. ¿Y sabe lo que es todavía más raro?

—¿Qué?

—Que estaba leyendo el telegrama que me envió usted desde Málaga, con su itinerario.

CAPÍTULO 🌿 37

El resto de mi viaje a Guayaquil lo pasé como sumida en una neblina. Tuve la suerte de que tanto Paco como Aquilino fueran hombres de pocas palabras, porque así gané mucho tiempo para pensar mientras cruzábamos de un río a otro hasta llegar al Guayas.

Así que Mayra se había interesado por saber cuándo teníamos previsto Cristóbal y yo llegar a Guayaquil. Por lo que recordaba, mi marido le había proporcionado a Aquilino todos los detalles de nuestro viaje: las fechas, los nombres de los barcos, los puertos.

¿Podría ser ella la misteriosa mujer que había contratado a Franco? Lo primero que pensé fue que Mayra podría ser, en realidad, Elisa, pero afirmaba que tenía una relación con Alberto y que llevaba a su hijo en su seno, y mi hermano no lo había negado. Elisa sabía que Alberto era su hermano, y me costaba creer que hubiera tenido relaciones íntimas con él. Tenía más sentido que hubiera estado recopilando información para Alberto, que podía haberse enterado de lo del embarazo de Mayra después de haber renunciado a la herencia. Era posible que, en un principio, después de la muerte mi padre, Alberto no hubiera previsto que pudiera llegar a necesitar el dinero, pero aquel bebé lo hubiera cambiado todo. Y ahora tenía que ocultar lo que había hecho, o quizás empezar una nueva vida con Mayra.

En ambos casos, necesitaría disponer de capital.

En cuanto llegamos a Guayaquil, agradecí su ayuda a Aquilino y me perdí entre las docenas de peatones que se dirigían al centro de la ciudad sin darle la oportunidad de proponerme ningún plan ni de averiguar nada sobre mi misteriosa visita a la ciudad.

Saqué el reloj de bolsillo y le di la vuelta a la caja. Grabado en la parte trasera estaba el nombre del relojero: Bolívar e hijos.

Pregunté al menos a diez personas si conocían la ubicación de aquella joyería. Después de mucha confusión, al final encontré a un hombre que, sin dudarlo, me encaminó en la dirección correcta.

Un cartel escrito con letras en cursiva me indicó que aquel era el lugar que buscaba.

Al abrir la puerta, tres hombres de aspecto austero se volvieron hacia mí. ¿Bolívar e hijos? Se encontraban de pie detrás de un enorme mostrador, trabajando en diferentes piezas. El mayor de ellos, que era el que estaba más cerca de la puerta, lucía un bigote rizado y un guardapolvo azul. Los otros dos parecían la versión joven y anciana de una misma persona: la misma nariz puntiaguda y la frente igual de amplia, solo que uno tenía la cara más rellena y los huesos más anchos.

—¿Puedo ayudarle? —preguntó el mayor.

—Sí —respondí—. Ha llegado a mis manos un reloj de bolsillo que se fabricó aquí hace nueve años. Necesito saber si tienen un registro de a quién se lo vendieron. Quiero localizar a su legítimo propietario.

Se me quedó mirando fijamente por encima de sus anteojos.

—Se trata de un asunto de vida o muerte —añadí, para ver si con eso lograba convencerlo. En momentos como aquel, deseaba poder ser yo misma. Una mujer siempre podía recurrir a sus encantos para obtener la ayuda de un hombre en cualquier empeño.

—Déjeme ver —dijo.

Coloqué el reloj sobre el mostrador. Él lo agarró y lo examinó.

—Lizardo. Ven.

El del pelo más fino y la cara más llena se aproximó. Al tenerlo cerca pude ver que tenía pequeñas arrugas alrededor de los ojos.

—¿Te acuerdas de este? —preguntó el padre.

Lizardo tomó el reloj.

—Dios mío, sí. No me lo puedo creer.

—¿Qué ocurre? —pregunté.

—Este reloj —dijo Lizardo—. ¿Dónde lo ha encontrado?

—Lo tenía una mujer de Vinces; había acabado en poder de su

hijo sin que ella supiera cómo.

—No creí que volviéramos a verlo —dijo el padre.

—Fue uno de los primeros relojes que fabriqué sin ayuda —explicó Lizardo—. Estaba muy orgulloso de él.

—Esa maldita mujer —dijo el anciano (¿Bolívar?).

El hijo más joven se quedó mirándonos, expectante, dejando manchas de humedad en el cristal del mostrador.

Bolívar se volvió haca mí.

—Creo que fue en 1914 o1915. Esa muchacha... ¿Cómo se llamaba?

Lizardo se encogió de hombros.

—No importa; llamémosla María —dijo el padre—. Se encargó de limpiar la tienda durante un par de meses. —En ese momento se dirigió al más joven—: ¿Te acuerdas de ella, Carlos?

El aludido asintió con la cabeza.

—Tenía una bonita voz.

—¡Oh, sí! —dijo el hombre mayor—. No paraba de cantar mientras barría y pasaba la mopa. A este —dijo, señalando a Carlos—, a este lo tenía encandilado con su voz. Creía que no había nadie con más encanto que ella en todo Guayaquil.

—Papá...

—Pero tengo que reconocer que sí que tenía algo especial. Aunque fuera pobre, era muy limpia. Siempre llevaba la ropa impecable y las faldas almidonadas. Tenía eso que llaman clase, y era lista. No sé cómo, pero sabía leer y escribir, y había empezado a ayudar a este simplón con las sumas y las restas. —Indicó con la barbilla a su hijo menor—. Nunca debiste fiarte de ella.

—Todos lo hicimos, padre —declaró Lizardo en defensa de su hermano.

Bolívar negó con la cabeza.

—Un día no se presentó al trabajo. Pensamos que estaba enferma y no le dimos mayor importancia, aunque siempre había sido muy cumplidora y puntual. Pero entonces, aquella noche, nos dimos cuenta de que faltaban algunos relojes. Este era uno de ellos.

Lizardo acarició la caja con cuidado.

—Llamamos a la policía, por su puesto. Bueno, yo llamé. Este estaba en *shock,* y juró sobre la tumba de nuestra madre que esa muchacha nunca nos robaría. —Miró a Carlos y suspiró—. Los hombres enamorados se vuelven idiotas, ¿sabe?

Fingí no darme cuenta de que el hermano pequeño se había sonrojado.

—Pero lo hizo —intervino el hombre mayor—. Un par de días más tarde, la encontró la policía. Formaba parte de una banda de ladrones que vendía objetos robados. Resultó que trabajaba para su padrastro.

«¿Su padrastro?». El pulso se me aceleró.

—¿Y qué paso con ella?

—Estuvo un tiempo en la cárcel. Después le perdimos la pista.

—Recuperamos toda la mercancía, excepto este reloj —explicó Lizardo.

—Esto demuestra —dijo el padre, negando con la cabeza—, que no puede uno fiarse nunca de la gente. Crees que conoces a alguien y, de repente, en cuanto les das la espalda, te clavan un puñal. —Señaló con el dedo a su hijo mayor, como si estuviera enseñándole una lección que el pequeño no había aprendido—. Ahí fuera, el único Dios es el dinero. Es al único al que todo el mundo sigue.

—Papá... —dijo Lizardo.

—En cualquier caso —concluyó, dirigiéndose a mí—, esa es la historia.

—Me gustaría pagarle por el reloj y quedármelo —dije—. Si no les importa.

—Es muy generoso por su parte —dijo el hermano mayor.

—Bueno, me parece que es de recibo. Ustedes merecen que se les pague por su trabajo, aunque sea nueve años más tarde.

El padre dio un fuerte manotazo en el mostrador.

—¡Ya lo tengo!

Los tres nos volvimos hacia él.

—Su nombre. —Esbozó una sonrisa, como si hubiera descubierto uno de los mayores misterios del mundo y, con voz funesta, pronunció unas palabras que sirvieron para confirmar mis sospechas—: Se llamaba Elisa.

CAPÍTULO 🌿 38

Pasé la noche en casa de Aquilino. El abogado era lo bastante discreto como para no preguntarme dónde había estado, y yo tampoco le di explicaciones. Regresé a la hacienda al día siguiente. Cuando llegué, ya era de noche y la casa estaba a oscuras y en silencio. No había comido nada en todo el día, así que fui directamente a la cocina. Lo sollozos que oí en el interior hicieron que me detuviera en seco. Era el llanto de una mujer, pero no acertaba a distinguir si se trataba de Catalina o de Angélica.

Tenía una necesidad imperiosa de comer algo o terminaría por desmayarme, pero no quería interrumpir aquel momento íntimo.

Antes de que tuviera tiempo de tomar una decisión, Angélica abrió la puerta con un pañuelo en la mano. ¿Le habría revelado Martín quién era yo? Contuve la respiración.

—¡Don Cristóbal! Lo siento. No sabía que volvía usted esta noche. Alguien de la ciudad me dijo que le vio marcharse ayer con don Tomás Aquilino.

—Sí. Se ofreció a llevarme a un dentista en Guayaquil.

—Ah, ¡qué bien! —Me indicó una tetera de plata que estaba en la encimera—. Acabo de preparar un poco de hierbaluisa. ¿Le apetece?

Tenía los ojos hinchados. Nunca la había visto tan despeinada. Incluso por la mañana, iba siempre hecha un pincel.

—No, gracias. ¿Ha pasado algo? —pregunté.

—No. Bueno, sí. —Se sonó la nariz y se sentó y un taburete.

—¿Le apetece hablar? —dije.

Ella asintió con la cabeza.

Me senté a su lado.

—Tengo que explicarle lo que presenció ayer —dijo Angélica—. Mi... mi familiaridad con don Martín.

«¡Sí, por favor! ¡Explícamelo!», pensé.

—Llevo enamorada de Martín desde que era una niña —declaró—. De pequeños, fue siempre el centro del mundo para mí, pero todo cambió cuando se marchó al internado. Nuestra relación se enfrió considerablemente, y yo me quedé... ¿cómo puedo explicarlo? Obnubilada con Laurent cuando lo conocí, y para serle sincera, desencantada por los modales bruscos y la falta de sofisticación de Martín. Cometí un error, lo reconozco. En aquella época estaba muy confundida. Creía que estaba enamorada de Laurent, pero en realidad no sabía cómo era. —En ese momento se llevó la mano a la boca.

Después de aquella revelación, nos quedamos en silencio, pero yo necesitaba saber más. Le tomé la mano y le di un suave apretón.

—Creo que entiendo a lo que se refiere.

—¿Ah, sí?

Asentí con la cabeza.

—No es algo tan poco común como puede parecer. He conocido a otros hombres como él.

—No sé cómo lo hace, don Cristóbal —dijo—, pero a veces me da la sensación de que puedo hablar con usted de cosas que no le he contado jamás a ningún otro hombre.

Era un cumplido, pero en vez de sentirme halagada, tuve unos remordimientos terribles al pensar en todas mis mentiras.

Bajó la voz.

—Laurent intentó —se sorbió la nariz— cambiar al principio de nuestro matrimonio, pero fue en vano. Al final llegamos a un acuerdo. Los dos teníamos algo que el otro deseaba, cosas que necesitábamos. Él quería una esposa y quería entrar a formar parte de una familia importante. Yo quería un marido francés para complacer a mi padre. Aunque, por supuesto, nunca se me habría pasado por la cabeza casarme con Laurent si Martín no me hubiera traicionado.

Se secó las lágrimas con el pañuelo.

—Sé que Martín es un mujeriego, pero no puedo negar que tengo parte de culpa de lo que pasó entre nosotros.

—¿Y qué fue lo que pasó?

Se me quedó mirando unos instantes, como si estuviera sopesando si debía seguir hablando.

—Espero que lo que voy a contarle no salga de aquí.

Deslizó el dedo por los bordes relucientes de una de las baldosas de la encimera.

—Por supuesto.

Inspiró hondo.

—Cuando Martín volvió del colegio, me porté muy mal con él. Primero no le hice caso. Ni siquiera le dirigía la palabra. Pero acababa de conocer a Laurent, y me tenía cautivada. Lo entiende, ¿verdad? Solo hace falta echarle un vistazo para saber que no hay muchos hombres tan atractivos como él.

Me removí, incómoda en el duro asiento.

—Martín sintió que lo rechazaba —continuó—, aunque entre nosotros hubo siempre tanta química que, en ocasiones, me resultaba imposible negarle nada. Tiene ese tipo de poder sobre las mujeres.

¡A mí me lo iba a decir!

—Usted es un hombre de mundo; debe de saber lo importante que es la primera vez para una mujer. Bueno, pues yo no soy ninguna excepción. Después de mi primera vez con Martín, ya no quería tener nada que ver con Laurent. El problema es que ya había llegado muy lejos con nuestro compromiso y no podía romper con mi prometido así, sin motivo, sobre todo teniendo en cuenta lo contento que estaba mi padre con la relación. Le pedí a Martín que me diera tiempo para acabar con el compromiso y lo hizo —al principio—, pero después de varios malentendidos y unos cuantos desplantes más, decidió vengarse de una vez por todas. —Bajó la voz hasta que se convirtió en un susurro—. Intimó con mi mejor amiga.

Silvia, tal y como había sospechado.

—Aquello fue la gota que colmó el vaso. Me casé con Laurent una semana después.

—¿Y ahora?

—Y ahora Laurent y yo tenemos un acuerdo. Él tiene a sus amigos, y yo tengo a Martín. Es un buen arreglo, y yo creía que todo iba bien, hasta que volvió Silvia. —Estrujó el pañuelo—. No puedo soportar la idea de verlos juntos. Desde que los vi en la fiesta, no he podido pensar en otra cosa que en ellos dos en la cama, riéndose de mí.

—¿Y él...? —Ni siquiera era capaz de expresar correctamente mi pregunta—. ¿Ha vuelto a manifestar algún interés por ella?

—No, pero le conozco. Es incapaz de resistirse a una mujer. —Se apretó el cinturón de su bata de seda color teja—. Esa es la razón por la que me niego a tener hijos. Por eso estaba el otro día en casa de Soledad. Me proporciona unas hierbas para evitar el embarazo.

Yo seguía con la mente puesta en su comentario anterior.

—Pero, si no es un hombre del que pueda fiarse —dije—, ¿por qué sigue con él? ¿Por qué seguir sufriendo cuando ya tomó una decisión hace mucho tiempo?

—Porque Martín es mío. Y nunca renunciaré a él.

CAPÍTULO 39

Después de mi conversación con Angélica, apenas pude pegar ojo. Me pasé la noche dándole vueltas a la cabeza, pensando en Martín. No solo era el amante de mi hermana: por lo visto lo era también de media ciudad. Mi reacción inicial había sido creerla, pensar lo peor de él. Pero ahora ya no estaba tan segura de que todo lo que me había contado fuera verdad; no después de lo que Martín y yo habíamos compartido. ¿Estaba siendo una obtusa al pensar que lo que había habido entre nosotros era especial? ¿Y si, simplemente, me había utilizado?

«¡Basta!», me dije.

No podía dejar que mis sentimientos por él me distrajeran de mi objetivo. Tenía que centrarme. Necesitaba acabar con aquella farsa de una vez por todas. Y para ello, debía averiguar quién estaba detrás del asesinato de Cristóbal.

Estaba casi convencida de que Elisa había pagado a Franco con el reloj de bolsillo para que me matara. Debía de estar en la ciudad, o lo había estado recientemente. Ahora la única cuestión era saber si Mayra tenía o no algo que ver con ella. Era la única que había tenido acceso a mis planes de viaje. ¿Cabía la posibilidad de que Mayra fuera, en realidad, Elisa?

Quizá no le importase que Alberto fuera su hermano; tal vez solo quería vengarse de la familia destruyéndola.

Sentía como si la cabeza me fuera a explotar en cualquier momento. Era demasiada la información que procesar a la vez. Ya no conseguía encontrarle el sentido a nada.

Solo quería escapar de aquel lugar y no volver nunca más.

Eso, o confesar quién era en realidad y esperar a que Elisa o quienquiera que estuviera detrás de la muerte de Cristóbal diera un paso adelante.

—¿Un poco más de café? —preguntó Julia, asiendo un cacito de metal con leche caliente y un pequeño contenedor de cristal de esencia de café en el otro. Me encontraba sola en el comedor, intentando desayunar, pero todavía no había tocado la macedonia de frutas.

—Sí, gracias —respondí.

Julia vertió un poco de leche y café en mi taza.

—¿Cómo le va a su prima, Julia? —le pregunté.

—¿A Mayra? —meneó la cabeza—. Esa muchacha es incorregible, pero creo que está a gusto con don Martín.

La sola mención de su nombre me dolió.

—Hasta ahora no había tenido la oportunidad de agradecerle lo que hizo por ella —dijo mientras colocaba sobre la mesa los platos del resto de la familia.

—No tiene nada que agradecerme —respondí—. Dele las gracias a Martín. —Tomé un cruasán de una cesta de mimbre—. Y dígame, ¿qué tipo de parentesco le une exactamente con Mayra?

—Nuestras madres eran hermanas —dijo—. Fui yo la que le encontró el trabajo en casa del señor Aquilino después de que falleciera su madre y no tuviera dónde vivir. Si hubiera sabido qué tipo de persona era, nunca la habría recomendado.

—No sea tan dura con ella —dije—. Simplemente se enamoró.

—Supongo. Al menos, eso es lo que dice.

Mordí un trozo de pan, pero estuve a punto de atragantarme cuando vi que Martín entraba en la habitación.

—Buenos días —dijo.

—¡Don Martín! Llega usted muy temprano —dijo Julia—. ¿Le apetece algo para desayunar?

—Claro —respondió, sin apartar los ojos de mí.

Julia se marchó a la cocina como una exhalación mientras Martín tomaba asiento frente a mí.

—Te debo una explicación —dijo con apremio, inclinándose hacia mí.

—No hay nada que explicar. Angélica ya me ha contado que sois amantes desde que erais adolescentes.

Apoyó las palmas de las manos en la mesa.

—Sé muy bien lo que parece esto, pero yo no tengo nada que ver con lo que te pasó en el barco. Lo juro.

—¿Y ella?

Echó un vistazo por encima del hombro y bajó la voz.

—No lo sé, pero no lo creo. Reconozco que no le hizo ninguna gracia cuando se enteró de que tu padre te había dejado al frente de la hacienda. Ni a mí tampoco, si he de serte sincero, pero dudo mucho que Angélica fuera capaz de hacerle daño a alguien por dinero. —Intentó tomarme la mano, pero yo la retiré—. Mira, mi relación con Angélica es complicada. Es algo que me atormenta desde hace años. Siento tener que decírtelo, pero ni siquiera yo sé cómo explicarlo.

—¿Explicar qué?

—El efecto que tiene en mí.

Me puse de pie. No quería oír ni una palabra más. No quería escuchar lo mucho que la amaba y la deseaba y cómo había estado jugando conmigo, utilizándome, o peor aún, ayudándola, aunque ahora lo negara.

Abandoné la sala a toda velocidad, sin mirar atrás. Necesitaba aire. Él me siguió, esforzándose al máximo por no echar a correr.

Crucé el patio y me dirigí a los establos. Sentía una presión en la garganta y me escocían los ojos. No podía dejar que me viera llorar. ¿Qué diantres pasaba conmigo? Nunca había sido tan débil como para llorar por un hombre.

Un muchacho joven, a quien había visto en otras ocasiones ocupándose de los caballos, estaba cepillando a *Pacha* a pocos metros de distancia. Le pedí que la ensillara.

—¿Inglesa u occidental? —me preguntó.

—La que sea.

—¡Cristóbal! —exclamó Martín detrás de mí—. ¡Espere!

El joven agarró una silla de cuero marrón y yo le ayudé a ponerle la correa. Todavía estaba ajustando la montura cuando me encaramé a ella. No era que *Pacha* y yo nos hubiéramos convertido en las mejores amigas, pero habíamos aprendido a respetarnos mutuamente, o al menos eso pensaba. Sin embargo, *Pacha* no pareció apreciar mi urgencia ni mis maneras abruptas y, teniendo en cuenta que no sentía mucha simpatía por mí, se encabritó, tal y como había hecho el día en que nos habíamos conocido. Y una vez más, me resbalé hasta el suelo, solo que en esta ocasión me golpeé la cabeza con tal fuerza que sentí que todo empezaba a darme vueltas hasta que, finalmente, se apagó la luz. La voz del muchacho se oía tan lejana y débil que, después de unos instantes, lo único que pude oír fue el pitido de mis oídos.

* * *

Cuando me desperté, estaba tumbada en la cama de un dormitorio en penumbra con las cortinas corridas. Era un cuarto diminuto en el que no había estado antes. Martín estaba sentado en una silla junto a la cama. Detrás de él había una estantería repleta de adornos de todo tipo: jarrones, tarros de cristal, muñecas. En cuanto abrí los ojos, tomó la palabra.

—Estás en la habitación de Julia —dijo—. Ella también está aquí.

Lo tomé como una advertencia para que no dijera nada sobre nosotros delante de la criada. De hecho, Julia estaba de pie a mi lado, con un paño húmedo en la mano. Extrañamente, *Ramona* también estaba presente.

—¡Don Cristóbal! ¡Menudo susto nos ha dado! Pensábamos que lo habíamos perdido. Debe tener cuidado con esa yegua —dijo—. Ni siquiera a don Armand le gustaba cabalgarla, y eso que era un jinete experimentado.

Y aun así, Martín me había hecho montarla el primer día. Le miré fijamente a los ojos, después me incorporé.

—¿Qué hace? —preguntó Julia.

—Levantarme.

—¡Oh, no, don Cristóbal! Tiene que quedarse aquí, descansando, y esperar a que venga el doctor.

¿Un médico? ¿Y que me examinara? ¿Mi cuerpo de mujer?

—No será necesario —dije, intentando ponerme en pie. Lamentablemente, la habitación empezó a dar vueltas a mi alrededor.

—Benito ya ha ido a buscarle —añadió.

—¿Quién?

—El mozo de cuadra —explicó, acercándose a la cama. Yo me tumbé de nuevo, respirando con dificultad.

—Mire cómo va, con ese traje. Debe de estar asfixiándose. Deje que le ayude. —Julia procedió a aflojarme la corbata—. Le he dicho a don Martín que teníamos que quitarle la ropa, pero no me ha dejado. —A continuación, se volvió hacia él—. ¿Lo ve? El pobre hombre está empapado de sudor. Va a pillar un resfriado.

—Déjelo, Julia. No debería moverle la cabeza. Ya le ayudaré yo más tarde con la ropa, cuando se encuentre mejor. Y ahora, vuelva a la cocina. Seguramente las señoras ya se habrán levantado.

Refunfuñando, se marchó de la habitación. Qué alivio.

Cerré los ojos.

—Puri —dijo Martín—, siento no haberte dicho lo de Angélica, pero no quiero que pienses que he estado utilizándote ni nada por el estilo. La verdad es que... —se detuvo.

Abrí los ojos y le miré.

—La verdad es que me gustas. Mucho.

—¿Es por eso por lo que quisiste que montara en la yegua más indómita de todas?

—Bueno, al principio yo también estaba enfadado, pero solo pretendía gastarte una broma. No quería que te hicieras daño. —Me tomó la mano—. Si sirve de algo, lo siento mucho.

Retiré la mano, evitando mirarle a la cara. Paseé la vista por la habitación de Julia. Estaba muy limpia y ordenada, típico de ella, pero tenía un montón de cosas. Nunca hubiera imaginado que acumulara tantos objetos. Había un juego de tazas de porcelana, muñecas y marionetas de diferentes tamaños, jarritas, velas.

—No sé si lo que voy a decirte cambia algo —dijo entonces—, pero quiero que sepas que llevo varias semanas sin tener relaciones íntimas con Angélica.

¿Sería esa la razón por la que estaba llorando aquella noche en su habitación?

—Pues no, no cambia nada —repuse. Enterarme de que Martín había estado enamorado de mi hermana había sido demoledor, y no creía que hubiera nada que pudiera remediarlo—. Pero, si te gusto de verdad, necesito que me respondas a una pregunta. ¿A cuento de qué me dijiste aquello de que tenía que mirar en el cajón de mi padre? ¿Acaso sabes lo que hay ahí?

—Un juego de ajedrez.

—Así es. ¿Y qué relevancia tiene un juego de ajedrez?

Se cubrió el rostro con ambas manos.

—Mi padre perdió toda su plantación en una partida de ajedrez.

—¿Qué? —creí que había entendido mal.

—Mi padre se volvió un obseso del ajedrez. No pensaba en otra cosa, ni de día ni de noche. Al principio se trataba de un simple un pasatiempo. Solo quería aprender a jugar, pero después empezó a comprarse libros, a aprender todos los trucos, todas las posibles combinaciones. Hacía que le enviaran manuales desde España y desde los Estados Unidos, que insistía en que le tradujeran. Se los estudiaba de principio a fin. Se planteaba a sí mismo problemas y se pasaba el día intentando resolverlos. Dejó de trabajar. Lo único que le importaba era dominar el juego. Y tu padre se aprovechó de ello. Don Armand era un jugador de ajedrez nato, y mi padre no podía soportarlo. Un día hicieron una apuesta. Por aquel entonces mi padre ya había perdido completamente la razón. Fue entonces cuando, sin previo aviso, se presentó en casa y nos dijo a mi madre y a mí que había perdido la hacienda. Así, sin más.

¿Así que la hacienda había sido propiedad de Martín?

—Aquello acabó matando a mi madre. Su corazón no pudo soportar la humillación de tener que mudarse a la casa de huéspedes, y que toda la ciudad lo supiera. Lo intentó durante un tiempo, pero al final acabó con su vida.

—No puedes estar hablando en serio —dije. No era posible que su padre hubiera perdido toda su fortuna en una partida de ajedrez. ¿O sí?

—El juego de ajedrez que viste pertenecía a mi padre. Es el que utilizaron para la apuesta. Armand se lo quedó como trofeo.

Sentí lástima por él, por la pérdida de su madre, de la herencia de su padre, pero, al mismo tiempo, estaba indignada.

—¿Es esa la razón por la que sigues aquí? —pregunté—. ¿Por la que deseas la hacienda con tanto fervor?

No respondió.

—¿Creías que, casándote con Angélica, recuperarías la hacienda, toda la plantación? —negué con la cabeza con incredulidad—. Pero la aparición de Laurent no entraba en tus planes, ¿verdad? Y ahora, ¿pensabas que podrías conseguirla utilizándome?

—No; ya te lo he dicho, siento afecto por ti, me he encariñado contigo. Sé que todo esto te parece un despropósito, pero nunca había sentido una conexión tan fuerte con ninguna mujer. Esa es la razón por la que nunca le fui fiel a Angélica. Ahora me doy cuenta de que era una obsesión, una costumbre, pero nada más.

—Pues resulta una feliz coincidencia que yo sea la hija mayor de Armand.

—Imagino que fue algo que se me pasó brevemente por la cabeza —reconoció—, pero no puedo negar que entre nosotros hay química, afinidad. Seguro que tú también lo sientes.

—Había química hasta que he descubierto quién eres realmente —repliqué.

—Pero tú también me mentiste, y yo lo pasé por alto.

—Porque te convenía.

Dejó escapar un suspiro y se frotó los ojos.

—No, no me convenía verme involucrado en una relación con dos hermanas, ni tener todos estos sentimientos y no saber qué hacer con ellos.

Catalina entró en la habitación.

—Don Cristóbal. —Todavía iba en bata—. ¿Se encuentra bien? Julia me acaba de contar lo que le ha pasado.

—Sí, estoy bien.

—No debería estar aquí, en esta habitación, con tantas estrecheces. —Se volvió hacia Martín—. Don Martín, ayúdeme a llevarlo a su cuarto.

—Ya le he dicho que estoy bien. No necesito nada. —Apoyé los pies en el suelo—. Y tampoco necesito ningún médico.

Dicho esto, me marché de la habitación mientras todo lo que creía saber sobre mi padre, sobre mi futuro en aquella plantación y sobre mis sentimientos por Martín se hacía añicos.

CAPÍTULO 🌿 40

Pasé toda la mañana durmiendo y me desperté a las dos de la tarde. Después del golpe en la cabeza, necesitaba descansar. Paseé la mirada por la habitación, desorientada. Todavía estaba vestida. Recordé haber oído la voz de Julia, un par de horas antes, llamando a la puerta incesantemente, diciendo algo sobre el doctor. Pero no le había abierto. No quería ver a ningún médico. Lo único que quería era dormir. Hacía semanas que no dormía tanto. No obstante, había algo más que me perturbaba, una sensación remota. Una preocupación. Algo que tenía que recordar. ¿Qué era? ¿Lo había soñado?

Sentía una fuerte pulsión en la cabeza. Tenía un chichón en la coronilla.

Lentamente, salí de la cama. Tenía hambre. Y sed. Quizá, si comía algo, me sentiría mejor. Tal vez incluso recordaría aquel detalle, aquella idea que me atormentaba. Comprobé que la barba estuviera en su sitio y me puse las gafas que reposaban en la mesilla.

La casa estaba en silencio.

Agarrándome a la barandilla, bajé las escaleras y me dirigí a la cocina. Se oían voces atenuadas en el salón.

—Creo que se ha levantado —dijo alguien. Un hombre. ¿Era Laurent? ¿Martín? No, sonaba más como Alberto. ¿Qué estaba haciendo allí?

Angélica, con esa sonrisa encantadora tan suya, salió de la sala y se reunió conmigo en el vestíbulo. Era difícil conciliar aquella actitud afable con la de la mujer destrozada que me había encontrado la noche anterior en la cocina.

—Don Cristóbal, ¿cómo se encuentra?

—Mucho mejor, gracias. —Dudé si dar otro paso.

—¿Le importaría venir un momento? Estábamos esperándole.

«¿Estábamos?». ¿Quién exactamente estaba esperándome? No me apetecía nada ver a Martín en aquel momento.

Seguí a Angélica hasta el salón. Laurent, Catalina, Alberto y Tomás Aquilino me miraban fijamente desde sus asientos, alrededor de la mesita de café. ¿Dónde estaba Martín? ¿Les había contado la verdad? No, me había encubierto delante de Julia. Pero ¿qué estaba pasando allí? Había visto a Aquilino el día anterior.

Estreché la mano del abogado. Me la sacudió como con desgana, evitando en todo momento mirarme a los ojos. Pensándolo bien, todos parecían evitar mirarme a los ojos.

—¿Esperamos a Martín? —preguntó Alberto.

—No —sentenció Angélica—. Él no pertenece a esta familia.

Así que todavía estaba enfadada con él. Pero, en aquel momento, no podían importarme menos las complejidades de la relación que mantenían. Me metí las manos en los bolsillos para nadie notase que me temblaban.

Aquilino se dirigió a mí.

—Señor... —Se aclaró la garganta—. El padre Alberto ha sido tan amable de hacerme venir para discutir con la familia una desconcertante noticia que he recibido esta mañana.

«¿Desconcertante?», pensé.

—Me ha llegado una carta de un capitán británico —creo que su apellido es Blake—, de un barco llamado el *Andes*. Está intentando localizar a doña Purificación de Lafont y Toledo para notificarle que han localizado los restos mortales de su marido. Al parecer, la única dirección que tenía relacionada con la señora Lafont era la mía, ya que su marido me envió un telegrama desde Cuba.

¿Habían encontrado a Cristóbal?

Me apoyé en el brazo del sofá, aturdida. Me ardía la cara, y el corazón me golpeaba el pecho con fuerza. ¿Cómo habían dado con él? ¡Quería verlo! Pero entonces, tan pronto como me di cuenta del alcance de la noticia, paseé la mirada por la sala y vi todos aquellos rostros que me observaban con cara de desconcierto.

No entendían nada, obviamente. ¿Cómo era posible que hubieran encontrado mis restos mortales si yo estaba allí de pie, frente a ellos, vivita y coleando?

Había llegado el momento que tanto había temido. Observé uno a uno a todos los presentes. Catalina, Angélica y Laurent me estaban mirando fijamente. Alberto se limitaba a asentir con la cabeza, como si no hubiera nada en el mundo que pudiera sorprender a un hombre con un trabajo como el suyo.

—Pero si don Cristóbal falleció hace semanas —dijo Aquilino con cautela—, entonces, ¿quién es usted?

—¡Un impostor! —exclamó Laurent—. ¡Lo sabía!

—No lo entiendo. ¿Nuestra hermana no murió durante la travesía? —preguntó Angélica—. ¿Y dónde está ahora?

Catalina se había puesto pálida, y se limitaba a mirarnos uno a uno, intentando encontrarle un sentido a todo aquello.

—Era de esperar —sentenció Laurent—. Una fortuna semejante atrae a todo tipo de sinvergüenzas.

«¿Sinvergüenza yo? El único sinvergüenza allí era él», pensé. Estuve a punto de responder para defenderme, pero Angélica intervino antes.

—Entonces, ¿qué? ¿No piensa decirnos quién es?

—Eso —dijo Laurent, apuntándome con el dedo—. ¿Y cómo averiguó lo de la fortuna de mi suegro?

En ese momento, Julia entró en la habitación con una bandeja llena de tazas de café. Pensé en la palabra «sinvergüenza», y de pronto me vino a la cabeza aquello que necesitaba recordar, lo que mi mente inconsciente había estado intentando decirme desde que me había despertado.

Mientras mis hermanos y el abogado de mi padre seguían con los ojos puestos en mí, me quité las gafas y las dejé sobre la mesa de café, y me arranqué la barba y el bigote, aliviada al pensar que aquella sería la última vez que tendría que llevar aquella cosa espantosa.

Sus rostros pasaron de la confusión al estupor.

Cuando me despojé de la americana, tan reconfortada como si me acabaran de quitar unas esposas de las muñecas, hablé con mi voz normal.

—Soy María Purificación.

Levanté la barbilla. No estaba avergonzada por lo que había hecho, y mucho menos en aquel momento en que acababa de descubrirlo todo.

Catalina se llevó las manos a la boca.

—¿Cómo? ¿María Purificación? —Angélica me miró como si fuera una escultura que hubiera cobrado vida—. ¿Y por qué razón has hecho algo así? ¿Qué motivos tenías para engañarnos?

—Porque necesitaba saber quién de vosotros había enviado a Franco a mi barco para matarme, y porque temía por mi vida y no confiaba en ninguno de vosotros después de que Franco asesinara a mi marido.

Todos empezaron a hablar al mismo tiempo. En sus rostros se percibía incredulidad, confusión y, en el caso de Catalina, un dolor intenso.

Finalmente, la voz de Angélica se elevó por encima de las demás.

—Estás muy equivocada. Ninguno de los presentes haría algo así.

Los fui mirando uno a uno hasta que posé los ojos sobre la culpable.

—Sí, lo hizo uno de vosotros. —Alcé la barbilla—. Y ya que estamos sincerándonos, ¿por qué no les cuentas la verdad, Elisa?

Con la bandeja todavía en las manos, Julia me miró directamente, con los ojos rebosantes de unas lágrimas que me pareció que solo podían deberse a un profundo sentimiento de rabia.

Mis hermanas se volvieron hacia la criada, incrédulas.

—¿Elisa? —dijo Catalina.

Julia, o Elisa, dejó la bandeja sobre la mesita. Por un momento pensé que iba a salir huyendo, pero se limitó a quedarse allí de pie, mirándose las manos, que le temblaban incluso más que a mí.

—No sé... no sé de qué está hablando esta persona.

—No lo niegues —le espeté—. He visto las marionetas en tu habitación. Tú padrastro era titiritero. Lo leí en una de las cartas que le enviaste a Armand.

Aquella mañana, cuando había estado hablando con Martín, haciendo un inventario mental de las cosas que había en la habitación de Julia, había visto las marionetas de la caperucita roja y del lobo en uno de los estantes, enterradas entre otras muchas muñecas e infinidad de adornos, pero no me habían llamado la atención. Al menos no en ese momento.

—Y luego está lo de *Ramona* —continué—. Se pasa el día repitiendo algo como: «cuidado con el lobo». Te he oído cantando la canción esta mañana. *Ramona* debe de haberla aprendido de ti.

—¿De qué diantres está hablando? —le preguntó Angélica a Elisa.

La aludida frunció el ceño. Por primera vez, me di cuenta de lo mucho que se parecían sus gestos a los de Catalina, y, sin embargo, eran completamente diferentes.

De pronto, todo cobraba sentido. Elisa había colocado a Mayra en casa de Aquilino para que consiguiera información sobre mí y sobre el testamento de mi padre. Y había sido ella la que había falsificado el cheque. Evidentemente, había tenido acceso a su chequera, a su firma, y había pagado a Franco con el reloj de bolsillo prometiéndole a su vez una fortuna que compartiría con él. Miré a Catalina. Ella era la mujer de la que estaba enamorado, y había hecho todo aquello para merecerla.

—Caperucita —dijo Elisa sin mostrar ningún tipo de emoción—. Era un espectáculo que representábamos para los niños.

—¿Por qué no nos dijiste que eras Elisa? —preguntó Angélica—. Llevas tres años y medio viviendo aquí.

—Iba a hacerlo —dijo ella, incapaz de mirar a Angélica a los ojos—. Vine con la determinación de contar la verdad. Después de la muerte de nuestras madres, ya no había razón alguna para esconderse, pero don Armand, con aquel problema que tenía en el cerebro, no me recordaba. Al principio le dije quién era y me dio un abrazo. —La voz se le quebró—. Pero entonces, al día siguiente, se había olvidado por completo de mí. Me preguntaba quién era una y otra vez. En su mente, la única hija que recordaba y que realmente le importaba era María Purificación, su primogénita, la legítima, la hija europea. —Su tono se volvió más amargo—. Yo era una vergüenza para él, porque era la hija de una mestiza —dijo con sorna—, la criada. —Se secó las lágrimas e irguió la espalda—. Y su esposa no nos quería aquí.

Catalina se sentó, con una mano posada en la frente.

—¡Lo sé! —Angélica sonaba enfadada—. Mis padres discutían continuamente por ti.

—¿Tú lo sabías? —preguntó Catalina.

—Pero hay una cosa que no entiendo, Ju... Elisa —dijo Alberto con voz herrumbrosa—. ¿Por qué pensaste que, si Puri moría, conseguirías su parte de la herencia?

Elisa se cruzó de brazos.

—Sabía que Angélica se portaría como es debido conmigo. La oí hablar con nuestro padre unos días antes de que falleciera y le dijo que tenían que encontrarme, que era justo que percibiera mi parte de la herencia. Se acordaba de mí cuando era niña, y también recordaba cómo su madre nos había echado a mi madre y a mí de la hacienda. Sabía que era injusto y que yo también merecía una parte del dinero. Nuestro padre se mostró de acuerdo, pero murió antes de que pudiera hablar con el señor Aquilino al respecto. —Se volvió hacia mí, con los ojos vidriosos—. Pero tú nunca habrías entendido nada. A ti solo te interesaba presentarte aquí y quedarte con el dinero, y con todas esas tierras que no te pertenecían. Tú nunca estuviste aquí, al lado de nuestro padre, no le atendiste cuando estaba a punto de morir, como hicimos los demás. No limpiaste sus vómitos, o sus sábanas sucias, ni le pusiste las inyecciones que le hacían falta. Y a pesar de eso, te quería con locura, no dejaba de hablar de ti.

—No entiendo por qué no me dijiste quién eras —dijo entonces Angélica.

—Porque estabas tan disgustada con lo de Purificación que pensé que podrías acabar despachándome a mí también. Quería arreglar las cosas por ti, por todos nosotros. —En ese momento apeló a sus otros hermanos—: ¿No os parece que es muy injusto que nuestro padre le dejara casi todo a esta mujer, a esta... persona a la que jamás habíamos visto antes?

Ni Alberto ni Catalina la miraron a los ojos.

—Lo más irónico es que mi abuelo también era español —dijo Elisa, volviéndose de nuevo hacia mí—. Había sido el patrón de mi abuela en otra finca. Así que supongo que, al final, la historia se repite. Nuestro padre te amaba más que a los demás porque tenías sangre europea, pero yo también la tenía.

Se hizo un silencio cargado de tensión. Aquilino lo rompió:

—Lo que hiciste es muy grave —le dijo a Elisa, con aquella voz lúgubre tan propia de él—. Un crimen.

Elisa alargó el brazo en dirección a Angélica.

—¿Hermana?

—Me temo que tendré que informar a las autoridades, señorita —dijo Aquilino.

Angélica apartó el brazo, obligando a Elisa a soltarla.

Esta me miró fijamente, con una expresión cargada de odio que hizo que me estremeciera.

—¿Por qué tuviste que venir? Nadie te quería aquí. Nadie.

Deslicé la mirada por los rostros de cada uno de los que me rodeaban. Nadie dijo nada.

—¡Es todo culpa tuya! —Elisa se abalanzó sobre mí con una fuerza que nunca habría imaginado que tuviera. Al caer me golpeé con fuerza contra el suelo. Entonces levantó la mano, pero antes de que pudiera pegarme, Alberto la sujetó.

—¡Cálmate! —le ordenó.

Me puse de pie y, mientras me sacudía los pantalones con las manos, eché un último vistazo al retrato de mi padre y abandoné la sala.

CAPÍTULO 🌿 41

No me molesté en volver a mi habitación. Necesitaba salir de la hacienda de inmediato.

Pero no había muchos sitios a los que pudiera ir. No quería ir a casa de Martín, ni tampoco a Vinces. Habría tenido que caminar demasiado. Existía una opción más, aunque no era la ideal.

Me dirigí hacia el arroyo. Necesitaba pensar en lo que acababa de suceder. Entender cómo me sentía, poner orden en mis pensamientos. Una especie de hormigueo me recorrió de arriba abajo, cargándome de energía. Sentía la necesidad de romper algo, lo que fuera.

Las cosas no habían ido como esperaba, ni mucho menos.

Pero ¿qué esperaba exactamente? ¿Un montón de abrazos de bienvenida? ¿Lágrimas?

No después de que les hubiera engañado.

«Nadie te quería aquí. Nadie».

Las palabras de Elisa seguían retumbándome en la mente.

Ninguno de ellos había negado que fuera cierto. Ni siquiera habían mostrado ni una pizca de alivio por el hecho de que estuviera viva. Aunque entendía su sorpresa y su desconcierto, aquella frialdad me había dolido. Me había recordado que yo no significaba nada para ellos, que no me conocían. Lo único que conocían de mí era a través de la máscara de Cristóbal.

Y eso era solo culpa mía.

Ni siquiera Catalina parecía feliz. Y yo que pensaba que me apreciaba de verdad.

No paré de caminar hasta que llegué a la casa del vecino.

Don Fernando se detuvo en seco cuando me vio sentada en su salón, vestida con ropa de hombre, pero con un aspecto no precisamente muy masculino, sin barba y sin gafas.

—¿Señor...?

—Señora —dije—. Soy María Purificación de Lafont y Toledo, la hija mayor de don Armand.

Fue tal el susto que se llevó que, en vez de estrecharme la mano, se sentó en el sofá, boquiabierto.

—Pero doña Purificación falleció. Al menos eso es lo que andaban diciendo por la ciudad.

Negué con la cabeza.

—Espere, ¿no se suponía que era usted su marido?

Le expliqué la situación de la manera más sucinta que pude. Cuando llegué al final, su rostro mostraba una expresión divertida que no me molestó gran cosa. Aun así, le propuse un trato. Si me dejaba quedarme en aquella casa mientras se administraba y repartía la herencia, estaba dispuesta a renegociar con él, en términos más favorables, la cuestión de los confines de las respectivas tierras que tantos dolores de cabeza les había causado tanto a él como a mi padre. Era posible que mis hermanos no estuvieran de acuerdo con el pacto, pero ya era hora de que empezara a tomar decisiones en relación con la plantación; era lo que mi padre había querido. Y quizá había tenido una buena razón para ello.

Don Fernando me miró con recelo, pero, pasados unos instantes, sonrió.

—De acuerdo, trato hecho, doña Puri.

—Una cosa más —le dije, antes de sellarlo con un apretón de manos—. Necesito que envíe a uno de sus empleados a la hacienda de mi padre para recoger mis pertenencias. No quiero volver a poner un pie allí hasta que todo esto haya terminado.

* * *

Pero las cosas distaban mucho de haber terminado. Los días posteriores supusieron todo un desafío. Permanecí encerrada en la casa del vecino, convertida en una peculiar huésped, ataviada con los vestidos de sus empleadas y, de forma ocasional, con los pantalones de mi marido. Al final, don Fernando resultó ser mucho menos irritante de lo que había creído. Era un hombre muy viajado y me resultaba interesante hablar con él de los numerosos lugares que había visitado, tanto en Latinoamérica como en Europa. Le gustaban los toros, una de las actividades más populares de mi ciudad natal, y era amante de la buena comida y de tomar unas copas después de cenar. Cuanto más apasionante se volvía la historia que estaba contando, más resoplaba.

Al principio no se hacía a la idea de qué tipo de persona era yo, ni de si debía tratarme como a una mujer o como a un hombre. Era evidente que ninguno de los dos podía olvidar que en una ocasión me había dado un puñetazo, pero nunca lo mencionamos. Sin embargo, el recuerdo estaba ahí, en medio de nuestras conversaciones y de nuestros silencios, aunque parecía que hubiera sucedido en otra vida.

Gracias a la ayuda de don Fernando, pude hacerle una visita a don Aquilino en Guayaquil y llevarle los documentos que probaban mi verdadera identidad. Me prometió que empezaría a moverlo todo, pero que lamentaba decirme que había sucedido un hecho inesperado: mis tres hermanos se habían puesto de acuerdo para impugnar el testamento, alegando que mi padre no estaba en su sano juicio cuando puso por escrito el reparto de la herencia.

La noticia me sentó como un jarro de agua fría.

Aquilino añadió que, el día en que yo me había marchado de la hacienda, las autoridades se habían llevado a Elisa a Guayaquil, y que en aquel momento se encontraba bajo custodia policial hasta que se fijara la fecha para un juicio.

La información provocó en mí sentimientos encontrados. Por un lado, me alegraba de que finalmente se hiciera justicia con mi marido, pero no podía evitar pensar en la niña pequeña que había escrito aquellas cartas a mi padre, en lo mucho que ansiaba que este la quisiera, en cómo se había esforzado por mejorar, asistiendo al colegio y estudiando. Un espíritu como aquel no merecía que lo encarcelaran por culpa del pasado. Irónicamente, al igual que me había sucedido a mí, había intentado conectar con mi padre por medio de aquella incesante correspondencia.

Por aquel entonces también debían de haber comunicado ya a Soledad la verdad sobre su hijo. Lo sentía por ella, pero Franco había tomado sus propias decisiones y, desgraciadamente, ella tendría que pagar las consecuencias.

En cuanto a mí, había creído que conocer la verdad —encontrar al asesino de Cristóbal— me proporcionaría la paz mental que necesitaba, pero estaba más consternada que nunca.

Cuando tuve en mi poder el pasaje para viajar a Panamá, de forma que pudiera darle digna sepultura a mi marido, pensé en Cristóbal y en la ingenuidad con la que me había seguido hasta el otro lado del océano, ajeno al hecho de que aquel viaje significaría el final de su vida y de sus sueños. Sí, merecía que se le hiciera justicia. Merecía todas las cosas que yo le había arrebatado. Por primera vez, reconocí que había sido un error ir allí. Había destrozado las vidas de todos los que me rodeaban, no solo la de Cristóbal. Entonces, cuando me levanté ligeramente la falda para subir a bordo, no pude evitar pensar en Martín.

A excepción de Cristóbal, Martín era el único hombre con el que había mantenido relaciones. No podía dejar a un lado lo que habíamos hecho —ni lo que sentía por él— como si hubiera sido un acto sin importancia, como beber un vaso de agua. Quizás él sí podía, pero yo no. No solo había deshonrado el nombre de mi esposo al intimar con otro hombre fuera del matrimonio, habiendo transcurrido tan poco tiempo desde su fallecimiento, sino que, para colmo, Martín había sido el amante de mi hermana. Me sentía tan humillada, tan furiosa... y, aun así, no podía dejar de pensar en él. Llevaba días sin verle y sin saber nada de él y, a esas alturas, estaba segura de que todo el mundo sabía que me hospedaba en la hacienda de del Río.

Pero Martín no había venido a verme.

«Tengo que olvidarme de él». Dispondría de tiempo de sobra para hacerlo, puesto que dudaba mucho que siguiera trabajando en La Puri después de aquello, sobre todo porque su sueño de convertirse en propietario de la plantación que tiempo atrás había pertenecido a su familia se había ido al traste con mi mera existencia.

CAPÍTULO 🌿 42

Mayo, 1920

La visión del ataúd de mi marido desató en mí un torbellino de emociones. Fue como si hubieran abierto un grifo a través del cual salió a borbotones todo el dolor y las lágrimas que había estado reprimiendo durante semanas. No solo por mi marido, sino también por todo lo que había sucedido desde mi llegada a Ecuador.

Por Martín. Por mi padre. Por mis hermanos.

Lo había hecho todo mal.

Me abracé al féretro pidiendo perdón, incapaz de mantener la compostura mientras las autoridades panameñas explicaban que la marea había arrastrado el cadáver de Cristóbal hasta la orilla y que un marinero lo había descubierto. Este había informado a las autoridades, que estaban al tanto de la desaparición de un par de hombres que viajaban a bordo del *Andes*.

—Sospechamos que murió por el impacto —dijo el oficial circunspecto, apretándome ligeramente el hombro.

* * *

A mi regreso a Guayaquil, me enteré de que un juez había rechazado la impugnación del testamento por parte de mis hermanos, porque tanto el médico de mi padre como el director del banco y Aquilino habían declarado que estaba en plenas facultades cuando escribió sus últimas voluntades. Una vez se les informó de la noticia, Angélica, Laurent y Catalina habían abandonado la plantación, y se alojaban en casa de unos amigos, en Vinces.

—Pero yo nunca quise que se marcharan —protesté entre dientes, con la mirada fija en los intricados grabados del buró de Tomás Aquilino. Había creído, tal vez ingenuamente, que se plegarían por voluntad propia a los deseos de mi padre y que todos viviríamos en la hacienda en paz y armonía, como buenos hermanos.

Estrujé el pañuelo que sujetaba en la mano; no había conseguido parar de llorar desde el funeral.

—¿No le satisfacen las noticias? —preguntó Aquilino—. Como socia mayoritaria, es usted libre de tomar posesión de La Puri ahora mismo, si lo desea.

Asentí con la cabeza, a pesar de que nunca había imaginado que aquella noticia, aparentemente buena, hubiera podido llegar a tener un sabor tan amargo.

Utilizando el pañuelo, me di unos suaves golpecitos alrededor de los ojos.

—¿Por qué me ha estado ayudando? —pregunté—. Conoce a mis hermanos desde hace mucho más tiempo que a mí.

—Porque es lo correcto. Trabajé muchos años para su padre, y siempre me hizo partícipe del remordimiento que sentía por haberlas abandonado a usted y a su madre. Decía que había amasado su fortuna gracias a su abuela, que fue quien lo introdujo en el mundo del chocolate. Sin su influencia, nunca habría dejado Europa. Así que pensó que lo más justo era que usted se beneficiara del legado de su familia. Sentía que se lo debía a su abuela, y me hizo prometerle que me aseguraría de que recibiera su parte. Creo que sospechaba que su decisión podría acabar provocando problemas entre sus hijos.

—¿Y qué hay de Elisa? ¿Alguna vez le habló de ella?

—La mencionó en alguna ocasión, pero siempre tuvo dudas de que fuera realmente hija suya. Su madre no gozaba de muy buena reputación en la ciudad. Era famosa por tener muchos —se aclaró la garganta—, amigos, así que nunca estuvo seguro de que Elisa llevara su sangre. Es por eso por lo que nunca llegó a aceptarla del todo, la razón por la que no le dejó nada. —Aquilino se puso en pie—. Y ahora, si me disculpa, tengo otra cita. —Seguidamente, sacó una llave del bolsillo de su chaleco—. Aquí tiene la llave de la hacienda. La Puri es suya.

* * *

Cuando entré en la casa, en mi hacienda, sentí un escalofrío. El ruido de mis tacones retumbó contra las paredes del vestíbulo. Mi mirada se cruzó con la del retrato de mi padre, que seguía allí sentado, con expresión orgullosa, completamente ajeno a los estragos que había provocado después de muerto. En la sala todo estaba en perfecto orden: el elegante mobiliario estaba intacto, la imponente araña de cristal pendía sobre mi cabeza y no parecía que faltara ni uno solo de los innumerables adornos. Deslicé el dedo por el aparador, donde reposaban las figuritas de tres bailarinas de porcelana cubiertas por una fina capa de polvo.

Pero en realidad sí que había un espacio vacío en un extremo de la habitación. Era el lugar donde solía estar el arpa de Angélica. Aparentemente, era lo único que se había llevado. Casi parecía como si mis hermanas se hubieran marchado de forma precipitada y fueran a volver en cualquier momento.

Pero eso no iba a suceder.

De alguna manera, la visión de aquel refinado mobiliario resultaba más dolorosa que si me hubiera encontrado la casa destrozada, con las mesas partidas por la mitad, las lámparas volcadas, las cortinas rasgadas y el suelo cubierto de cristales.

El entusiasmo que había experimentado cuando había embarcado en el *Valbanera* en dirección a Vinces se había esfumado. Ni siquiera conseguía reconocerme en la mujer que había sido tiempo atrás, la que había creído inocentemente que una gran plantación de cacao le proporcionaría todo lo que le faltaba en la vida.

Lo cierto era que aquella perfección, aquellos hermosos objetos que me rodeaban, no significaban nada para mí.

CAPÍTULO 🌿 43

Martín tenía el aspecto de una persona que llevara un par de días sin dormir: unas enormes ojeras le oscurecían la mirada, llevaba el pelo más largo y enmarañado y la barba sin afeitar. ¿Tanto le había afectado el darse cuenta de que nunca se convertiría en el propietario de la plantación? ¿O había sido la marcha de Angélica? Había dicho que tenían una relación complicada.

Mientras entraba en la hacienda, me enfadé conmigo misma al sentir que se me aceleraba el pulso.

—Me han dicho que habías vuelto —dijo, estudiándome como si fuera una aparición.

En seguida caí en la cuenta de por qué. Era la primera vez que me veía vestida con ropa de mujer. Llevaba un vestido negro con mangas de *chiffon* de seda y unas hojas bordadas en el cuello que había comprado en Panamá, junto a otros vestidos largos. Por fin podía honrar como era debido a Cristóbal, poniéndome ropa de luto.

Así el pomo de la puerta, entre otras cosas porque no quería que Martín percibiera el temblor involuntario de mis manos y cómo me afectaba su presencia.

—Pasa, por favor —dije, tomando la delantera y avanzando a través del vestíbulo.

Él me siguió en silencio.

—Esta mañana he ido a buscarte al almacén —comenté, tomando asiento—, pero no había nadie. —Examiné su expresión retraída—. Mira, entiendo que no quieras seguir trabando aquí. Puedo encontrar a otro, pero esperaba que dejáramos atrás nuestras diferencias. Necesito gente que conozca y entienda el negocio. No soy tan tonta como para creer que puedo gestionar la plantación yo sola.

Cuando hube terminado de hablar, se acercó al aparador.

—¿Puedo? —preguntó, abriendo el armario y tomando una botella de aguardiente.

Asentí con la cabeza.

Sacó dos vasos y los llenó. Seguidamente me pasó uno. Luego se sentó delante de mí y se bebió el suyo de un trago. Yo tomé un sorbo del mío con cautela antes de hablar.

—Entiendo que pudieras... sentirte frustrado por lo sucedido —comencé—. Con lo de tu padre, la herencia... bueno, con todo. Pero la verdad es que te necesito aquí, y quiero hacerte una propuesta de negocios.

—No.

—Te subiré el sueldo.

Negó la cabeza.

—No tenía ni idea de que te desagradara tanto —dije.

—No es por ti —respondió, con la vista puesta en su vaso.

Entonces era por lo de Angélica. Estaba afligido porque se había marchado.

—Bueno, siento que mi llegada haya supuesto un inconveniente en tu «complicada» relación con Angélica. —No me sentí orgullosa del tono de resentimiento que había utilizado.

—Se acabó.

—No puede haberse acabado, si sigue atormentándote tanto.

—No me refería a mi relación con ella. Esto se acabó.

¿Se refería a «lo nuestro»?

Empecé a toquetearme el collar de perlas negras, el único adorno que llevaba.

—Lo sé.

Golpeó con fuerza el brazo de la silla y se puso en pie, arrastrando las patas hacia atrás y provocando un chirrido insoportable.

—¡Me refiero a la plantación! ¡Se ha terminado!

—Siento que pienses así.

—¡No tiene nada que ver contigo, mujer! La plantación está muerta. Ayer me lo confirmó un técnico de Guayaquil.

¡Hay restos de escoba de bruja y de monilla en la mayoría de las plantas!

—¿De qué estás hablando?

—¡Hablo de dos plagas que están matando toda la plantación! De hecho, toda la región está infectada.

—¿Cómo? —pregunté, dando un respingo—. ¿Y cómo es posible que estés emborrachándote en vez de hacer algo al respecto?

—¿Y qué se supone que debo hacer? No existe cura para ninguna de las dos plagas. Todo el mundo sabe que una vez que la escoba de bruja y la monilla aparecen, la plantación está sentenciada. Es una suerte que tu padre no haya vivido lo suficiente para verlo.

Negué con la cabeza, con la boca más seca que el esparto.

—Seguro que hay algo que podamos hacer. Buscaremos otro técnico. Conseguiremos ayuda. Regresaré a España, a Francia; allí encontraré a alguien.

Estaba fuera de mí, cruzando la habitación de lado a lado una y otra vez. Martín se interpuso en mi camino y me agarró con fuerza por los hombros.

—Para. No hay nada que puedas hacer, ni tú ni nadie. Estas plagas son famosas por arrasar regiones enteras. Si existiera alguna cura, ¿no crees que ya habría hecho algo? Habría viajado hasta el último rincón del planeta en busca de una solución, pero no la hay. Todos los hacendados lo saben, y viven atemorizados por este motivo. Te lo estoy diciendo. Se ha terminado la bonanza del cacao en todo el país.

Me golpeé el pecho con las manos; las lágrimas me corrían por las mejillas.

—¡Las trajiste tú! ¡Por celos! ¡Porque querías quedarte con la plantación! ¡Es todo culpa tuya!

Me dejó que le pegara y luego, cuando estuve exhausta, cuando las lágrimas eran tan abundantes que ya no podía ver siquiera la tristeza de su mirada, di un paso atrás.

—Necesito salir de aquí —dije, dando media vuelta.

Me llamó por mi nombre, pero abandoné la casa antes de que pudiera decir nada más. Me marché sabiendo que tenía razón, que lo había perdido todo incluso antes de tenerlo.

CAPÍTULO 🌿 44

No quería creer a Martín. Durante horas, vagué por la plantación. Hablé con todos los trabajadores que logré encontrar y les pedí que me enseñaran de cerca la plaga. Mi antiguo informador, don Pepe, extrajo una vaina de cacao y me mostró las manchas blanquecinas con aspecto de moho que se extendían por todo el fruto. Miré a mi alrededor: las hojas se marchitaban, las vainas se estaban llenando de hongos. Toda la región estaba pudriéndose, como mi familia.

No, no podía aceptarlo. Mi padre no nos había abandonado, no había trabajado durante veinticinco años para que los hongos arrasaran con todo. De camino a casa del vecino, me crucé con docenas de jornaleros que recorrían la sucia carretera en dirección a Vinces, con la cabeza baja, arrastrando los pies. Llevaban con ellos todas sus pertenencias.

Don Fernando del Río me confirmó que todo lo que había dicho Martín era verdad. Él también parecía angustiado, pero de un modo diferente al de Martín. En lugar de beber, recorría de arriba abajo el salón de su casa como si estuviera loco. Iba todavía en bata, hablaba solo y tenía un tic en el ojo. Parecía como si en cualquier momento fuera a perder la cabeza por completo y fueran a tener que ingresarlo en un manicomio. Intenté calmarlo, le pedí que se sentara, que se tomara una infusión de valeriana para los nervios, pero apenas me escuchaba; seguía repitiendo algo sobre la escoba de la bruja y diciendo que se trataba de una maldición. Incluso llegó a culpar a Soledad, la curandera, que según él le había hecho algo a las plantas a petición de Angélica.

Sí, esa era su explicación para lo sucedido. Aquellas dos mujeres eran unas brujas que le habían echado un mal de ojo a toda la región. Cuando me di cuenta de que nada de lo que dijera o hiciera podría calmarlo, me marché de su casa y regresé a la hacienda.

La casa de mi padre parecía más vacía que nunca. Al parecer, antes de marcharse, mis hermanas habían despedido a Rosita, la cocinera. Pero en aquel momento no me importaba gran cosa la comida o el mantenimiento de hogar. Me dejé caer sobre el sofá y me quedé mirando la botella de aguardiente sobre la mesita de café, y el vaso vacío de Martín. Luego me abracé las piernas con los brazos y estuve balanceándome hacia delante y hacia atrás hasta que cayó la noche.

CAPÍTULO 45

Aquella fue, tal vez, la visita más difícil que había hecho en toda mi vida. Me quedé unos minutos de pie delante de la puerta de color azul celeste. Era imposible no comparar la grandiosidad de la hacienda con la humilde casa que tenía delante de mí; una casa donde, según los rumores que corrían por ahí, vivían ahora mis dos hermanas.

Llamé al timbre. Una parte de mí habría entendido que no me abrieran la puerta. Después de todo, la última vez que me habían visto —aquel fatídico día en la hacienda, en que me había desprendido de mi disfraz— la cosa no había concluido precisamente en buenos términos; se podía decir que reinaba la hostilidad.

El movimiento de la puerta me sorprendió, como también el rostro que apareció frente a mí.

Había esperado ver a Angélica, incluso a Catalina, pero delante de mí se encontraba Alberto. Me llevó unos segundos reconocerlo. Se había desprendido de la sotana y llevaba unos pantalones grises, una camisa abotonada hasta arriba y tirantes. Parecía mucho más joven.

No sabía qué esperar de él. ¿Un insulto? ¿Un comentario sarcástico sobre la plantación maldita por la que nos habíamos peleado?

En vez de eso, inclinó levemente la cabeza.

—Hola, Puri.

Abrió algo más la puerta para permitirme entrar. Antes de hacerlo vacilé, pero al menos el largo vestido negro me sirvió para esconder el temblor de las piernas.

La sala de estar era una acogedora combinación del gusto impecable de Angélica y de la discreta simplicidad de Catalina. Había un largo sofá de color granate delante de tres ventanas de madera de roble. Estaban cubiertas por unas suaves cortinas de color beis, y había plantas repartidas por toda la sala. Me llamó la atención, a pesar de que no fue algo deliberado, no ver allí ningún retrato de mi padre.

Al verme, Catalina se puso de pie y dejó a un lado el bordado en el que trabajaba.

También en ella había algo diferente. Ya no iba vestida de negro. En vez de eso, había elegido un vestido rosa de cuadros *vichy* con cinturón que se abotonaba en la parte delantera.

Yo la saludé primero. Ella me respondió con una tímida sonrisa. El silencio entre nosotras se prolongó durante unos segundos insoportables.

—¿Te apetece algo de beber? —preguntó Alberto—. ¿Un té de frutas?

—Sí, por favor. —No tenía sed, pero necesitaba algo que hacer con las manos, algo que nos distrajera de aquel tenso silencio. Además, Angélica y Laurent todavía no habían llegado.

—¿Tienes alguna preferencia? —quiso saber.

—No, tomaré el mismo que tú.

—Iré a buscar a Rosita.

Así que se habían traído consigo a la cocinera. La verdad era que no podía decir que estuviera sorprendida.

—Toma asiento —dijo Catalina.

Me senté en el borde de una mecedora que me resultaba familiar; podía ser que la hubiera visto en la habitación de Catalina. La antigua Puri hubiera sabido exactamente qué decir, cómo entablar una conversación con Catalina y rebajar aquella incomodidad mutua. Pero después de haber vivido como Cristóbal durante un par de semanas, había aprendido a valorar el silencio. De alguna manera, me había vuelto más contemplativa e introspectiva.

—Te veo muy bien —dijo Catalina—. ¡Estás tan diferente!

—Pues a ti te favorece mucho el color rosa —respondí.

—Gracias.

Me había sentado con los tobillos cruzados y las manos unidas sobre el regazo. En ese momento se oyó a alguien en la puerta de entrada. Catalina se levantó, nerviosa.

—¡Ya estoy en casa! —anunció Angélica desde el vestíbulo.

Catalina me miró fijamente, con indecisión. Yo permanecí sentada, aunque pude notar cómo se me aceleraba el pulso.

—He encontrado un tejido fabuloso en Le Parisien —dijo, entrando en la habitación ataviada con un maravilloso vestido de color menta. Cuando me vio, el paquete que llevaba en las manos estuvo a punto de caérsele al suelo.

—Buenas tardes, Angélica —dije.

Ella irguió la espalda y levantó la barbilla.

—¿Qué haces tú aquí?

La mente se me quedó en blanco. Tenía un discurso planeado. Sabía exactamente qué iba a decir y cómo, pero toda la perorata que había estado ensayando se desvaneció antes de salir de mis labios.

—Visitarnos. —Alberto acababa de regresar a la sala, seguido de Rosita, que llevaba una bandeja de metal con una tetera y tres tazas de porcelana. Cuando esta nos vio a Angélica y a mí en la misma habitación, se quedó lívida. Alberto alzó la voz, utilizando un tono que rayaba con el enfado—. ¿Qué otra cosa iba a estar haciendo?

—No lo sé —replicó Angélica—. Tal vez quiera más dinero.

—Oh, basta ya, Angélica. ¿No has causado ya suficiente daño? —En ese momento se volvió hacia Rosita—. Deja la bandeja en la mesa y márchate, por favor.

La voz de Alberto sonaba más asertiva que nunca. La amabilidad juvenil que había visto en la cantina, cuando acababa de conocerlo, se había esfumado por completo.

—¡Ah! ¿Así que soy yo la que ha causado daño? —preguntó Angélica.

—¿Cómo llamarías tú a la demanda que nos hiciste firmar? —le reprochó él.

—Nadie os obligó a hacerlo.

—Te aprovechaste de nuestra vulnerabilidad. Estábamos confundidos, enfadados y nos sentíamos heridos.

En ese momento me levanté.

—Os lo ruego, no he venido hasta aquí para discutir. No quiero provocar más conflictos entre vosotros. Entre nosotros.

—¿Y entonces qué quieres? —me espetó Angélica. Las venas de la frente le resaltaban notablemente.

—Quiero... He venido para proponeros un pacto.

Los tres se quedaron en silencio.

—Fue un error por mi parte engañaros. Debería haber sido menos cobarde y presentarme ante vosotros con la verdad de lo que había pasado en el barco, pero estaba tan furiosa, tan llena de odio, y de miedo... —Me estrujé las manos con fuerza—. Pero después os fui conociendo, y empezasteis a caerme bien. Tuvo que pasar mucho tiempo hasta que me diera cuenta de que ninguno de vosotros tenía la culpa de lo que le había sucedido a mi esposo. Nunca tuvisteis la intención de causarme daño. Hasta ahora no había sido consciente de la gran injusticia que se ha cometido con vosotros, con todos nosotros. Nuestro padre debería habernos dejado a cada uno de nosotros una parte proporcional de su dinero y sus propiedades. No fue culpa vuestra que me abandonara. Ahora entiendo vuestra frustración.

—Es muy amable por tu parte decirlo ahora, cuando lo has perdido todo —respondió Angélica.

—No soy yo la única que lo ha perdido todo. Vosotros también. Pero ¿sabes qué? El haber perdido la plantación, el sueño que había albergado durante tanto tiempo, no ha sido nada comparado con... —se me quebró la voz—, con perder a mi familia.

Angélica bajó la mirada, estrujando el paquete que tenía entre las manos.

—Entiendo que no queráis volver a verme. —Rebusqué en mi bolso de mano, evitando sus miradas—. Os he hecho mucho daño, incluso aunque no fuera mi intención. —Saqué una llave del bolsillo interior de la cartera y la dejé sobre la mesa del café—. Aquí está la llave de la hacienda. Podéis hacer lo que queráis con ella. Sé que ya no vale mucho, pero quizá, un día, la plantación resurja de nuevo. —Me sequé las lágrimas de las mejillas—. Sea como fuere, no es justo que sigáis viviendo en esta casa minúscula.

Ninguno de ellos abrió la boca mientras yo cerraba de golpe la cartera y salía de su casa con el miedo de que aquella fuera la última vez que viera a mis hermanos.

EPÍLOGO

Vinces, 1922

Las semillas de cacao estaban casi listas. El tostador que había inventado mi abuela era realmente maravilloso. En España me había negado a utilizarlo porque lo guardaba como una reliquia de familia, un recuerdo de mi abuela, que admiraba y veneraba como si fuera una obra de arte. Pero desde el momento en que la Cordobesa me lo había enviado a través del océano y el artilugio había surcado aquellas peligrosas aguas en dirección a un destino incierto, a bordo de dos transatlánticos, me había sentido tan agradecida de volver a verlo que lo había instalado en mi nueva chocolatería y lo había estado utilizando fielmente.

Retomé la costumbre de cantar zarzuelas a todo pulmón; mi nueva ayudante, Mayra, también había adquirido la antigua (y mala) costumbre de taparse los oídos con bolitas de algodón. A mí no me importaba, porque al menos el hijo de dos años de Alberto, Armandito, parecía disfrutar de mis canciones, y a menudo me seguía por toda la cocina, aprendiéndose las letras o preguntándome una y otra vez cuáles eran los ingredientes de las trufas, que le volvían literalmente loco.

—Chocolate, mantequilla, leche —recitaba con aquella lengua de trapo.

Sentía tal cariño por aquellas mejillas redonditas y rosadas que podía pasarme el día entero mirándolo. Aunque al principio Mayra se había mostrado muy cauta conmigo, porque su prima Elisa había acabado en prisión, al final entendió que aquello había sido culpa de la propia Elisa, y no de nada que hubiera hecho yo.

También ayudó el hecho de que animara a Alberto, al menos un poco, a casarse con ella. Aunque debía reconocer que no había resultado fácil. Le llevó un tiempo tomar la decisión de casarse con Mayra —después de todo, se había pasado muchos años preparándose para ser sacerdote—, pero al final asumió cuáles eran sus sentimientos por ella y decidió darle una familia a Armandito.

Después del hundimiento de la industria del cacao en toda la región, la mayoría de los terratenientes franceses regresaron a Europa, incluidos Laurent y Angélica. Los cuatro vendimos nuestras tierras, junto con la hacienda, a don Fernando del Río, que decidió empezar un nuevo cultivo desde cero. Arrancó de raíz los viejos árboles infectados y plantó unos nuevos. Era un proyecto que podía tardar muchos años en prosperar, pero ese ya no era nuestro problema.

Con el dinero de la venta, Angélica compró pasajes para Europa y planeó pasar los meses siguientes recorriendo el viejo continente. Me dio la sensación de que la idea de embarcarse en aquella nueva aventura le hacía bastante ilusión, e incluso me había sonreído la última vez que la vi.

Aunque a regañadientes, las dos nos habíamos dado cuenta de que teníamos más cosas en común de lo que habíamos pensado: nuestro espíritu aventurero, lo mucho que nos sacaban de quicio los chismorreos de la gente e incluso el hecho de que a ninguna de las dos nos gustara la remolacha; de hecho, resultaba una sensación agridulce que, una vez que había empezado a conocerla mejor y a intentar contrarrestar lo que había hecho, tuviera que marcharse.

Yo acabé comprando la cafetería que en una ocasión había visitado con Martín. Para ello tuve que hacer una pequeña inversión, pero con mi experiencia y la emoción que me suponía ser la primera chocolatera de la región, al final el negocio había dado sus frutos. Poco a poco me había hecho con una cartera de clientes, no muy grande, pero asidua, e incluso había gente que venía a propósito desde Guayaquil para probar mi chocolate. Al final resultó que tenía acceso a las semillas más exquisitas y exclusivas, que me llegaban de una prometedora plantación en Colombia cuyo propietario era nada más y nada menos que don Martín Sabater.

Después del periodo de confusión que trajo consigo la plaga, Martín se quedó una temporada, ofreciéndose a ayudarme en todo lo que pudiera. Pero cuando ya no había nada que hacer, reunió los ahorros que había acumulado a lo largo de toda su vida y se compró un terreno propio en el sur de Colombia, en una región llamada el valle del Cauca.

Cuando se marchó, dejándome una carta de despedida en la que se disculpaba por todo el dolor que me había causado, consideré la posibilidad de volver a España. Aquí ya no me quedaba nada. Pero entonces, un encuentro fortuito con Catalina en el mercado de Vinces me hizo cambiar de opinión. Esta me contó, delante de una taza de café con pristiños, que nunca había tenido una relación cercana con Angélica, y que siempre había ansiado conocerme y estrechar lazos conmigo. Me habló de lo sola que se había sentido encerrada en la hacienda —su jaula de oro— y después me apretó la mano y me pidió que me quedara, al menos durante un tiempo. Su petición hizo que pospusiera mi viaje una y otra vez, y otra más, hasta que un día, después de salir de su casa, vi un cartel de SE VENDE en la puerta de la cafetería en la que había comido con Martín. Fue entonces cuando supe que tenía que quedarme.

Nunca me arrepentí de mi decisión. Estaba feliz de poder introducir a la gente del país en las maravillas del chocolate. Trabajé duro, pero no tanto como lo había hecho en Sevilla. Ahora me tomaba mi tiempo para disfrutar de un tinto de verano, una buena conversación o una puesta de sol.

Desde que Catalina se mudó a la ciudad, poco a poco fue desprendiéndose de su reputación de santa entre los solteros de la región. Debía reconocer que la había empujado un poco para que lo hiciera. Dado que a menudo conocía a gente nueva en la chocolatería, de forma sistemática había ido presentándole a hombres. Pero Catalina era difícil de contentar. Aun así, albergaba la esperanza de que algún día encontrara a la persona adecuada para ella.

Después de que Laurent y Angélica dejaran el país, accedí a mudarme a la casa de Catalina. Y hasta aquel momento, la cosa estaba funcionando. Me encantaba charlar con ella hasta bien entrada la noche, o verla coser para las mujeres de Vinces.

El sonido del timbre me sacó de mis elucubraciones. Le pedí a Mayra que me vigilara las semillas de cacao y me fui a abrir la puerta trasera.

Delante de mí se encontraba el cartero que llevaba un paquete en la mano.

—Es de Guayaquil —dijo, entregándomelo.

No llevaba remitente, así que rasgué con impaciencia el papel que lo envolvía y extraje una pequeña caja de cartón. En su interior había una muñeca que, en lugar de vestido, llevaba una especie de acolchado. Parecía vieja, con la cara sucia y el pelo rubio enmarañado. Debajo de ella había un papel doblado por la mitad.

Reconocí la letra de inmediato.

Purificación:

Hace años le di esta muñeca a Catalina. Recientemente la encontré dentro de una caja, en el almacén de la hacienda, y me la llevé. Es el único recuerdo que tengo de nuestro padre, el único regalo que me hizo cuando era pequeña.

También es la única cosa que puedo darte con intención de sellar la paz entre nosotras, y a modo de disculpa por todo el sufrimiento que te causé con mi comportamiento mezquino y precipitado. Tal vez un día puedas encontrar en tu corazón la manera de perdonar a esta muchacha que lo único que deseaba era la cercanía con su padre, pero que no supo cómo hacerlo.

Con todo mi arrepentimiento,
Elisa

Volví a plegar la carta y guardé con cuidado la muñeca detrás del mostrador acristalado de la tienda, junto a la máquina de escribir de mi marido. Luego me dirigí a la trastienda, donde Cristóbal, mi hijo de un año y medio, dormía plácidamente en su cuna. Tomé su mano regordeta y la besé con dulzura. Era mucho más perfecto de lo que jamás había imaginado que sería mi hijo, con los ojos claros y las pestañas largas y rizadas, igual que su padre.

Había descubierto que estaba embarazada poco después de la marcha de Martín. Tuve miedo de perder también a aquel bebé, pero de algún modo la gestación prosperó, y mi bebé nació fuerte y sano. A menudo me preguntaba por qué habría conseguido sacar adelante al hijo de Martín, y no a los de Cristóbal. ¿Habrían sido las condiciones del país, el que llevara una vida más relajada, o tal vez, incluso, el destino? Nunca sabría la respuesta. No obstante, a ojos de todo el mundo, aquel niño era el hijo de Cristóbal de Balboa, un hombre sencillo, sin muchas aspiraciones, que sabía que la verdadera felicidad residía en aquello que no se puede poseer.

NOTA DE LA AUTORA

En una ocasión, en un oscuro rincón de Internet, encontré una lista de mujeres inventoras que incluía a una española a la que se le atribuía la fabricación del primer tostador de cacao en 1847. Se llamaba María Purificación García. A partir del descubrimiento de este dato, tanto si era cierto como si no, mi imaginación emprendió el vuelo. ¿Qué podía haber empujado a una mujer del siglo XIX a desarrollar un artilugio semejante? A pesar de mis numerosos intentos de confirmar este dato, no conseguí averiguar ningún otro detalle sobre quién fue, pero sí que encontré su nombre en un archivo histórico en España que demostraba que, efectivamente, había patentado la idea.

Mientras estudiaba los casos de numerosas mujeres inventoras descubrí que, en el pasado, muchas de ellas tenían que registrar las patentes con el nombre de sus maridos, lo que me llevó a otro interesante descubrimiento. Dado que a las mujeres les estaba prohibido desarrollarse en diversos campos, tales como el de la guerra o la medicina, algunas se ocultaban bajo el disfraz de un hombre.

Tenía que hacer algo con aquella información.

Podría haberme limitado a escribir una historia sobre María Purificación García, pero también estaba fascinada por un acontecimiento histórico que había tenido lugar en mi país de origen: la llegada de un grupo de terratenientes franceses a la costa de Ecuador, donde se dedicaron al cultivo de cacao para la exportación, y como subproducto, construyeron una réplica en miniatura de París en la ciudad de Vinces. A principios del siglo XX, Ecuador se convirtió en uno de los mayores exportadores de cacao del mundo, pero la bonanza del caco acabó en 1920, con dos plagas devastadoras que arrasaron toda la región.

Es así como nació mi protagonista, Puri, nieta de esta maravillosa inventora, hija de un terrateniente francés y chocolatera de profesión, que introdujo los irresistibles encantos del chocolate en el país que lo exportaba.

AGRADECIMIENTOS

Me gustaría mostrar mi infinita gratitud a las siguientes personas:

A mi maravillosa agente, Rachel Brooks, por su perseverancia y su ímpetu; ni siquiera una pandemia le impidió que encontrara un hogar para esta novela.

A Norma Pérez-Hernández, una editora cuya visión y entusiasmo por mi trabajo no solo hizo posible la existencia de este libro, sino también una secuela que explora las nuevas aventuras de Puri.

A Susie Salom, por su ojo clínico, que me ayudó a identificar lo que no funcionaba del libro. Creo que tus indicaciones y tu energía resultaron fundamentales para esta historia.

A María Elena Venant, por apresurarse siempre a clarificar mis numerosas dudas, tanto las que tenían que ver con la historia como las relacionadas con la moda, y por estar dispuesta a escucharme cada vez que lo necesito.

A Marriah Nissen, por su actitud implacable durante las correcciones y su precisión histórica.

A Shea Berkley, mi alma gemela, que siempre está ahí aportando ideas y apuntándose a participar cada vez que se me ocurre una propuesta artística.

A mis lectores de confianza: la talentosa Robyn Arrington y la extraordinaria Jill Orr; vuestro entusiasmo y apoyo me impulsaron a seguir adelante en la consecución de este proyecto.

A la igualmente talentosa Brenda Drake, por ayudarme a pulir el fundamental primer capítulo.

Al padre Emmanuel Delfín, por su confianza en mí y por compartir conmigo su maravillosa historia de dolor y transformación.

A Jackie Padilla, por su ayuda en la elaboración del chocolate, por sus recetas y por revelarme el ingrediente secreto de Puri.

A todas las lectoras que se pusieron en contacto conmigo y que no dejaron de preguntarme cuándo saldría la próxima novela, en especial a Ana Gracia y Beatriz. Bueno, pues aquí la tenéis. ¡Espero que os guste!

A mi madre, por no dejar nunca de alimentar mi imaginación con sus recuerdos y a mi padre por instruirme en todo lo referente al derecho sucesorio.

A mi familia en Ecuador y en los Estados Unidos, por su apoyo incondicional, especialmente a Mónica y Alfredo, que no se parecen en nada a los hermanos de Puri.

Y, por último, aunque no por ello menos importante, todo mi amor y agradecimiento a Andy y a Natalie, que se pasan la vida corrigiendo mi inglés y escuchándome hablar de mis mundos imaginarios.